申示山人
—作品—

藏龙诀 ④
天星秘窟

北京联合出版公司
Beijing United Publishing Co.,Ltd.

图书在版编目（CIP）数据

藏龙诀. 4，天星秘窟 / 申示山人著. -- 北京：北京联合出版公司，2019.9
ISBN 978-7-5596-3417-7

Ⅰ．①藏… Ⅱ．①申… Ⅲ．①长篇小说－中国－当代
Ⅳ．①I247.5

中国版本图书馆CIP数据核字(2019)第142549号

藏龙诀. 4，天星秘窟

作　　者：申示山人
出版统筹：新华先锋
责任编辑：郑晓斌　徐　樟
策划编辑：黎　靖
特约编辑：黎　靖
封面设计：王　鑫
版式设计：徐　倩

北京联合出版公司出版
（北京市西城区德外大街83号楼9层　100088）
北京温林源印刷有限公司印刷　新华书店经销
字数150千字　787mm×1092mm　1/16　15印张
2019年9月第1版　2019年9月第1次印刷
ISBN 978-7-5596-3417-7
定价：49.00元

目录

Contents

目 录

3

Contents

第一章　神秘录像

话说这一天早上，我和马骝、关灵三人要出门办点事，刚出发不久，我的手机突然响了起来。一看来电显示，发现是穆小婷打来的。当初我们几人从鬼岭回来后，互相留了电话，后来我也给穆小婷打过电话，询问了一些鬼岭考古方面的消息，但已经有好长一段时间没有联系了。

我一边寻思着穆小婷这次打电话来所为何事，一边接通了电话。未等我开口出声，电话那边立即传来穆小婷焦急而又有些惊慌的声音："喂？是斗爷吗？"

我皱了皱眉，回答道："是我，有什么事？"

穆小婷说道："嗯，电话里说不清楚，这样吧，我现在就来找你，你在哪里？"

我有点吃惊，问道："现在就来？"

穆小婷说道："是的，现在就来。"

听穆小婷那语气，似乎这件事非同小可。我也没再追问下去，于是把马骝祖屋的地址给了她。穆小婷说了句"等会儿见"，便匆匆挂断了电话。

我看了看时间，如果穆小婷现在开车赶过来，至少也要两三个小时。我在心里想，什么事能让穆小婷那么焦急地来找我呢？

虽然我和穆小婷相处的时间不多，但我了解她是一个很有原则的人，性格也很好，经历了邙山鬼岭那样惊心动魄的事件后，按理说，不可能还有令她感到如此惊慌的事。

马骝一边开车，一边问道："斗爷，是谁？"

我说道："穆小婷。她说有点事要来找我。"

关灵问道："什么事？"

我摇摇头道："不知道，她说在电话里说不清楚，现在正在赶过来。但通过她电话里的语气来看，应该是件很重要的事。"

马骝嚷嚷道："她也有我的号码，怎么不给我打电话呢？"

关灵忽然皱起眉头说道："难道是鬼岭那事？会不会被人知道了我们也参与其中，秋后算账？"

马骝一听关灵这样说，立即来了个急刹车，那两只小眼睛瞪得老大，扭过头来一脸紧张地说道："不会吧？那我们得赶紧找地方避避风头了。"

我说道："你开车专心点行不？早餐都差点被你这个急刹车给颠出来了。要真的是因为这事，穆小婷为何要亲自跑来见我？在电话里就可以跟我说了。而且，我听她说话的声音充满了紧张，甚至说有点恐惧，我想她应该是碰到了什么麻烦事，而这事超出了她的想象。"

关灵点点头道："嗯。经过鬼岭一战，穆小婷对我们的情况都了解，她知道斗爷的本事，所以我估计她找斗爷一定是碰到了比较麻烦的事。她又是一名考古人员，所以这事多半应该跟考古、古墓之类的有关吧。"

马骝重新启动车子，脸上的表情立即转换成惊喜，说道："斗爷，小妹子不会是想找咱们去盗墓吧？不不不，应该说是倒斗。"

我冷笑一声道："呵，你觉得有这可能吗？难道你忘记了她在鬼岭是怎么怼你的？"

马骝尴尬一笑道："是啊，好像……也没这个可能，这丫头原则性太强了。但除了这个，她找你还会有别的事吗？难道，她看中了你？要不然，怎么只打你的电话，不打我和大小姐的？"

我一听马骝这样说，骂道："专心开你的车，你这家伙真是搅屎棍，是不是要我和关灵吵一架分了，你才开心？"

马骝嬉笑道："斗爷，你和大小姐是天造地设的一对，那感情风吹不倒、雷打不动、刀劈不裂呀，试问我马骝哪来那个本事把你俩给拆开啊？"

关灵说道："呸呸呸，我看你们两个才是天造地设的一对。就你俩那感情，都可以生孩子了……"

说笑间，车子拐进了一条山路，往前一直走，可以看见半山间错落着不少高档别墅。经关灵指路，我们来到了其中一套别墅门前。只见一个五十多岁的男人带着几个手下在等候着，此人长得肥头大耳，一身是膘，穿着一套黑色家居服，脖子上戴着一条粗金链，手腕处戴着一串佛珠，十足一个"大地主"。看见我们下车，他立即带着几个手下过来迎接。

这次，我们三人不是去寻宝，而是去帮人看风水。这个迎接我们的"大地主"正是这间别墅的主人——天和集团的老板那五山，人称五爷。此人非常信奉风水，据说他以前也是穷人一个，之所以有今天的成就，全是因为听信了某位风水大师的话。

但不知为何，近年来公司的业绩不断下滑，各方矛盾是非也接踵而来，那五山觉得自己有可能遭遇了霉运。于是，他想请之前那位风水大师来帮忙转转运，谁知那位风水大师早已过世，不得已请了几个所谓的风水术士，但都是些江湖骗子，那五山的运没有转好，倒是被那几个家伙把公司和别墅弄得乱七八糟，就差动了祖坟。

最后，那五山也不知道从哪里得知关谷山这个人，便千里迢迢地跑去求他老人家帮他转运，可是关谷山是什么人，怎么可能那么随便就能请动？无奈之下便有人出谋划策，既然关谷山请不动，那就请他的孙女关灵，并且出价不菲。

我跟关灵说："就目前这个情况，咱们的确很需要这笔钱。别看我们去过几个古墓，见过许多金银珠宝，但到头来还是穷光蛋。眼下咱们都快到谈婚论嫁的地步了，也需要钱来打点打点，而且要是下次还去寻龙探宝的话，不添点新装备，还真的不行……"马骝也附和着，对关灵不断诉苦，说什么几乎连命都没了，到头来却连个老婆本都没找到云云。最后，在我和马骝苦口婆心的劝说下，关灵终于答应了这单交易。

从进入别墅开始，马骝就不断发出赞叹之声，边走边对我说道：

"啧啧，斗爷，这屋子真是不得了，哪天咱们发财了，也要在这里搞一套来住……"

我说道："行啊，那看来要请大小姐帮我们转运了。"

关灵听我这样说，立即扭过头来瞪了我们一眼，我和马骝赶紧低头，不敢再说话。我们三人在来之前商量过，这次任务由关灵打头阵，我和马骝打下手，且不能多嘴，以免被人怀疑。

说到转运这东西，自从有了风水，就有了转运。人们在不如意的时候，都会埋怨命运不好，或者认为是招惹了一些脏东西，这时候就要请风水先生作法驱霉转运。虽然这些都有迷信之嫌，但风水起源之久，有几千年的历史，甚至可以追溯到远古时代，而现代科学也只有一百多年，有许多东西确实是科学也无法解释的。

关灵手执罗盘，有模有样地带着大家把整座别墅游逛了一圈，最后停留在书房的位置。只见书房的一侧有个架子，上面摆了几块形状怪异、色彩条纹不同寻常的石头。关灵走了过去，饶有趣味地拿起那些石头看了起来。

大概是看出了关灵的喜好，那五山很大方地说道："关师傅，这些都是在下收藏的石头，要是有看中的，随便拿，别客气。"

关灵把石头放下，摆摆手说道："五爷客气了。刚才逛了一圈，我发现有很多地方都不妥，这里面的家具摆放也存在问题，因为环境风水会对个人风水造成一定的影响。比如你的卧房上方挂着的那两幅画，会对人造成压迫感；还有你床尾放的那面镜子，会招惹不好的东西；还有……"

那五山一听还有，脸上的表情立即变得紧张了起来："还有什么？"

关灵说道："还有厨房的灶台和水龙头相对冲，家庭就会很容易闹矛盾，就是我们常说的'水火相冲'。"

那五山急忙问道："那如何破解？"

关灵说道："不急，我到时候画一幅布置图给你，你按上面画的去摆布就可以了。不过，这些都是小问题，更严重的问题是眼前这个地方。"

那五山的表情由紧张变成了恐惧，瞪大眼睛问道："难道我的书房也有什么脏东西？"

关灵指着放有奇怪石头的架子，一本正经地说道："有什么脏东西我不知道，但这些石头是关键。它们的摆放就像一个阵，会破坏整体风水格局。我想问一下，您收藏这些石头多久了？"

那五山想了想，回答道："已经好多年了，我也忘记了，但也只是当做一个爱好而已。说实话，这些石头都是我弟弟去外面探险给弄回来的，虽然不值什么钱，但很有意义呀！每次看到这些石头，我都会想起我弟弟，但怎么也想不到，给我带来如此多霉运的竟然是它们……"

关灵忍不住问道："你弟弟怎么了？"

那五山略带伤感地说道："我弟弟是个探险家，有次探险发生了意外，已经离开了。"

关灵连忙道歉道："不好意思，让你想起了伤心事。"

那五山摆摆手道："没事，都过去很多年了，只是我想不明白，为什么这些石头会出现问题，它们存在许多年了，我也是从以前的老屋搬到这新别墅的。"

关灵说道："也不全是这些石头在作怪，但是宁可信其有，不可信其无。俗话说，万物皆有灵，石头也许也是有生命的，而且这些怪石大多来历不明，其中也许含有辐射或者诅咒之类令人不舒服的东西。"

没想到关灵的嘴皮子功夫也那么厉害，说起谎来面不改色，而那五山一边听，一边频频点头。这样的情景，不禁令我想起了在仙龙乡的时候，关灵对那个老族长说"轮回镜"的画面，现在那五山也跟他一样完全相信关灵的话。

这时，那五山问道："关师傅，如何处理这些石头？"

关灵说道："你最好找个地方，把这些石头全埋了吧！"

马骝一听，立即冲上前说道："大小姐，这么多石头，就这样处理了，恐怕不好吧？"

我知道马骝的意思，便附和道："是呀，我看这每块石头都值点钱，把它们埋了就浪费了，要不把它们卖掉，换点钱，拿去救济一下那些贫苦大众，这岂不是一份功德吗？我相信五爷的弟弟泉下有灵，也会支持五爷这样做的。"

关灵若有所思地点点头道："这方法也未尝不可，不知五爷意下如何？"

那五山皱了一下眉头，道："这个嘛，全听关师傅的，您说该怎么处理就怎么处理吧！"

我和马骝一阵窃喜，马骝立即对那五山说道："五爷，那这些晦气的东西就交给我们帮您处理掉吧。相信弄走这些石头后，您公司的生意会蒸蒸日上，您的生活会越来越美好，夫妻和睦，子孙孝顺，家宅兴旺……"

那五山被马骝说得满脸喜光，似乎也没有怀疑他的意图，连声说道："承你吉言，承你吉言……"

接下来，关灵画了张布置图给那五山，并吩咐他今晚子时在东南角方向烧香跪拜，送走瘟神。搞完这一切，时间也到中午了。那五山早已叫人安排了酒席，我们也不好推托，吃饱喝足后才离开。

等我们回到祖屋时，穆小婷已经在门口等候了。只见她穿着一件浅黄色外套，身上背着一个黑色背包，没有初见时精神，而是有点憔悴，再加上坐了长途车，脸上还露出了一丝疲惫的表情。

大家寒暄几句后，穆小婷便迫不及待地从背包里拿出一台平板电脑来，对我说道："斗爷，事出突然，希望你别见怪。还有，我不知道该怎么办，只能找你帮忙了。"

我说道："没事，我们都是朋友了，就别那么见外了。朋友有事，我金北斗岂有不帮之理？"

一旁的马骝也说道："小妹子，你就别跟哥客套了，哥在鬼岭的时候就跟你打了包票，以后你要是有什么事要帮忙的，随时可以找我马骝。不过，下次你不用打斗爷的电话，打给我就行，斗爷日理万机，正和大小姐筹备婚礼的事呢！"

关灵一拳擂在马骝的手臂上，说道："你这个死马骝，我和斗爷什么时候说要结婚了？"

马骝嬉笑道："这聘礼都下了，你家老爷子不会不认账吧？斗爷，要是他们不认账，那咱们可要拿回那聘礼了……"

我对穆小婷笑笑道："小婷，你别见怪，最近没喂饱这家伙，他老乱说话，真是失礼了。"

穆小婷"扑哧"一声笑了起来，说道："你们呀，还是一样，没变过。"

马骝笑道："对了嘛，小妹子，多笑笑，从你进门到现在，你那眉头都能夹死苍蝇了。"

穆小婷叹了口气，一下子又变成进来时那愁眉苦脸的样子了，只见她摇了摇头，说道："自从发现了这事，我都不知道怎么办，哪里还能笑得出来啊……"

关灵问道："说了那么多，究竟发生了什么事？"

穆小婷把平板电脑放在茶几上，然后打开了一段录像，说道："你们先看看这段录像吧。"

随着录像的播放，画面上出现了一个老人，只见他的年纪约莫有六十多岁，蓬头垢面，左眉上有颗大黑痣，穿着一身蓝色条纹的衣服，被困在一个铁笼里。铁笼很大，只不过老人的四肢都被链条锁住，活动受到了限制。老人双手抓着笼子，大声叫唤："这个人不是我，我还在洞里……这个人不是我，我还在洞里……"这句话一直在不停重复，直到录像播放完毕。

从画面的抖动和位置来看，这录像应该是偷拍者拍的。至于这录像是什么意思，我们三人一时也没看懂。

这个时候，穆小婷对我们说道："录像里的那个人，就是我的外公。"

我惊异道："你外公？我听你说过，你外公是个考古专家，怎么会……"

马骝也叫道："你外公不是已经……那个了吗？怎么会被人囚禁起来？"

穆小婷点点头道："没错，这个老人的确是我外公，他的名字叫黎炳有，是老一辈的考古人。我一直以为我外公死于一场灾难，却没想到是被人囚禁了……"说到这里，穆小婷的声音已经有些哽咽了。

马骝惊讶道："被人囚禁？"

穆小婷说道："嗯，具体是谁把我外公囚禁起来，我也不知道。但是，作为一个考古专家，能被人囚禁起来而不被外界知道，想想也挺恐怖的吧！"

我在心里也同意穆小婷的说法，如果真是这样，那么这个叫黎炳有的考古专家一定是个特别重要的人物。这种囚禁，也可以说是隔离，应该是有人想保护他，或者想研究他。如此一来，这段录像确实神秘而又恐怖。

我一边重复看视频，一边问道："那你知道这视频是在什么时候拍的吗？"

穆小婷摇摇头道："具体时间不清楚，但应该是在我外公死前的几个月。"

关灵问道："小婷，那你是如何得到这录像的？"

穆小婷说道："这是我花钱买来的，至于拍下这段录像的是谁，我也不清楚。卖给我的那个人也说是受人委托，而且，对方什么都不要，就要我外公的一件遗物。"

我们三人互相对视了一眼，听穆小婷这样说，其中一定大有文章。而且，这件事也并非偶然，一定是有人预谋的。

我问道："对方要你外公什么遗物？"

穆小婷回答道："一块石头。"

第二章　人脸石头

穆小婷这个回答再次令我们感到疑惑不解，对方既然敢卖给穆小婷这段神秘录像，那肯定是有原因的。但对方什么都不要，就要一块石头，这又是为何？难道这块石头是件宝物？

穆小婷看出了我们的疑惑，从背包里拿出几张相片，对我们说道："就是这块石头，它被我外公用盒子装了起来，存放在他自己收藏的古玩里，但这东西看起来不像一块普通的石头，而是一块人脸石头，不过我不知道它有什么用。幸好，我外婆在清理我外公的遗物时没有把它扔掉。"

我拿起相片，一张张端详起来。只见相片上的石头有巴掌般大，正面拍的那张，可以很清楚地看到上面的轮廓像极了一张人脸。如果加以仔细辨认，还能看出那是一张男人的脸。除此之外，并没有其他特别之处。

我问道："那这块石头现在在哪里？"

穆小婷回答道："作为交换，石头已经给了那个人了。"

我嘀咕道："难道说，这块人脸石头还记载了什么宝藏秘密？"

穆小婷听我这样一说，立即瞪大了眼睛，疑惑道："宝藏秘密？"

马骝点点头道："没错，就像夜郎迷城的秘密，不是藏在那几块玉佩里吗？同样的，你口中说的那个人，什么金银财宝都不要，就只要这块石头，那么可以说明，这块石头肯定不是普通石头，而是藏有秘密的石头。说不定又藏着一个什么惊世之宝的秘密呢。小妹子，你仔细回想一下，你外公有没有关于这块石头的资料记载什么的？你仔细想想看看。"

穆小婷翻了翻眼珠子，思索了一阵，然后慢慢摇摇头道："他留下的资料我几乎都看过，像斗爷身上的那个夜郎符，我也是从他的笔记里了解到的。但关于这块石头的来历，我一点都不清楚。不过，我也很谨慎，在交给对方之前，我分析过那块石头的成分，你们猜结果怎样？"

马骝最受不了别人卖关子了，嚷嚷道："哎哟，我的小妹子，这时候你还卖什么关子，直接说吧，结果怎样？"

穆小婷一脸谨慎地说道："经过仪器分析，那石头的内部含有一定量的放射性元素。"

我惊讶道："这么说，这人脸石头还真的是一块宝石了？"

马骝笑道："斗爷，小妹子都说了，这石头含有放射性元素，还宝石呢，顶多是块奇石……"

我说道："你马骝知识浅薄就别打岔，这宝石是在漫长的地壳生成的过程中形成的，有的宝石本身就是有放射性的矿物，或者它们旁边的矿物具有放射性，然后被沾染了。虽然市面上大多数的宝石所存在的放射性对人体无害，但像钻石、萤石和一些人工辐射改色的托帕石，就具有相对高的放射性，有些商家处理不当，或者添加磷光，那对人体是有害的。如果这块石头不是人为处理过的，那极有可能是块宝石啊！"

穆小婷点点头道："斗爷说得没错，但我觉得，这石头并非普通宝石或者奇石那么简单。"

我斟酌了一下，说道："这样吧，我们试着分析一下，如果这块石头里面确实记载了什么宝藏秘密的话，那么那个神秘人是怎么知道的？他又是怎么拍下你外公的那段录像的？"

穆小婷看向我，说道："我毫无头绪，斗爷，你说会是怎样呢？"

我用食指敲了敲茶几，说道："我想那块石头的作用，有可能跟你外公说的那些话有关。"

关灵说道："他说的那些话，怎么听都有点不正常的样子，甚至可以说，有点诡异。难道说，你外公是中了邪，才被人囚禁起来的？"

马骝一拍大腿叫道："那我知道那地方是哪里了！"

穆小婷连忙问道："啊？你知道了？是哪里？"

马骝说道："青山。"

穆小婷似乎没有理解这个"青山"的意思，皱起眉问道："青山？青山又是在哪里？"

我对穆小婷笑道："马骝所说的青山，是指精神病院，我们这边都把精神病院叫做青山。"

穆小婷只是"哦"了一声，脸上并未出现惊讶的表情，似乎心里早就有了这个猜想。不过也难怪，任谁看了这段录像都会认为录像里面的那个人是疯子，而疯子会被关在哪里，大家都很清楚。

马骝看见穆小婷那个表情，连忙解释道："小妹子，我不是说你外公坏话，这样看来，你外公确实像疯了呀，而且你看他穿的那套衣服，像不像一套病服？"

穆小婷说道："我自己也想过这点，但是他说的那些话……会不会还有其他的意思？你们也知道，他是个考古专家，而录像应该是他去考古回来被囚禁起来后才拍摄的。但我听家里人说过，他们见到我外公的时候，他已经死了，而死因是意外。但具体是遭遇了什么意外，谁也说不清楚，只不过大家心里都明白，做考古工作是有危险的，也就没有细究下去。"

我问道："通常考古工作都是一帮人去的，难道当时没有去问那些一起回来的人吗？"

穆小婷摇摇头道："问题就出在这里。据说，当时我外公一行六人去的，但只有两人回来，其中一个就是我外公。另外一个，情况也跟我外公相同，都说是回来不久后便意外死亡。"

我点点头道："那我明白了，你外公应该是在考古的时候遭遇了不测，所以才会出现这样疯癫的情况。不知道你们是否记得上官锋他们，他们一队人曾经去天坑探险，但是回来的那两个都中了鬼虫的毒，不久便死了。所以，我想你外公的遭遇跟他们有点相似，所以才被人隔离囚禁了起来。"

穆小婷说道："你说的那次天坑事件我也在网上看过，但是我外公的遭遇不像是中毒吧？"

我说道："我刚才说是有点相似，并没有说你外公一定是中了毒。不过，从他不断重复说的那句话来看，他的症状似乎比中毒更加可怕。假如，我说的是假如，假如你外公一切正常，而且他说的那句话是真的，那我们该如何去理解这句话？"

马骝摆摆手叫道："哪来那么多假如，这一看就是疯了……要是真的，那他说的话也太诡异了吧？'这个人不是我，我还在洞里'，难道这个人并非是小妹子的外公，而是其他人？难道那个洞又是什么鬼洞不成？可以把人复制了？"

关灵说道："是哦，马骝的话并非没有道理，小婷，你真的确认这个人就是你外公没假？"

穆小婷重重地点点头，一字一句地说道："我确认，这个人就是我外公。"

我对穆小婷说道："小婷，那你外公说的那个'洞'，究竟是哪里？或者说，你知道你外公他们去了什么地方考古，然后才遭遇了不测的吗？"

穆小婷摇摇头道："不知道，我问了许多人，包括以前跟我外公同辈的那些退休领导，但他们都不知道我外公那次的考古任务是什么。其实这结果我也预料到了，要是那么容易被我查到，那些人就不会把我外公囚禁起来了。"

关灵说道："这么说，他们那次考古执行的应该是一项非常机密的任务。这样一来，我们如果想知道是什么地方，估计就没那么容易了。"

穆小婷说道："就是呀，这事从一开始就充满了神秘，而且越查下去问题就越多，我是迫不得已才找上门来请你们帮我出谋划策的。要不然这样下去，我怕自己还没查到真相就已经疯了……"说着，穆小婷抱着脑袋晃了晃。

我笑笑道："也对，凭你那执着的性格，可能还没找到答案，就把自己弄垮了。但现在我们资料有限，一时半会儿也不会有答案。我想，突破问题的关键，应该就在那块古怪的人脸石头上。准确地说，关键在于那个偷拍录像的幕后神秘人，只要找到了这个人，我相信很多问题就可以迎刃而解了。"

穆小婷皱起眉道："可是，这人海茫茫，去哪里找？"

我说道："我刚才说了，问题的关键就在那块人脸石头上。既然那块石头对这个神秘人那么重要，那我们就在石头上下功夫。"

穆小婷、关灵和马骝三人一起看着我，不约而同地问道："怎么在石头上下功夫？"

我拿起那张相片，站起身来说道："小婷，那个人是通过什么方式联系你的？"

穆小婷回答道："邮件。"

我说道："那就好，你到时候给他发一封邮件，内容就写手上有那块石头的秘密资料，要跟他来个交易，我相信那个神秘人看到邮件后，一定会再次现身的。到时候，咱们就知道他到底是谁了。"

穆小婷说道："可是，万一他像之前那样，也是叫其他人来跟我见面呢？"

马骝摩拳擦掌地叫道："管他怎样，我们先来一招引蛇出洞，再来一招顺藤摸瓜，肯定能抓住这家伙！"

我点点头道："马骝说得没错，我们到时候可以跟踪他派来的人，来个顺藤摸瓜，揪出这个幕后人。"

接下来，大家又商量了一阵，都觉得目前只能按这个方法去做。于是，穆小婷按我说的给对方发了一封邮件，并提出明天下午见面。这个方法果然奏效，没过多久，对方就有了回复，还答应了见面。

这样看来，幕后人即将浮出水面了。

第三章　幕后人

见面的地方在附近的一个公园里。

我在穆小婷身上装了一个微型窃听器，然后让她一个人坐在石椅上等候神秘人的出现，而我和马骝、关灵三人则找了个有利的位置躲起来观察。虽然大家都知道这是个局，但还是感到有点紧张。

马骝笑嘻嘻地对我说道："斗爷，咱们这样像不像特工？感觉太刺激了……"

我说道："刺激个屁，等下要是套不住狼，咱们就偷鸡不成蚀把米，连这窃听器的钱都给亏了。"

马骝说道："这钱是大小姐出的，又不是你的，心疼什么呢？"

我敲了一下马骝的脑袋，说道："咋不心疼？她的就是我的，我的还是我的。"

关灵听我这样说，一下子就揪住我的耳朵，阴笑道："呵，金北斗，行啊，长能耐了呀？想回去跪键盘呢，还是顶榴梿呢？"

我连忙求饶道："轻点轻点，我一时嘴快说错了，我的是你的，你的还是你的……"

关灵松开手，得意地说道："哼，这还差不多。"

马骝捂着嘴巴笑道："哈哈，斗爷，这还没结婚就这样了，要是结了婚，我敢说你肯定会发达，因为——'怕老婆会发达'，哈哈哈哈。"

我立即辩解道："马骝，你别笑，你迟早也有这一天。再说了，怕老婆是我国的优良传统，古书上也有记载：'初娶之时，宝相庄严如菩萨，夫菩萨者，焉能不怕！及生子后，泼辣剽悍如夜叉，夫夜叉者，焉能不怕！渐为老妇，鸠皮鹤发如鬼母，夫鬼母者，焉能不怕！'"

马骝一脸惊讶地看着我，竖起大拇指称赞道："斗爷不愧是斗爷，才高八斗，可惜我不明白其中的意思，我只听见什么泼辣夜叉、什么老妇鬼母……你不会是说大小姐吧？"

我被马骝气得一时不知道怎么辩驳，心想又要被关灵揪耳朵了，但没想到关灵似乎没有听见马骝说的话，眼睛一直注视着穆小婷那边，突然说道："有人来了，别闹了。"

我和马骝立即看过去，果然，一个穿着黑色西装的中年男子走进了公园。此人约莫五十出头，戴着一副黑框眼镜，鼻低面阔，头发向后梳，露出高高的发际线，被阳光一照，锃亮锃亮的。除此之外，他的手里还提着一个黑色皮包。

男子扫视了一下周围，然后好像发现了穆小婷，便径直朝她那边走了过去。

马骝紧张道："斗爷，来了来了……"

我压低声音道："别说话！"

那人还没走近，我看见穆小婷已经站起了身，从她的表情来看，似乎认识此人。果然，耳机里传来了穆小婷的声音："怎么又是你？"

男子笑了笑，直接问道："那资料呢？"

穆小婷按照事先编好的话说道："这次我要见你们老板。"

男子再次笑了笑，说道："我们老板没空，这是你要的钱，一手交钱一手交货。"说着，他把皮包递给穆小婷。

穆小婷说道："如果想拿到资料，除非让我见到你们老板，否则没戏。"

男子问道："你为什么那么想见我们老板？"

穆小婷说道："我有问题要问他，如果得不到答案，我会一直追查下去，让他永无安宁之日。"

男子摇了摇头，苦笑一下道："小丫头，没想到你会是这么执着的人，那你现在查到什么了？"

穆小婷"哼"了一声道："你别管，反正我会查到的。"

男子叹了口气，说道："好吧好吧，既然都露面了，我也不隐瞒你了，其实没有什么老板，从头到尾都是我一个人。"

穆小婷惊讶道："什么？你……一直都是你一个人？那你到底是谁？"

男子警惕地看了看周围，突然反问道："对了，为什么选择在这个地方见面？我知道你在哪里工作，也知道你的家在哪里，你大老远来到这里，是不是要见什么人？"

穆小婷不明白对方这样问的意图，一时语塞。不仅她不明白，连我们三人也感到男子这话有点莫名其妙。从他的话来看，他似乎并非对自己的身份避而不答，而像是另有目的。

果然，男子接着说道："在做自我介绍之前，我想先见见你的朋友。"

穆小婷一脸疑惑道："我的朋友？这事跟他们有什么关系？"

男子说道："这么说吧，我认为你一个人是不可能从鬼岭里面走出来的。别人也许没有过多猜疑，但是我知道，你隐瞒了事实的同时，也隐瞒了他们的存在。"

穆小婷大惊失色，忍不住朝我们这边看了过来。我心里也被这男子的话吓了一跳，虽然我们三个没有干什么犯法的事，但是一旦被揪出来，麻烦事肯定会有一大堆。

男子继续说道："你别害怕，我没有恶意，我只是想知道他们是谁。"

穆小婷支支吾吾道："这个……那个……"

男子看了看周围，说道："我想，他们应该也在附近吧？毕竟你一个女孩子，他们不可能单独让你一个人交易的。而且，你所说的资料，我想有可能是骗我的，目的只是想引我出来，对吧？"

想不到这个局这么快就被拆穿了，穆小婷一脸尴尬，低下头不知道该说些什么。但她露出这样的表情，无疑是间接证明男子猜对了。

这时候，马骝实在忍不住了，一下子冲了出去，跑到穆小婷身边，把穆小婷挡在身后，然后指着男子骂道："喂喂喂，你想干什么？在这里装什么神探，有种给猴爷我报上名来，欺负一个女孩子算什么英雄好汉……"

男子明显被马骝的举动吓了一跳，往后连退了几步。他扶了扶眼镜，似乎想看清楚马骝的模样，然后笑道："这位兄弟，别冲动，我没有恶意，我也没有欺负小婷。"

马骝瞪大他那双小眼睛，装出一副凶狠的模样，突然一个箭步冲上前去，揪着男子的衣领说道："什么什么？没有欺负？就是因为你，害得她没日没夜地追查那事，都憔悴成这样了，你还说没有欺负她？还有，小婷是你叫的吗？给我滚，不然我把你打得连眼镜都找不着……"说着，他把男子往地上一推，男子毫无招架之力，一下子被推倒在地上。

我和关灵见势不对，连忙跑过来阻止。我对马骝说道："马骝，有事好好说，别动手动脚的，你以为是地痞打架啊？"

马骝往地上吐了口口水，叫道："跟这种人有什么好说的？"

我过去扶起那男子，对他道歉道："不好意思，我这兄弟鲁莽了，希望没伤到你。"

男子拍了拍身上的灰尘，没有说话，脸上也没有生气的表情，只是仔细打量起我和关灵来，最后对穆小婷问道："小婷，你来这里找的就是他们三个吧？"

马骝立即嚷道："喂，小婷是你叫的吗？"他忽然想起什么，又叫道："不对，你怎么知道她叫小婷？"

男子咳嗽了一声，对马骝笑了笑，然后说道："我是黎教授的学生，他的外孙女就是穆小婷，我在她小的时候曾经见过她，我不叫她小婷，那该叫什么？"

我们四人一听男子这样说，都不禁吃了一惊，穆小婷连忙问道："你说你是我外公的学生？"

男子点点头道："没错，我叫秦仲义，是搞生物化学研究的，你外公不仅是一名考古专家，还是一名生物学专家。"说完，他从衣服口袋里拿出几张名片，分别递给我们。

我看了一下那张名片，上面写有秦仲义的名字，头衔是博士，工作单位是国家的一家生化研究所。从这张名片上来看，此人并没有说谎。当然，名片也可以伪造，所以对于此人的身份，我们几个还是抱有怀疑的态度。

穆小婷一脸怀疑，问道："哼，我凭什么相信你？这名片说不定是你为了骗我们伪造出来的呢！"

秦仲义摇头笑了笑，然后从身上拿出一个钱包，接着从钱包里拿出一张相片，递给穆小婷，说道："我料到你会质疑我的身份，这张相片是我和你外公的合影，你看了就明白了。"

穆小婷接过相片，我们三人也凑过去看。这张相片已经有点泛黄了，属于那种老照片，一看就知道是真的。只见相片上有三个人，中间的是一个四五十岁的男人，左眉上有颗大黑痣，跟录像里面的人一样，应该就是穆小婷的外公黎炳有。左边的人二十来岁，戴着黑框眼镜，发际线很高，跟眼前这个自称秦仲义的男子一模一样。而右边是一个与他年纪相仿的女子，留着过肩的长发，五官精致，看起来很有气质。

这时候，秦仲义说道："我和那女孩当年都是你外公的学生，如果你还不相信，可以找她问问。她现在跟我在一个地方工作，如果有需要，我还可以带你去见她。还有，你外公的许多事情我都知道，你要是还不相信，可以找你的亲人问问，在你外公没出事之前，我去他家做过几次客。"

穆小婷把相片还给秦仲义，说道："好吧，就算你说的都是真的，那你为什么要这样做？为什么不直接跟我说？还有，那段录像是从哪里拍的？那块石头又藏有什么秘密？还有，我外公到底遭遇了什么……"

穆小婷一连问出几个问题，似乎令秦仲义有点招架不住。他扬起手，制止穆小婷再问下去，笑笑道："我知道你有很多疑问，但有些事……"说到这里，他扫了一眼我和马骝、关灵三人，"有些事情，我真的不知道该怎么跟你解释。"

我见状便对秦仲义说道："秦先生，啊不，秦博士，您那么远跑过来，无非也是另有目的的，既然在这里聊不方便，要不到寒舍坐坐？"

马骝接口道："没错，今天如果你不给我们，不，如果你不给小婷解释得一清二楚，恐怕你走不出我猴爷的地盘。"

秦仲义说道："行行行，我一定会解释清楚的。但在这之前，我想确认一件事。"

马骝不耐烦地说道："我告诉你，别想玩什么花样，不然有你受的。"

秦仲义没有见怪，他一本正经地问道："我想确认，你们是不是也去过鬼岭？"

秦仲义这个问题再次令我们三人吃了一惊，这家伙到底有什么意图？马骝刚想说话，我立即制止他，免得他乱说，然后我对秦仲义说道："秦博士，你这话是什么意思？"

秦仲义笑了笑，道："大家别误会，我没别的意思，只是想确认是不是你们几位。"

我说道："是又怎样，不是又怎样？"

秦仲义忽然一脸严肃地说道："如果是的话，那么接下来的事就需要向你们解释清楚；如果不是的话，那这个解释就没有必要了。"

我们三人对视了一眼，然后一起看向穆小婷，穆小婷露出哀求的眼神，但又不敢直接开口叫我们承认。马骝见状，突然一拍胸口叫道："没错，是我干的！有什么事就冲我马骝来，不关他们的事！"

秦仲义看着马骝，扶了扶眼镜，半信半疑地问道："真的是你？"

马骝整理了一下衣领，一只脚踏上石椅，摆出一副老大的样子，大义凛然道："没错，就是猴爷我，不就是区区一个鬼岭吗？有何惧怕？猴爷我去的地方多着呢，你想怎样，直接说吧。我就知道这事瞒不住的，你要报警，还是直接扣我回去，随你的便。反正都是我一个人干的事，跟他们没关系。"

我和关灵看见马骝如此仗义，一个人顶了所有事情，心里都很感动。但从秦仲义刚才说的话和现在的表情来看，他似乎真的没有恶意。

果然，秦仲义摆摆手，笑道："这位兄弟，你言重了，我不是那些人，我说了，我的身份是一名生物化学家，是黎教授的学生，这是真的，请不要怀疑。至于你刚才说的话，我想再次确认一下，希望你别介意……"

马骝听见秦仲义这样说，看了我和关灵一眼，暗中松了口气，但很快又摆出一副恶相道："确认确认，你到底想要确认什么？刚才不是跟你说了吗？"

秦仲义说道:"你说你去过鬼岭,那我想问一下,何谓白虎衔尸,青龙嫉主?何谓玄武拒尸,朱雀腾飞?"

马骝被秦仲义这样一问,立即哑口无言,束手无策,瞪着眼睛干着急。我和关灵都知道秦仲义这话是什么意思,他是想借此来了解一下马骝是否懂风水,但马骝就是一个粗人,根本不懂这些术语,也难怪他会出丑。

我刚想出声,一旁的关灵看不过去了,"哼"了一声,对秦仲义说道:"虎蹲谓之衔尸,龙踞谓之嫉主,玄武不垂者拒尸,朱雀不舞者腾去。想不到一个自称生物化学家的人竟然会用这个来捉弄人,试问你居心何在?"

秦仲义听关灵这样一说,先是一惊,随即面露惊喜,对关灵抱了抱拳,笑道:"在下班门弄斧,多有得罪。不过这样看来,去过鬼岭的还有这位美女了。"

关灵白了对方一眼,说道:"没错,我也去过,那又如何?"

秦仲义保持着笑容,目光从关灵身上慢慢移到我这边,对我说道:"如果没有意外,也肯定少不了这位兄弟吧?"

我笑道:"秦博士如此反复确认,甚至连风水术语都搬出了,恐怕早就有结果了吧?我如果再狡辩,岂不是自讨没趣?"

秦仲义哈哈一笑,道:"看来,我的功夫没有白费,终于找到各位了。"

我问道:"你做了那么多,目的只是引我们出来?难道跟小婷外公被囚禁的那段录像有关?"

秦仲义对我和马骝、关灵三人抱了抱拳,说道:"没错,这是一件非常机密的事,我一定要确认对的人,否则对彼此都不利。"

穆小婷一头雾水道:"为什么?我还是不明白……"

秦仲义突然收起笑容,一脸严肃地说道:"因为,把黎教授囚禁隔离起来的人,是我。"

第四章　考古笔记

秦仲义这话一出，在场的人都吃了一惊。这个时候，公园开始热闹起来，我知道这事情并非三言两语就能解释清楚的，便拉上秦仲义，几人一起回到马骝的祖屋。

大家简单做了自我介绍后，穆小婷就迫不及待地追问起来："我想知道，你刚才说把我外公囚禁起来的人是你，你为什么要这样做？"

秦仲义叹了一口气，说道："唉，因为我在他们留下的考古笔记里，发现了一些不可思议的事。不过，这事要是说出来，你们可能也不会信。"

我给他斟了杯茶，说道："秦博士，你可能不知道，我们也见过许多不可思议的事。现在坐在这里的，都是能守口如瓶的人，所以，但说无妨。"

秦仲义听我这样说，点了点头道："也是，你们能把鬼岭那座千年古墓找到，并且能安然无恙地从鬼岭走出来，肯定不是一般人。不过，我现在要说的这事完全超出了我们人类的想象，你们听完后，信不信就由你们自己决定了。"

马骝焦急道："你说就是了，还有什么稀奇古怪的事我们没碰过？要是把我们那些事说出来，准吓你个半死……"

我瞪了马骝一眼，咳嗽一声，示意他住口，然后说道："你别在这里打岔，让人家秦博士好好组织一下语言。"

秦仲义笑了笑说道："我知道你们在鬼岭碰到了许多稀奇古怪的事，但是跟这事比起来可能真的是小巫见大巫。我知道，这事从我嘴里说出来，你们肯定不信，所以我把那份考古笔记也带来了，你们看完之后，就知道我为什么这样说了。"

秦仲义说完，从手提包里拿出一个档案袋交给我。我接过档案袋，从里面拿出来一份文件，只见文件的封面上印有几个大字：天星秘窟考古笔记。

翻开第一页，是一幅手绘的地图，上面标注了一些路线和地点。也就是从这一页起，这份考古笔记记录下了一件不可思议的机密事件。

在 1999 年的 5 月 10 日，黎教授等人在一个叫天星村的地方无意中发现了一个奇怪且深不见底的神秘洞窟，几人深入洞中，想窥探一下里面的情景。不料洞底巨大，且洞中有洞，延绵不断，似乎没有尽头。由于准备不充分，再耽搁下去会危及性命，几人便原路返回，并从洞窟中带回来几块非常诡异的人脸石头。

这些人脸石头经过科学分析，大家有了一个重大的发现，那就是这些人脸石头并非普通石头，而有可能是来自上古时期的工艺品。也就是说，天星洞窟底下有可能存在着一个神秘的上古遗址。

上级获知此信息后，非常重视，立即下达秘密文件，重新组建了一支考古队伍，并命名为"天星考古队"，这支队伍再次对天星村洞窟进行全面考察。这支考古队伍一共十人，由考古专家、生化专家、地质专家和探险专家组成。这次任务属于机密任务，除了上级和考古队知道外，并没有对外公布。

筹备了几个月后，9 月 22 日那天，在黎教授的带领下，天星考古队顺利到达了洞窟底部，开始对洞窟进行全面考察。然而，这支考古队在进入洞窟之后不久，就突然失去了所有信号。直到三天后的一个晚上，在总部值班的人才突然收到了从洞窟底部传来的微弱求救信号。但一切都迟了，派去搜救的人在洞窟底部只发现了黎教授和另外一名姓张的探险专家，但他们已经奄奄一息，不省人事了。至于其他人，搜救队足足找了一个星期都没有找到，这些人连同所有设备似乎凭空消失了一样。究竟在这三天里发生了什么，谁也不知道，大家只好将希望寄托在被救的那两个人身上，希望能从他们身上寻找到答案。

但是，两人醒来之后，都出现了疯癫的情况。为了控制他们，秦仲义提议把他们隔离囚禁起来，以免发生意外。但不幸的是，其中那个姓张的探险专家在一个月后突然离奇死亡。为了获悉他的死因，秦仲义对他的尸体进行了解剖，不料这一刀下去，他竟然发现此人的血液是绿色的。这个发现顿时震惊了所有人，最后不仅没有发现死因，反而多了一个绿血之谜。

此后不久，秦仲义发现黎教授的血液竟然也是绿色的。经过血液分析化验，大家发现他们两人的绿血里都含有大量的叶绿体，至于这些叶绿体来自何种植物，并没有办法验出。还有一个更加令人感到疑惑的现象，那就是黎教授有时候说着让人听不懂的语言，有时候又不断重复着一句谁也弄不明白的话："这个人不是我，我还在洞里。"

而在这些文件的后面，有一页是按照时间记录的笔记。

10：20。

天星考古队全部人员安全到达洞底。

10：30。

大家整理好装备，走进之前发现人脸石头的洞穴。

12：50。

这些洞穴一个连着一个，错综复杂，我们在洞里走了两个多小时，还没有走到洞底。

13：30。

稍作休息后，我们继续在洞里穿梭。

14：10。

我们好像走进了一个非常古怪的洞穴里，洞壁上竟然出现了一些古怪的符号。

15：44。

前面突然出现了一道奇怪的绿光，好像在为我们带路。

17：00。

经过一个多小时的追踪，绿光突然消失了，出现在我们面前的是一堵黑色高墙，墙内是个非常宽阔的地方，还有一片非常庞大的黑色建筑群，犹如宫殿般壮观。这个应该就是传说中的"地下神宫"，终于被我们找到了。

20：30。

我们对"地下神宫"进行了好几个小时的考察，发现这些黑色建筑物不属于任何一个朝代，而且上面刻有许多神秘符号。初步判断，极有可能是上古时期的东西。

21：00。

我们休息了半个小时后，继续深入"地下神宫"中心。

22：22。

前面突然响起一个古怪的声音，这个声音如鬼魅般恐怖，令人毛骨悚然。黑暗中好像藏有什么东西，我们不敢动。

22：34。

声音开始变小。

22：40。

声音完全消失了。四周又恢复了之前的死寂。

23：00。

有人……有人……

考古笔记到此就没有了。

看完最后一页按照时间记录的笔记，大家都感到非常疑惑，同时也觉得不可思议。关灵似乎想起了什么，忽然惊讶道："难道说，他们去考古的地方就是那个被评为地球十大洞窟之一的天星秘窟？"

秦仲义点点头道："没错，就是那里。"

关灵呼出一口气后说道："我的天！那个洞窟据说深达一千多米，比最深的天坑还要深几百米啊！"

秦仲义又点点头道："嗯，具体数据是1026米，重庆小寨的天坑也只不过深662米而已。"

马骝张大嘴巴，惊讶道："那不是比黑洞天坑还要深？这么深，简直跟下地狱没区别呀……"

秦仲义眉头一扬，问道："你说的黑洞天坑在哪里？"

马骝知道自己说漏嘴了，看了我一眼，然后笑笑道："这个啊……哦，就是你刚才说的那个重庆小寨天坑啊，我们这里叫黑洞天坑而已。"

秦仲义"哦"了一声，然后说道："我还以为还有另外一个天坑，比重庆小寨的天坑还要深呢！"

我见状急忙扯开话题道："秦博士，这后面的记录到底是怎么一回事？黎教授的原样笔记也是这样记录的吗？还有，为什么后面没有了呢？"

秦仲义说道："其实，这份记录并不是黎教授写下来的，而是那个姓张的探险家的，我们从他身上找到了一支录音笔，根据里面的录音整理出来这份记录。在录音的最后，也就是那句'有人'之后，录音笔还录下了一片嘈杂的声音，有十多秒长，但分析不出来，然后就没有了。据我们推断，有可能是考古队遭遇了那个所谓的'人'的袭击。"

穆小婷惊讶道："洞底下面有人？这怎么可能？"

马骝说道："这完全有可能，说不定又是之前的探险队留下的人，跟天坑里……"

未等马骝说完，我连忙咳嗽两声，打断他道："你这家伙净胡说，在这样一个洞窟里，怎么可能还有人生存？不懂你就别瞎嚷嚷。"

马骝知道我话里有话，立即住口没再说话。关灵拿起那份考古笔记问秦仲义："这考古笔记里说，搜救队没有找到其他人，那有没有找到那个什么'地下神宫'？"

秦仲义摇摇头道："没有。出事后不久，上级派出的搜救行动不下十次，但结果都是一无所获。而且，在这十多年间，也有人下去找过，但都没有任何收获。"

关灵又问道："那黎教授他们又是在哪里被救的？"

秦仲义说道："据说，发现他们的时候，他们正在洞窟底下，除了装备不见外，也没有其他情况发生。两人晕死在地上，身上没有受伤，看不出一点异样。"

我问道："那后来去的人有没有出现什么异常情况？"

秦仲义摇摇头道："没有，所有人都安然无恙地回来了。所以，黎教授他们在洞里究竟遇到了什么，至今还是个谜。"

我诧异道："十多次搜救行动，一次意外都没有发生？"

对于后来派去搜救的人为什么没有发现"地下神宫"这个事，我心里并不觉得意外。倒是他们去搜救了那么多次，却一次意外都没有发生，这就出乎我的意料了。

秦仲义很肯定地点点头道："是的，我明白你的意思，这个现象我自己也感到很奇怪。为此，我曾经找过他们问话，但结果还是令我很失望。不是我黑心，希望他们出个意外什么的，而是这么久了，一点线索都没有，令人非常难受。"

马骝说道："会不会是他们马虎，就拿份工资得过且过，没有认真去搜救啊？"

秦仲义笑笑道："这个倒是不会，他们都带有摄像的，我虽然没有跟他们一起下洞，但我在上面看得很清楚。他们到过什么地方，这个洞窟底下有什么，这些我都很清楚。只不过，我怀疑那些洞中洞有点古怪，可能真的还有未被发现的地方。"

虽然还没有见识到那个神秘洞窟的模样，但从那份笔记和秦仲义说的话来看，我知道洞窟底下的情况肯定非同一般。这样一个诡异的神秘洞窟，而且还出现了如此恐怖且无法解释的情况，那肯定不是一般人所能触及的。

这时，穆小婷好像忽然想到了什么，忙问道："对了，秦博士，我外公身上的绿血之谜，至今有研究出什么吗？"

第五章　绿血人

　　秦仲义再次摇摇头，叹息一声道："唉，即使今天的科学研究很发达，但还是无法解释他们身上为什么会流着绿色的血液。"

　　我在平时看书的时候也曾经涉猎过关于绿血人的知识。据说在非洲西北部的山区里就有绿血人种的存在。这些人不仅肤色犹如叶绿素，就连血液也是绿色的，他们的种族大概有三千多人，都过着穴居的原始生活。

　　另外，在西班牙还流传着一个"绿孩事件"的故事。这个故事说的是在 1887 年 8 月的一天，西班牙班贺斯附近的居民看见一男一女两个绿孩子从山洞里走出来。他们的皮肤是绿色的，身上穿的衣服面料也从未见过，他们不会说西班牙语，也不敢吃居民们送去的食物。最后，那个男孩死去了，留下的那个女孩吃了食物，活了下来，并且慢慢学会了当地的语言，能和人交谈了。那女孩跟当地居民说，他们来自一个没有太阳的地方，有一天，他们正在玩耍，突然刮起一阵旋风，他们就被卷到了那个山洞里。资料记载，这个绿女孩活了五年，直到 1892 年才死去。至于她所说的那个没有太阳的地方在哪里，为什么他们的皮肤会是绿色的，人们始终无法找到答案。

　　我心想，难道黎教授他们也跟这些绿血人一样？毕竟天星洞窟深达一千多米，也是一个没有太阳的地方。但好端端的一个人，为什么会变成绿血人呢？

想到这里，我忍不住问道："难道他们不是中了什么毒才变成绿血人的吗？"

秦仲义说道："起初我们也是这样认为的，但血液里并没有任何可疑的毒素，那些叶绿体经过分析也很正常。只是，我们配对了许多植物，但都无法配对成功。也就是说，我们不知道那些叶绿体来自什么植物，或者其他未知物种。"

关灵说道："我听说人体如果含有大量的钒元素，血液也是绿色的，是吗？"

秦仲义说道："没错，人体缺了它会导致心脑血管及肾脏疾病，伤口修复能力减退，而摄入过多则很容易引起心脑血管疾病、肾脏衰竭等。如果超了一定量的话，人体血液里的血红蛋白就很容易变成血绿蛋白，使血液由红色变成绿色。但是，你外公他们没有这个现象，我刚才说过，化验的结果是血液里存在大量的叶绿体。"

我问道："那这些叶绿体是导致他们死亡的原因吗？"

秦仲义说道："致死原因是器官萎缩，但是什么导致的，至今还没有弄清楚。不过，我们后来推断，有可能是因为叶绿体得不到光合作用，所以才出现这样的状况。但这只是推断，真正的原因是什么，到目前为止，没有人能解答。"

马骝惊讶地叫道："这样不等于变成植物人了吗？我说的不是那种瘫痪的植物人，是真正的植物人，被植物控制了身体。"

听马骝这样说，穆小婷的眉头又皱了起来，说道："这也太天方夜谭了吧？这世上有什么植物能控制人的身体？"

马骝说道："很难说哦，小妹子，这世界上什么稀奇古怪的东西没有？就拿鬼岭古墓里的那些怪物来说，要不是被我们撞见，谁会相信有这样的动物存在呢？所以啊，正应了那句卖鞋的广告语——一切皆有可能。"

穆小婷一个劲儿地摇头道："不不不，这怎么能相同？按你所说的，难道我外公是变异了？"

马骝说道："血液都变成绿色了，这不是变异是什么？我猜想啊，他们可能在那个洞里碰到了什么植物精怪，被咬伤后变异了。"

关灵忍不住笑道："马骝，你是玩《植物大战僵尸》的游戏玩多了吧？还植物精怪呢，那黎教授他们岂不是变成了僵尸？"

马骝一本正经地说道："大小姐，难道你没听说过植物怪吗？那猴爷我就要好好说给你听听了，要不然你们还以为我猴爷肚里真没墨水呢！呐，你们都竖起耳朵听好了——"马骝咳嗽两声，清清嗓子，然后装出一副说书人的样子说道，"上下几千年，纵横数万里，说到植物精怪，著名的莫过于东有扶桑，西有若木，月桂蟠桃，佛祖菩提。还有《封神演义》里的高明、高觉两兄弟，原是棋盘山上的桃精和柳鬼，会很多妖术。还有《西游记》中，'荆棘岭悟能努力，木仙庵三藏谈诗'一章，'十八公乃松树，孤直公乃柏树，凌空子乃桧树，拂云叟乃竹竿，赤身鬼乃枫树，杏仙即杏树，女童即丹桂、蜡梅也'。还有什么七树精、木皮怪、荆山槐……"

马骝说到这里，关灵已经捂着肚子大笑起来："哎哟，笑死人了，马骝你真是博学多才啊，亏你记得那么清楚，但最经典的那个你还忘说了呢，葫芦娃，葫芦娃，一根藤上七朵花……哈哈哈哈……"

关灵这话把大家都逗笑了。

马骝摸着脑袋，一脸尴尬道："对哦，我怎么就把这个给忘了呢……"

秦仲义笑道："马骝老弟，精怪之说当属神话，并不可信。但是，也不能说你说的话是错的，当初我们研究所也有人说过同样的话，毕竟黎教授他们的血液含有大量的叶绿体，那肯定是跟植物有关的。说不定在那个洞窟里面，真的存在着一种能令人的血液变成绿色的神秘植物。"

马骝叫道："看吧，人家秦博士都认为这个是有可能的。话说回来，秦博士，刚才对你有点粗鲁，马骝我在这里跟你道歉了。"说完，他对秦仲义举了个手刀表示歉意。

秦仲义摆摆手道："没事没事，我知道你也是担心小婷的安全，所以才会这样。这些事就让它过去吧，大家不必记在心里。"

我说道："秦博士果然心胸宽广，不过你用小婷引我们出来，恐怕不只想告诉我们这件不可思议的考古事件那么简单吧？"

秦仲义一脸认真，身子往前倾了倾，双手放在桌上，很诚恳地对我们说道："其实，我是想找你们帮忙，帮我解开这个绿血之谜。"

我笑道："别开玩笑了，秦博士，这个长达十多年的考古谜题，你们研究了那么久都没有解开，就凭我们几个，你认为有这个可能吗？"

关灵也说道："就是啊，你们都对那个洞窟搜寻了十多次了，我们去的话，结果还是一样的呀！"

秦仲义说道："话是这样说，但他们是普通人，而你们是高人。鬼岭那么复杂，你们都能找到那座千年古墓，而且还能安全回来。这就说明，有些东西只有像你们这样的高人才能看得见，才能找得到。"

马骝笑笑道："秦博士，这帮忙归帮忙，但去那些地方，风险挺大的呀！说句不好听的，万一出个什么意外，得不偿失呀，你说是不是这个道理？"

秦仲义点点头道："嗯，没错，我明白你的意思。这忙不是白帮的，到时候会有人出资赞助，而且数目还不少，"说到这里，秦仲义竖起一根食指，"一百万。有人赞助一百万给你们，作为这次任务的酬劳。"

我们三人互相看了一眼，都暗自吃了一惊。马骝很快就露出焰熟狗头般的嘴脸笑道："哎呀，这一百万嘛，也确实不算少，但也不算很多，就是不知道是哪位大财主这么慷慨解囊呢？"

秦仲义说道："这个人嘛，跟天星洞窟也有点关系，到时候我会介绍给你们认识。现在的问题是，你们接不接受这个任务，或者说，接不接受我的恳求。就算不是帮我，也算是帮了小婷。你看她，自从知道这个事后，就一直没消停过，你们作为她的朋友，也不想看到她这样吧？"

我们看向穆小婷，她也看向我们，目光中流露出恳求的意思。马骝见状，立即一拍大腿叫道："行！没问题，就算斗爷和大小姐不帮忙，我马骝也一定会帮小妹子的。我说过，只要你有困难，哥哥我会第一个出来帮你，绝对义不容辞，别说区区一个洞窟，就算是上刀山下火海，哥哥我也肯为你去闯一闯……"

马骝这番豪言壮语说得穆小婷脸都红了起来，只见她微微低下头，对马骝说道："谢谢你，马骝哥……"

我和关灵看见马骝那个样子，都忍不住在心里偷笑，这家伙怕是喜欢上了穆小婷，才会说出这番豪言壮语吧！

马骝对我和关灵说道："斗爷，大小姐，你们考虑好了没？一句话，帮还是不帮？"

我说道："帮肯定是要帮的，不过……"

马骝一扬手，打断我的话道："帮就行了，别不过了。小妹子，你这下放心了吧，斗爷说了帮，那大小姐肯定不会落单的，毕竟夫唱妇随，哈哈。你也见识过我们斗爷和大小姐的本领，有他们帮忙，一定会帮你弄清楚你外公那事的。"

穆小婷点点头道："嗯，我知道他们的本事，马骝哥你的本事也很厉害，有你们三人的帮助，我相信一定可以找到真相的，我在这里先谢谢你们了。"说着，她站起身来给我们鞠了个躬。

关灵连忙说道："小婷，先别谢。我知道斗爷想说什么，我们是可以帮忙，但是能不能找到真相，我们谁也不敢打包票。所以……"

马骝又一扬手，打断道："别所以了，大小姐，我们跟秦博士说清楚道明白，最好签份合同什么的，要是能找到真相那固然好，万一找不到，这钱也要当做辛苦费给我们。您说是不是？秦博士。"

秦仲义说道："这个当然，合同肯定是要签的，钱也会先给你们，只要尽力就好。但是嘛，我们这边也有一个条件，万一，嗯，我是说万一出了什么意外，我们之间是不存在责任牵连什么的，希望你们也明白。"

我说道："那就相当于要我们签一个生死状？"

秦仲义有点尴尬地笑笑道："也可以这样说。"

马骝一拍大腿道："行行行，那就这么决定了。话说，什么时候可以出发？"

看见马骝那心急的样子，我忍不住揶揄道："马骝，这次你咋这么积极啊？是想早点找到真相，让你的小妹子放下焦虑，回归正常生活吗？"

马骝被我这样一说，刚才那种豪爽的神情立即变成一脸尴尬，他看了眼穆小婷，然后像舌头打了结般支支吾吾道："我、我马骝干什么都是那么积极的啊……再说了，人家、人家小妹子也被这事折磨得够累的，咱也于心不忍呀，是不是……"

我和关灵一阵窃笑，明眼人一看就知道马骝喜欢上穆小婷了。再看穆小婷，脸蛋一阵羞红，低下头没有说话。

这时，秦仲义站起身来说道："好了，那咱们就这么定了，到时我向大家引见一下那位出资赞助的老板，然后我们就制订一个计划，一起出发。"

我问道："一起出发？秦博士，您也要去？"

秦仲义点点头道："十多年了，我一直想亲自到洞窟里去看看，但因为当时条件有限，一直未能如愿。"

关灵说道："秦博士，这洞窟深达一千多米，下去可不是闹着玩的，您要考虑清楚。"

秦仲义抿了抿嘴唇，露出一副心意已决的样子，说道："我明白其中的危险，但我绝对不是闹着玩的，我比谁都认真。我认真研究这事十多年了，也认真寻找了十多年的答案了，一直没有放弃这个念头。如今我也是一只脚踏进鬼门关的人了，再不亲自去探险一下，我想这会成为我此生最大的遗憾。况且，不是有你们三位高手在吗？连鬼岭这样险恶的地方都可以攻破，我相信你们是有能力攻破这个天星秘窟的。"

既然秦仲义把话都说到这个份上了，我们再劝说也只会显得多余。想想也是，一个为科学研究奋斗终生的人，一个为追求真相而坚持了十多年的人，如果不亲自解开这个谜题的话，那真的是人生的一大遗憾。

接下来，我们又讨论了一阵，然后决定等过两天见了出资人后，就制订计划前往天星洞窟。秦仲义留下了一沓关于天星洞窟的资料给我们，然后他就回研究所收拾行装，准备两天后再跟我们会合。而穆小婷则留了下来，跟我们一起住在马骝的祖屋里。

趁着这段时间，我吩咐马骝和小婷出去购置些装备，顺便制造个机会让他们两人单独相处一下。我和关灵则一起研究秦仲义留下的那一沓资料，但最后还是没有研究出什么来。想想也是，他们研究了十多年都还没有结果，我们只是看一遍，根本没什么作用。像这样的谜题，或许只有亲自去一趟发源地探险，才能找到真相。

两天后的早上，当秦仲义再次出现的时候，已经由原来一身西装打扮的科研人士变成一身户外探险装备的探险者。

马骝忍不住对秦仲义笑道:"秦博士,人家说士别三日当刮目相看,现在才两天,你就变成另外一个人了啊!"

秦仲义尴尬一笑道:"真是让各位见笑了。为了今天,我已经准备了十多年了。"

我说道:"看来秦博士也做了充分的准备,这下大家就放心了,等会儿与出资人见见面,咱们就收拾收拾出发吧!"

根据约定,我们在一家酒楼的包间里与那个出资人见面。当我们推开包间的门,看见里面坐着的那个人时,我和关灵、马骝三人都不禁感到一阵愕然,心想:此人怎么会跟天星秘窟扯上关系呢?

第六章　出发

坐在包间里的人不是别人，正是天和集团的老板那五山。几天前我们还去过他家帮他转运，想不到今天又碰面了，而且他还是出资赞助我们的人。但是，一个大集团的老板，怎么会跟天星秘窟扯上关系呢？

马骝用手肘撞了我一下，细声道："坏了，斗爷，他来找我们，不会是想要回那些石头吧？"

我压低声音说道："别乱说，保持镇定，见机行事。"

这时，只见那五山站起身，完全当我和马骝是透明的，径直走到关灵面前，毕恭毕敬地抱拳拱手说道："哎哟，真是想不到呀，原来秦博士找到的高人就是关师傅，看来我们真的是有缘。"

关灵也抱了抱拳道："五爷，您客气了。"

秦仲义惊讶道："原来你们认识呀，那太好了，不用我介绍了。"

那五山扫了大家一眼，最后把目光停留在穆小婷身上，问道："这位是？"

穆小婷回答道："我叫穆小婷，黎教授是我的外公。"

那五山惊愕道："黎教授是你外公？这么说，你将参与这次的任务？"

穆小婷点点头道："是的。"

那五山摇摇头道："不行不行,那地方太危险了,你这么一个小女孩,这不是乱来吗?老秦啊,虽说她是黎教授的人,但不能让她冒这个险啊!"

秦仲义笑道："五爷,您别担心,小婷不仅是黎教授的人,她还跟黎教授一样,是做考古工作的。虽不能说经验丰富,但也是经历过风险的人。"

那五山半信半疑地看着穆小婷,说道："话是这么说,但还是太冒险了……"

穆小婷往前一步说道："五爷,您不用担心我。作为一个考古人,苦和累是家常便饭,那个传说中有去无回的鬼岭古墓我都去过。现在,比起冒险,比起我自己的生命,我更加看重我外公的死亡真相。"

那五山思索了片刻,点点头道："既然如此,那我也不再啰唆了。大家赶紧坐下吧,来来来,关师傅,您坐我旁边。"

那五山安排关灵和秦仲义坐在他两边,而我和马骝、穆小婷就坐在对面。等大家坐下后,那五山亲自给关灵斟了杯茶,然后问道："关师傅,不知道您对那个天星洞窟掌握了多少资料呢?"

关灵回答道："这地方也仅仅是听说过而已,并不熟悉。我所了解的,就只有秦博士带的那些资料了。"

那五山皱了皱眉,说道："如果是这样,那风险就大了。"

关灵问道："此话怎讲?"

那五山喝了口茶,说道："这个洞实在太深太怪了,一般人很难下去,而关师傅你……又是一介女流,恐怕很难胜任这个任务啊!"

一旁的秦仲义立即解释道："五爷,您知道他们三人去过什么地方吗?刚才穆小婷说的那个邙山鬼岭,闹得沸沸扬扬的鬼岭千年古墓就是他们帮忙找到的,而且他们还能安然无恙地回来。就凭这一点,你还认为他们没有能力去完成这个任务吗?"

那五山一听秦仲义这样说,顿时瞪大了眼睛,张大了嘴巴,惊讶的目光从关灵身上移到我和马骝身上,似乎不敢相信这是真的。

见状,我对他说道："五爷,这事信不信由您,但千万给我们保密,我们不希望因此带来不必要的麻烦。"

那五山连连点头道："是是是,绝对保密,保密……真是想不到呀,原来考古队背后的能人异士是你们三人。我都说了，'穿山道人'的后人肯定是大有本事的，怎么可能会不相信呢……哈哈哈哈。"说到最后，那五山自己都发出几声尴尬的笑声。

我问道："五爷，说了这么多，我们也很想知道您为什么会出资赞助这次任务。"

那五山看了一眼秦仲义，问道："秦博士，你没跟他们说过我的事吗？"

秦仲义摇摇头道："还没有。但是，我把那份考古笔记给他们看了。"

那五山点点头，说道："那好吧。你们看过那份考古笔记，那应该知道里面有一个姓张的探险家吧？"

关灵一听，立即想起了什么，脱口而出道："难道说，那个探险家是您弟弟？"

那五山点点头道："没错，正是在下胞弟。"

马骝不解道："等等……五爷，您姓那，但那个探险家姓张，你们怎么会是两兄弟呢？"

那五山说道："那是因为我随父姓，我弟弟随母姓。小时候穷，他就给了我外婆那边的人养，也就随了我母亲的姓。但不管怎样，他始终是我弟弟，发生这样的事，我也非常痛心。这些年来，我经常赞助秦博士他们的研究所，目的就是为了弄清楚我弟弟到底在那个洞里遭遇了什么，为什么会死得如此恐怖。但很可惜，至今都无法找到真相……"那五山说完，摇头叹息起来。

我说道："五爷，您放心吧，有我们关师傅在，相信她不会辜负您的期望的，是吧？关师傅。"

大家听我这样一说，都不约而同地把目光投向关灵。

关灵瞪了我一眼，尴尬一笑道："我会尽力的……"

这时，马骝突然对那五山笑笑道："五爷，话说咱们那个合同什么时候签？嗯，还有那个钱……您也知道，咱们等下就要出发了。"

那五山点点头道："哦对对对，我一时忘了。既然咱们这么有缘，也别说什么合同不合同了，我相信你们。至于钱嘛，你们给我一个银行账号，我到时候会叫人打过去，这点你们放心，我那五山绝不会食言。但有一点，我要说明，这事我必须要参与。"

秦仲义连忙说道："五爷，这可不是闹着玩的，您也清楚，那地方非常凶险。"

我也说道："五爷，您考虑清楚，您还有一个大集团要管理呢，况且探险这种事，真不适合您这种有身份的人参与。"

那五山摆摆手，笑笑道："别误会，我说的参与是指派人参与。"

我问道："您要派人跟我们去？他们是什么人？"

那五山笑笑，没回答我的问题，接着拍了拍手掌，包间的门立即被推开，有两个人走了进来。只见左边那个人身材矮小、四肢发达，而且额头有道刀疤，像有条蜈蚣趴在上面一样；而右边那个人刚好相反，身材魁梧，好像刚从非洲回来一样，皮肤黑黝黝的。我还注意到，他的右手尾指戴了一个手指套，好像电视剧里面那些尾指被剁掉的人一样。

那五山向我们介绍道："左边这位叫黄军，右边那位叫吴强，他们两人都是训练有素的退伍军人，从事过野外搜救工作，体能和技能各方面都很好。不是我对你们不放心，只是多两个人保护，我相信事情会顺利点。"

我们几个互相看了一眼，心想这个那五山还真是用心良苦，竟然还给我们配了两个退伍军人。不过也好，多两个退伍军人来做我们的保镖，也未尝不是一件好事。

事不宜迟，一切谈妥之后，我们收拾好装备，便驱车前往天星村。一路无话，在秦仲义的带路下，大家很快便到达了洞窟附近的天星村。由于天色渐黑，我们便找了处人家安顿下来。

这个位于大山里的小村庄，是个拥有一千多年历史的古老乡村，环境优美，民风淳朴。这不禁令我想起了黑洞天坑那里的仙龙乡。这次的任务跟去寻找夜郎迷城有点相似，只不过由天坑变成了一个洞窟。

从村里往东面望去，不远处有一群山峰，高低错落，一派龙腾虎跃之势，而当中有一峰高耸入云，似龙弓背，形成一道奇异的群峰阵势。

我把关灵拉到一边，悄悄说道："灵儿，你看那群峰的阵势，如果那个洞窟就在那耸峰之下，有可能就是所谓的'龙肚'现象啊！按这样的山势走向，说不定那里藏有大墓。"

关灵点点头道："葬在龙肚，能孕育万物，这样的风水之地，还真说不定藏着某个朝代的陵墓。"

我说道："但是我们也研究过秦博士给的那些资料，里面除了那个'地下神宫'被提到之外，并没有关于古墓的资料，更没有任何有关的民间传说。"

关灵说道："这也是我们的猜测而已，可能真的没有呢！"

我说道："好吧，即使我们看错了，但这样的地方，怎么可能连个传说都没留下？"

关灵说道："是哦，这天星村怎么看也有上千年的历史，跟那个洞窟又如此近，如果那洞真的那么神秘诡异，不可能没有传说流传下来呀……会不会，秦博士对我们有所隐瞒？"

关灵说出了她的看法，我自己心里也有这种想法。如果考古队确实发现了那个"地下神宫"，秦仲义他们是不可能不去周边查找有关资料的，而天星村肯定是第一个被调查的地方。但从秦仲义给我们的资料来看，一点关于那个洞窟的传说都没有。是秦仲义觉得没必要给我们看，还是真的如关灵所说，他刻意对我们隐瞒了这方面的信息？

我对关灵说道："咱们先别打草惊蛇，这事也不能让马骝知道，他这人的性格你也清楚，等咱们弄清楚了原因，再告诉他也不迟。还有，等下你拖住秦博士他们，转移一下他们的注意力，然后我去找个村里人问问，估计就清楚了。"

关灵说道："不跟马骝说还行，但要我一个人转移他们所有人的注意力，这就有点难了。"

我笑道："难不倒你的，我们的关师傅除了会帮人转运之外，最拿手的是什么？是那婀娜多姿的身材、迷人的樱桃小嘴，还有那宛如夜莺般的声音，还有那……"

关灵似乎发现我在盯着她的胸脯，她立即用双手抱住胸口，骂道："呸！金北斗，你不会要我牺牲色相，用美人计吧？想都别想……"

我说道："你想哪里去了？我是说，你用你那三寸不烂之舌，把他们骗得团团转就行了。考古人士，你说对什么最感兴趣？生物化学专家，你说对什么最感兴趣？再说了，我金北斗的女人，你以为是谁想看就看的吗？跟他们聊天都是便宜他们了。"

关灵这下明白了，笑笑道："我还以为你想说什么呢，原来如此。那我知道该怎么做了。"

入夜之后，关灵按计划行事，再次拿出那面古代铜镜来做诱饵。果然，不仅秦仲义和穆小婷，连那两个退伍军人都被这面铜镜吸引过去。马骝也参与其中，大谈这铜镜的来历和功效，说得口水四溅，把自己整得跟专家似的。

趁这个时候，我偷偷把屋主拉到外面。屋主是个七十多岁的老人，喜欢抽水烟斗，之前我看秦仲义直接称呼他为老陈，看样子两人应该早就认识。

我给他塞了几百块钱，对他说道："老人家，我们这帮人多有打搅，这点钱就算是住宿费吧！"

老陈一脸惊愕，连忙摆手推让道："不行不行不行……这咋行呢，你们能到我这里住一宿，也算是我的福分了，这钱我不能要……"

我把钱直接塞进他的衣服口袋里，笑道："这是我们的规矩，你就拿着吧，但最好别跟其他人说，免得又生出什么是非。"

老陈还想推让，但架不住我的再三劝说，只好笑嘻嘻地收下了钱。

俗话说：鸡髀打人牙铰软（粤语方言：形容得到别人的好处后，容易接受别人的请求）。我便趁机问道："对了，老人家，您认识我们秦博士多久了？"

老陈吧嗒着水烟斗，面带笑容地回答道："好多年咯，我也忘记了，反正每次他来这边做考察，都会来我这里落脚，而且每次来都不忘给我捎点水果啥的，人非常好。"

我问道："他做考察，就是来调查那个洞窟吗？"

老陈斜着眼睛看我，反问道："你们不是一起的吗？"忽然想起什么，笑笑道，"哦对，之前也没见过你，怪不得那么面生。这次是你第一次来这里做考察工作吧？"

我点点头回答道："是的。所以，我想向您老人家打听一下关于那个洞窟的情况。"

老陈喷了口烟道:"没啥新鲜的,来来去去都是那些东西,秦博士也知道。"

我问道:"那有没有什么传说之类的?"

老陈说道:"当然有啦,不过就是不知道真假,反正传说多了去了,什么神仙鬼怪、地狱九泉的,一大堆呢……"

老陈像打开了话匣子一样,吧嗒了两下烟斗,继续说道:"说起那个洞窟啊,那真的是三天三夜都说不完,传得最多的就是那个妖族宝藏传说了……"

第七章　妖族宝藏

　　这个天星洞窟也不知道是在什么时候形成的，据说在有天星村之前，这个洞窟就一直存在。有传言说，这个洞窟是与地狱连通的，能到阎罗殿上，能达九泉之下，所以后来也有"九泉鬼洞"的叫法。

　　还有传说说这个洞窟里面住着神仙，更有传说说这个洞窟里面住着妖魔鬼怪。总之，关于这个洞窟的传说，自古以来，多如牛毛。但流传得最广泛的莫过于那个妖族宝藏的传说了。

　　相传很久以前，村里有一对父子上山砍柴，父亲叫陈包里，儿子叫陈文泉。两人在经过洞窟附近的时候，突然听见一阵嘈杂的声音，好像有不少人聚集在那个洞窟周围。这一带都属于荒山野岭，怎么会有如此多的陌生人出没？父子俩顿时心生怀疑，立即放下手中的活儿，提着砍柴刀蹑手蹑脚地靠近洞窟。

　　等他们靠近一看，差点吓得叫出声音来。只见洞窟周围聚集了一群非常古怪的人，大约有四十来人，这些人长相奇异，脸上都画着诡异的脸谱，鼻尖眼大，披头散发，身披兽皮，背挂弓箭，腰缠藤蔓，赤脚无鞋，看起来很像野人。但这附近并没有野人出没的消息，这些人是从哪里来的？

　　在这些"野人"旁边，有好多个四四方方的青铜百宝箱，陈包里仔细数了数，一共有十八箱。这些百宝箱装着什么，明眼人一看就知道，肯定是非常值钱的东西。但这些百宝箱都还不是重点，重点是在这群人中间，有一副巨大的黄金棺椁，上面雕刻着许多怪物和条纹，但没有一个跟中国传统的灵兽是一样的。

这个时候，一个像巫师一样的人对着其他人吆喝了一声，挥舞起手中的法杖，然后一群人立即把黄金棺椁围了起来。只见在巫师的带头下，他们一个个低头围着黄金棺椁绕行起来，一边绕行，一边叽里咕噜地在说唱着什么，陈包里侧耳倾听，但一个字也没听懂。

绕了几圈后，那个巫师模样的人便跪在地上，开始焚香祭拜，三拜九叩之后，他双手敞开，对着天空又开始了一阵叽里咕噜的说唱。突然，他抓起法杖，对着天空一指，令人不可思议的事情发生了。只见四周突然吹起一阵阴风，而头顶上空也突然乌云密布，把洞窟周围笼罩了起来。

接下来，陈包里看见其他人行动了起来，他们在每个百宝箱上绑上一捆东西，然后两人一组，把百宝箱抬起来全扔进了洞窟里。父子俩看得很清楚，那些百宝箱在掉落的时候，绑在上面的那捆东西突然展开，像一把伞一样，令百宝箱缓缓降落。过了一阵，那副巨大的黄金棺椁同样被绑上好几捆东西，然后也被抬起来扔进了洞窟里。

父子俩从来没见过这样的场面，看得目瞪口呆，在心里啧啧称奇。很快，又一个令人震惊的情景出现了，只见那帮人中，有些人竟然也在自己身上绑上那捆东西，然后在那个首领的一声命令下，一个个奋不顾身般跳进了洞里。他们绑在身上的那捆东西也散开成伞状，如同飞鸟般往洞底降落。

此情此景，真的令人非常震惊。而陈包里的儿子陈文泉毕竟只有十几岁，他看见如此不可思议的场景，吓得身子一哆嗦，用来遮挡的树丛立即被他弄出声响来。陈包里急忙用双手抱住儿子的身体，示意他别动，但还是被一个眼尖的"野人"看见了，他立即从背上抽出弓箭来，朝父子俩藏身的地方射去，弓箭差一点就射中了陈文泉，父子俩吓得脸色苍白，一动也不敢动，连呼吸也放轻了。

这个时候，剩下的那些"野人"都停下了手中的动作，一个个注视着陈包里这边。有三个"野人"已经挽弓搭箭，慢慢走了过来。陈包里心里明白，要是被这帮人抓住，后果只有一个，那就是被灭口。陈包里抓紧手中的柴刀，心想要是被他们发现，也只有冲出去搏命了，但愿能阻挡他们一会儿，好让儿子脱身……

就在千钧一发之际，陈包里一眼瞥见不远处的一棵树上有好几只大鸟，顿时急中生智，把柴刀往那棵树那边一扔，几只大鸟立即被惊吓到，发出"叽叽喳喳"的叫声，然后扑棱起翅膀飞走。

那几个挽弓搭箭的"野人"立即被转移了注意力，发现是几只大鸟后，都发出一阵自嘲般的笑声，然后转身回到洞口处。之后，他们所有人都在身上绑上那捆东西，接着一个个全跳进了洞窟里。

等所有人都消失后，父子俩这才敢走出来。他们站在洞口处往下看，只见洞里黑乎乎的，云雾缭绕，摄人心魄，而那些"野人"和那副巨大的黄金棺椁，还有那十八个百宝箱早已消失得无影无踪。

父子俩回到村里把这事一说，整个村子都轰动了，大家议论纷纷。但还是有些村民不信，认为这事太过离谱，先不说那些百宝箱和黄金棺椁，那些人就这样一个个跳下去，岂不是自寻短路？

无奈之下，陈包里只好把本来想收藏为己有的那支箭拿出来作为证据，证明自己和儿子没有撒谎。

这支箭与平时看到的箭不同，它箭头的一端不是一头尖的，而是开叉的，像蛇的芯子一般，箭身上还刻着一些铭文，但谁也看不懂。争来论去，最后有人建议说，不如去问问村里年纪最大的老寿星陈太公，说不定他老人家能知一二。众人于是把箭送到陈太公那里，没想到陈太公接过箭一看，顿时两眼发光，面露惊恐之色，说这东西可不是一般的箭，而是来自一个消失多年的神秘族群——妖族。

传说这个族群由于长相奇特，行踪诡秘，且擅长妖术，所以才被大家称为妖族。至于这个妖族是怎么形成的，何时形成的，至今也是个谜。有人说他们在三皇五帝的时候就存在，有人说他们的长相异于常人，可能并不是人类，而真的是妖类云云。

总之，对于这个妖族资料的记载少之又少，只是传说这个妖族的人都会各种法术，且无固定居所，他们通常隐藏在森林和洞窟之中，几乎不与外界沟通。但如果他们要出去，就会易容成普通人一样，令外人无法分辨。而一旦被外人识破身份，那这个人通常会被灭口。这也是为什么这个妖族流传下来的资料那么少的原因之一。

至于陈包里父子俩，可以这么说，他们是最近几百年来唯一见过妖族而且有命活下来的人。但关于妖族的人连同那副黄金棺椁和百宝箱一起降落在洞中的情景，陈太公也弄不明白这其中的缘由。

于是，关于天星洞窟里藏有妖族宝藏一说便流传开来，后来也有村民私下组建过寻宝队，想游绳下洞，但洞底却什么也没有。最后因为这个洞实在太深太怪，宝藏没找到，反而丢了几条性命。其余那些捡回命的人，本以为大难不死必有后福，没想到一个个都活不长，从洞里回来的短短一个月内，全部陆陆续续诡异地死去。之后，那个深不见底的神秘洞窟就成为了禁地一般，再也没有人敢下洞寻宝。

我听老陈讲到这里，心里产生了疑惑，先不论这个传说是真是假，就秦仲义对我们隐瞒这事来说，这其中肯定大有文章。他为什么要隐瞒呢？难道寻找真相是假，寻宝才是真？如果真是这样，那么鬼岭事件可能又要重演一次了。

为了不冤枉好人，我问老陈："这个传说，秦博士应该知道吧？"

老陈点点头道："知道，我也对他说过，但他不怎么相信。想想也是，这个传说也太过古老了，虽然传得有鼻子有眼，但至今谁也没见过那些宝藏。不过嘛，说到宝藏，谁会不心动？近二十年来，不知道有多少人去过那个洞窟里寻宝，但结果都是一样的，宝藏没找到，命就扔那儿了……"老陈说到这里，叹了口气，"古人的话是非常有道理的，人为财死，鸟为食亡。再说了，妖族的人都擅长妖术，能那么容易让外人找到宝藏吗？你说是不是？"

我笑着连连点头道："是是是，没错，您老人家说得有道理。不过，那个洞窟如此之深、如此之怪，说不定还真的藏有什么东西，比如宝石啊什么的。"

老陈吸了口烟，接着缓缓喷出，摇头说道："有没有宝石我就不知道了，但应该有煤，我年轻的时候跟村里的人去打猎，在那个洞窟附近就发现过几个类似煤矿的矿洞，也是深不见底的。"

我问道："那这些矿洞，有没有人下去过？"

老陈点点头道："以前地方空旷的时候有人下去过，但什么也没有发现，还没到底就返回了，之后这些矿洞就荒废了，杂草丛生，也没有人敢下去了。但是，听说这几个矿洞都是连通的，而且年代久远，听说连科学家都说不出具体的时间。"

我疑惑道："科学家都说不出具体时间？这怎么可能？"

老陈说道："我也不清楚，我也是听那个秦博士说的，他好像说过，中国的采煤历史是在那个啥先秦……啥新石器时代，但是这几个矿洞存在的时间可能比新石器时代还要早，也不知道是什么时期，他说过，但我没怎么记住。"

我连忙脱口而出道："他说的会不会是上古时期？"

老陈一拍大腿道："对对对，是这个上古时期。不过，他也说这个只是推测，还没有实质证据证明。"

听到这里，我不禁感到震惊。如果上古时期就有人会采煤的话，那这个信息将会刷新中国的采煤历史。但这个不是重点，重点是如果这些矿洞真的出自上古时期，那么黎教授在天星洞窟里发现的上古时期的遗址，就真的很有可能存在了。

这么说，这个上古时期的遗址，会不会就是他们发现的那个"地下神宫"？

第八章　风波乍起

　　我把这个妖族宝藏传说告诉了关灵，她也感到很惊讶，认为秦仲义之所以隐瞒，有可能真的是想利用我们去寻找宝藏。而且，我们还要提防那两个退伍军人，因为他们很有可能跟秦仲义是一路人。

　　翌日，天还没亮我们就出发了，在秦仲义的带领下，我们很快就来到了天星洞窟的洞口处。只见洞口并不是很大，只有几百平方米，但朝雾缭绕，深不见底，走近往下看，立即有种被往下拽的感觉，要不是我们三人去过黑洞天坑那样的地方，恐怕又会被吓得腿软。

　　这不，穆小婷没有见过这样的场景，吓得立即往后退了几步，抚着胸口惊叫起来："我的天！这也太恐怖了……这，这怎么下去？"

　　一旁的秦仲义说道："之前我看那些搜救队都是游绳下去的。所以我才叫你们准备长游绳，你们不会没有准备吧？"

　　我说道："绳索和其他攀爬工具我们都有带，到时接起来，也应该够到洞底。但是，这洞深达一千多米，如果就这样游绳下去，博士，您和小婷两个人恐怕会有点困难呀！"

　　秦仲义站直腰杆说道："我可以的，不用担心。小婷是做考古的，这点困难应该也没问题吧？"说着，他看向穆小婷。

穆小婷一咬牙说道："为了我外公，为了找到真相，再困难我也要克服。"

秦仲义点点头道："嗯，这就对了。毕竟除了游绳，也没其他方法能下去。"

马骠走到穆小婷身边，拍了拍她的肩膀说道："小妹子，放心吧，你到时候在哥上面慢慢游绳下去，我会保护好你的。"

穆小婷点点头道："好，谢谢马骠哥。"

马骠摆摆手，然后对我说道："斗爷，你说这附近会不会有什么地方能一直通到洞底？"

我知道马骠想说什么，在黑洞天坑的时候，我们就在附近找到佛面洞，从而不用游绳也到达了天坑底部。但这里的洞窟不同，它只有一个妖族宝藏的传说，而且传说里的那些人都是直接绑上降落伞跳进洞里的，根本没有其他通道的传说。

我刚想回答马骠的问题，秦仲义先回答了，他摇摇头说道："这个不可能。我们也对附近的地方搜索过，除了北面有几个类似采煤开发的矿洞，周围并没有任何洞穴。"

马骠一拍手掌叫道："矿洞？一般的矿洞都非常深，那很有可能这个矿洞就跟洞底连通。"

秦仲义再次摇头道："这个矿洞经过探测也就几百米深，跟这个天星洞窟相差太远了，所以，它们之间是不连通的。而且，矿洞里藤蔓丛生，洞里面的环境更加复杂，想下去也相对困难。"

关灵说道："我们游绳下去不是不行，但是也要考虑怎么上来。下去容易，但爬上来需要更多的体力，这恐怕会是个问题。出发前我也跟斗爷商量过这个问题，但是最终还是没有办法解决。"

我点点头道："这个问题确实需要考虑，毕竟我们还要上来。"

秦仲义看了一眼我和关灵，突然皱起眉头，不爽地说道："你们一直揪着这个问题不放，是不是认为我会成为累赘？你们放心好了，我秦仲义就算有个三长两短，也与你们无关，你们不用背负太多责任。这次任务是我自己主动请缨的，我的命掌握在自己手里，况且洞口就在眼前，今天，无论如何我也要下洞！"

我和关灵也知道，游绳下去是目前唯一的方法。但是之所以这样说，其实也是想看看秦仲义的反应如何。果然，这一试就出来了。我在心里想：你这个老家伙肯定要下洞，因为你是要去寻找那宝藏，而不是像穆小婷那样追寻真相。我心里这样想，但嘴上却说道："秦博士，不好意思，我们并不是说您是累赘。但作为一个团队，我们要对每一个人的生命负责。还有，我们只是在商量问题，不是制造问题，这点你要明白。"

秦仲义摆摆手说道："别再说了，我很明白，但是都已经来到这里了，除了游绳这个方法，你们能想出其他方法吗？我也给了你们关于这个洞窟的资料，你们也应该很清楚，这些问题在出发之前就已经存在了，不必等来到这里再拿出来讨论吧？而且这样争论下去，能有结果吗？"

秦仲义的一番话让大家无话可说。这个时候，我忽然注意到那两个退伍军人坐在一棵大树下抽烟，他们没有参与讨论，来到这里之后就找地方休息，似乎这次任务与他们无关。但最可恨的是，他们一边抽烟，一边看着我们这边偷笑。

这真是气不打一处来，我立即向马骝使了个眼色，示意了一下。马骝看见了，立即面露凶相，悄悄掏出弹弓，对准那个叫黄军的退伍军人射过去，只见黄军嘴上叼着的香烟立即被打掉在地。

这下可不得了，那两个退伍军人吓得以为发生了什么，急忙站起身来，从腰间掏出了手枪。他们的枪都装了消声器，看来也是有备而来。其他人以为发生了什么，都一惊一乍地找地方躲了起来。我和马骝得意地击了一下掌，大笑起来。

黄军握着手枪走到我和马骝面前，一脸不悦道："是你们干的？"

我歪了一下脑袋，说道："我们只是想提醒一下你们，在我们说话的时候，最好有点礼貌。"

马骝往地上吐了口口水说道："就是，别以为自己当过几年兵，能力很强，就可以放肆。刚才那下算是给你们一个提醒，是想告诉你们，我们斗爷是这个团队的领导。那五山没教你们在领导说话的时候要尊重领导吗？"

黄军眼睛下面的肌肉抖动了一下，手中的枪往上提了提，对准了马骝，问道："你说什么？你再说一遍试试？"

关灵、秦仲义和穆小婷三个人见状连忙围了上来。

秦仲义对黄军说道："老弟，别这样，先放下枪，大家有话好好说……"

马骝昂起头叫道："你当我是录音机，可以重播啊？爱听不听，我告诉你，别再用你那支黑柴对着猴爷我，我也不是什么善男信女，发起火来，连我自己都怕。"

黄军"哼"了一声，刚想发作，旁边的吴强立即按住他低声劝道："别冲动，五爷说过，一切都要听关师傅的，不能乱来，要是坏了五爷的大事，你我都没好果子吃。"

黄军按捺住心中的怒火，瞪了我和马骝一眼，然后对吴强说道："强子，五爷说只听那个女人的话，没有叫我们听其他人的话。"

吴强说道："难道你还没看出来，他就是他们的头头吗？"吴强一边说，一边看着我。

虽然对方握着手枪，但在这么多人面前，他不敢对我们怎样，所以我也没感到害怕，对他们笑笑道："没错，我是他们的头头，他们都给我面子，叫我一声斗爷。不是因为我多厉害，而是我对每个人的安全都很上心。你们做过什么，你们自己心知肚明吧？不帮忙解决问题就算了，还在一旁取笑我们？再说了，那五山是叫你们来协助保护我们的，不是叫你们来用枪指着我们的，要是被他老人家知道，我很难保证你们还能继续参加这次任务。"

吴强听我这样一说，立即变了脸色，连忙鞠躬道歉道："斗爷，是我们不对，我们刚才的确做错了。对不起，我们这就向你赔罪。"吴强说着，拉扯了一下旁边的黄军。

黄军一脸不忿地低下头，但还是心有不甘地说了声"对不起"。

看见他们这样，我摆摆手道："算了算了，我也不是故意为难你们，既然大家有缘分聚在一起，而且还要到这样的地方探险，说不定都要经历生死。在这样的情况下，只有大家团结一心，你帮我，我帮你，才能到达胜利的终点。"

关灵也附和道："斗爷说得没错，我们才刚开始就窝里斗，那接下来的路还怎么走？虽然大家都是刚认识，但彼此之间都没有恩怨，所以，相互尊重是最基本的礼貌。"关灵说到这里，扭过头看着马骝，说道："马骝，你也好不到哪里去，你去给人家道个歉吧！"

马骝听关灵这样一说，立即瞪大了眼睛，用手指着自己的脸，一脸冤枉地说道："大小姐，我是听斗爷……"

我立即打断马骝的话道："大小姐叫你道歉你就道歉，别这么多废话。大家握手言和，这点破事就别往心里去了。"

马骝虽然很不情愿，但是在这种情况下，他也知道该怎么做。毕竟对方也不是什么大恶人，于是他伸出手来，露出一张笑脸对黄军说道："军爷，对不起，咱俩握个手，大路两边走，啊不是，从此就是好朋友。"

黄军也伸出手来和马骝握了握，说道："咱俩就算是不打不相识吧。话说，你是用什么打掉我的烟的？"

马骝得意地一笑，从身上掏出他那把弹弓，扬了扬道："别人都叫它神弓，但我给它取了一个更加厉害的名字：AK48！"

黄军诧异道："AK48？"

马骝说道："没错，比 AK47 厉害那么一点点，哈哈哈哈……"

大家都被马骝逗得笑了起来。

黄军突然收住笑容，对我说道："斗爷，刚才笑你们是我们的不对，不过我们是没有恶意的，只是觉得你们在争论下洞这个问题上的确是有点小题大做了。"

我问道："你这话是什么意思？"

黄军刚想说话，一阵轰鸣的声音突然在上空响起，大家连忙抬头看去，只见一架小型直升机从远处慢慢飞了过来，最后在我们头顶上悬空停住。紧接着，机舱门打开，一条悬梯扔了下来，然后，我们都看见了一张非常熟悉的脸——那五山。

他要来干什么？

第九章　下洞

别看那五山长得像个地主模样，想不到身手还挺敏捷的，他一会儿就从悬梯上爬了下来。跟在他身后的还有五六个手下，那些人从飞机上传下来许多东西，看起来像是一些机器的零件。

大家连忙围上去，我问道："五爷，您这是要来监工吗？"

那五山整理了一下衣服，笑道："我是来送你们下去的……啊不，这样说不吉利，我是来送一送你们，好让你们顺利落到洞底的。"

秦仲义说道："五爷，您真客气，还专门坐飞机来送我们一程。但是这地方多蚊虫，不宜久留，您还是回去吧。我们正商量准备下洞呢，这不，您就来了。"

那五山问道："那你们准备如何下洞？"

秦仲义回答道："还能怎样，游绳下去是目前唯一的方法。"

那五山摆摆手道："不行不行，这样太危险了。来，我给你们看样东西。"说着，他叫手下把那些装备组装起来。

只见这些装备中有四块很大的不锈钢板、两台发电机、四个大马达，还有几捆软钢缆绳和一些装配配件，看样子是要组装一台升降机。

马骝问道："五爷，这些是什么玩意儿？"

那五山还没开口，旁边的黄军就说道："这是五爷专门为大家准备的半自动升降机，组装好之后，就可以用遥控控制升降，把人安全送到洞底去。"

我笑道："原来如此，怪不得刚才你说我们的争论是小题大做了，原来有五爷在背后给我们发力呀！"

马骝叫道："五爷，你有这机器早说呀，害得我背着这么大捆绳索上山，真是腰板都给弄直了……"

那五山露出一副慈善家的笑容，对我们笑道："是我没有做好准备，连累各位了，但幸好还赶得及，要不然你们贸然游绳下去了，我这个高科技的东西都发挥不了它的作用呢！这东西是我从德国买来的，主要用于洞下作业，跟矿井里那些升降机是一个原理，但这个可以拆卸组装，是个移动升降机，而且就算遇到凸出来的石头也不怕，非常方便实用。"

穆小婷忍不住问道："五爷，这个洞那么深，您这台机器真的可以把我们送到洞底吗？"

那五山微笑道："怎样？穆姑娘是不相信我那五山吗？"

穆小婷连忙摇头说道："不是不是，我怎么敢不相信五爷呢，只是觉得这个洞有一千多米深，这机器……"

黄军立即打断穆小婷的话道："放心吧，我们试过才……"

黄军刚说到这里，旁边的吴强立即咳嗽了一声，似乎在制止黄军说下去。黄军似乎也发现自己说错了话，瞥了一眼那五山后，用手抹了一下额头笑道："我说的是，这机器我们已经试运行过了，运行得很好，它的有效路径能达两千多米，能承重五百斤左右，下这个洞绰绰有余啦！"

那五山说道："不瞒大家说，这台机器我们已经试过，而且就在这个洞窟。"

关灵脱口而出道："这么说，他们都已经到过洞底了？"

那五山点点头道："没错，我们都到过洞底。说句实话，在那些搜救队没有找到任何线索之后，我就琢磨着亲自下洞去看一看。但像他们这样游绳下去肯定不行，所以才搞到了这台东西，但很遗憾，下洞之后我也没有找到有用的信息。所以，你们不必担心，但要小心。"

我对那五山说道："五爷，我们这次下洞，少则要三四天，多则一个星期也说不准，万一这机器被人或者野兽破坏了，我们就上不来了。"

那五山一脸认真地说道："嗯，你放心，这点我当然想到了，所以我会派人在这上面二十四小时值班守候的，别说破坏机器，就连一只小鸟也靠近不了。"

很快，一个样子长得有点像东南亚人的手下向那五山报告说升降机装好了，可以试运行。那五山点点头，其中两个手下立即跨进升降篮内，绑上安全绳，然后按动手中的遥控器。只听见机器运转的嗡嗡声响起，升降篮开始往洞底缓缓而下，大概降落了一百多米后，又缓缓升上来。我算了一下时间，来回一共用了三分多钟。按照这个速度，我们要落到洞底的话，估计也要二十分钟左右。

那五山接过手下的遥控器，然后走到关灵面前，一脸凝重地说道："关师傅，遥控器交给你，接下来就拜托你了，希望你能顺利找到真相。"

关灵接过遥控器，点点头道："我会尽力的。"

接下来，我开始把队伍分成两组，关灵、黄军、穆小婷和我四人一组，而马骝、秦仲义和吴强三人一组。对于我的分配，马骝非常不满意，对我嚷道："斗爷，我们四人怎么不分在同一组？你把我留下来是几个意思？"

我瞪了他一眼道："随便分个组而已，哪来那么多意见？如果我们四人一组先下洞，那谁再把升降机开上去，然后再把其他人带下来？"

黄军对我说道："斗爷，你把我编去你那组，是想让我来干这活吧？"

我拍了拍黄军的肩膀笑道："军爷，你猜对了，我想操作这玩意儿你应该比谁都在行呀！"

黄军得意地一笑道："那还用说……不过嘛，五爷叫我们保护你们，这活当然是由我们来做，不能让你们多跑一次，浪费精力。"

马骝一脸不爽道："斗爷，让小妹子跟博士换一下吧，我说过要保护好她的，不让我在她身边，怎么保护？你说是吧？小妹子。"

对于马骝如此直白的问话，穆小婷的脸一下子红了，也不好意思说不是，只好点点头小声"嗯"了一声。

关灵对我说道："斗爷，你就让他们一起吧，有马骝这家伙在身边，我想小婷也会安心很多。"

我点点头道："好吧，那小婷你就跟秦博士换一下，等会儿再下洞。秦博士，你没问题吧？"

秦仲义摊开双手说道："无所谓，只要大家安全着陆就好，谁先谁后没关系。"

我拍了拍手掌，叫道："好，那现在秦博士、黄军、灵儿和我，咱们四人先行出发。"

于是，大家便按我说的分成两组，由关灵、秦仲义、黄军和我四人先下洞。当踏进升降机、双脚离开了实地的时候，我感觉整个人都如同悬空了一般，要不是身上绑了安全绳，双手也抓住升降机的不锈钢板，我想我肯定会双脚发软。我看了一眼他们，除了黄军外，关灵和秦仲义比我更加紧张，特别是秦仲义，我看见他双脚都有些发抖，但他还一个劲儿地在假装镇定。

此时，关灵把遥控器交给黄军，黄军说了声"大家坐好扶稳咯"，然后按动了遥控器。升降机立即被启动，向着洞底缓缓而落，速度不是很快，我们能看清楚洞壁的模样。

我双手抓着不锈钢板，感觉一片冰凉，心也似乎悬上了喉咙，眼睛不敢往洞底注视，身体也不敢动，就连呼吸也不敢大声。虽然这个玩意儿看起来很安全，但毕竟是一台人工组装的机器，而这个洞深达一千多米，稍有意外的话，谁也逃不过摔成肉酱的命运。

一路下去，谁也不敢开口说话，怕破坏了升降机的平衡。而且越往下走，就越感到潮湿和冷，光线也逐渐变暗，最后变成漆黑的一团。

黄军打开头顶的探照灯，但这点光在偌大的洞里显得非常渺小。时间大概过去了二十分钟，升降机终于停了下来，黄军说了声"到底了"，然后第一个跨出升降机。

我在心里松了口气，心想总算有惊无险。走出升降机后，我迫不及待地打开探照灯，仔细打量了一番洞底的情景。只见这个洞底非常大，比洞口要大很多，我们脚底踩的都是湿润的泥土，周围凉气袭来，不远处还有几个矿泉水瓶，应该是之前下来搜救的人或者那五山他们留下的。与之前天坑的底部不同，这里竟然出现了许多洞中洞。这些洞看起来有点奇怪，有的是方形的，有的是圆形的，还有一些不规则的，也不知道是天然形成的洞，还是人为开挖的。

秦仲义边看边发出感叹的声音："真想不到啊！原来洞底会是这样的，当初看视频，也没觉得有多壮观，现在亲眼看到，实在令人不敢想象……"

关灵对他说道："博士，这有何壮观呢？"

秦仲义说道："你看周围那些洞，再抬头看看洞口的方向，这还不壮观吗？"

听秦仲义这样说，我和关灵都抬头向洞口看去。虽说探照灯的光无法探到洞口，但却能给人一种置身于另外一个空间的感觉，不得不说确实壮观，但同时又令人感到有一种莫名的恐惧。

这时，黄军对我们说道："你们先在这里休息一下，我上去把他们接下来。"

关灵说道："军爷，你不会把我们扔在这里吧？记得回来啊！"

黄军笑道："关师傅真是会开玩笑，我哪有这个胆子扔下你们，扔下谁都行，但不可能扔下你。你要是有个什么意外，五爷还不把我从上面扔下来，哈哈哈哈……"说着，黄军突然哈哈大笑起来，笑声在洞底显得有点诡异。

关灵抱了抱拳，说道："那就麻烦你了。"

黄军挥了挥手，然后启动升降机，很快就消失在洞窟的黑暗中。等升降机再次出现的时候，时间已过去四十多分钟。我看见马骝和穆小婷从升降机里走出来的时候，表情也跟我们一样，而且两人的手还紧紧牵在一起，要是不知道，还以为他们是一对情侣呢！

马骝深呼吸了一下，说道："这洞真吓人，简直跟下地狱没什么区别啊……要是没有这玩意儿，游绳下来的话，还不累死在半空中啊……"

我注视着他们牵在一起的手，打趣道："我还看见一些更加吓人的东西呢！"

马骝和穆小婷这才注意到自己牵住了对方的手，急忙松开，穆小婷已经羞红了脸，低下头不敢看大家。而马骝假装一脸正经的样子，指着那些洞中洞说道："啊，你说这些洞怎么长得如此奇形怪状的……"边说边走了过去。

关灵拍了我一下，笑道："你呀，真坏，你就让他们多牵会儿手不行呀，非要棒打鸳鸯，拆散人家……"

我刚想说话，突然听见马骠大声喊道："你们赶紧过来看看，这是什么鬼东西？"

第十章　洞中坟墓

马骝这样一喊，大家连忙围了过去。

马骝指着一个四方形洞口上面叫道："你们看那东西，怎么长得如此古怪？"

大家顺着他指的方向看去，只见有一个黑乎乎的东西趴在洞口上面，像人的大腿般粗大，两只鼓起来的大眼睛半眯着，似乎在睡觉。仔细一看，这东西长得像一条蛆虫，浑身光秃秃的，被手电筒的光一照，发出黑色的光泽。但与普通的蛆虫不同，这条蛆虫有一条长长的尾巴，尾巴上面还挂着倒刺，而头部那里还有一对像角的耳朵，同样长着倒刺。

刚才在等马骝他们下来的时候，我也看过这些洞口，但没发现有这样的东西，也不知道是什么时候冒出来的。从它的外形来看，估计又是从未见过的物种。

我问秦仲义："秦博士，你是做研究的，知道这东西是什么物种吗？"

秦仲义摇了摇头道："这东西我还真没见过，不过看样子应该是某种大型虫类的幼虫。之前考古队和搜救队反馈回来的信息也没有这种怪虫的资料。"

穆小婷咧咧嘴道："才到洞底，就发现这样的怪物，也不知道里面还有什么等着我们……"

马骝立即安慰她道："小妹子，你忘记在邙山那里看见的那些怪物了吗？比这个不知大多少倍呢，这有什么可害怕的，况且有我马骝在，一弹弓就解决掉它了。"

马骝一边说，一边拿出弹弓，对大家说道："都让开，让我解决了它。"

关灵连忙制止道："等等，这东西看起来也没有攻击性，还是别惊扰它了。况且有这么多洞呢，我们也不一定从这里进去。"

秦仲义忽然指着洞口旁边的石头说道："你们看那里，是不是有个'×'记号？如果我没记错的话，这个四方洞应该就是之前考古队进去的那个。"

我看向秦仲义指的地方，那块石头上面果然被人刻了个"×"记号，便问道："这么说，那块人脸石头就是从这里面找到的？"

秦仲义点点头道："应该没错，是这里面。他们第二次考察的时候，也是从这里进去的，但是最后……"秦仲义说到这里，咽了一下口水，然后才继续说道："黎教授和五爷的弟弟就是在这里面被搜救出来的，至于其他人和考古队所带的装备，全部都消失不见了。"

大家一听秦仲义这样说，都面露惊恐之色。如果我们要选择一个洞中洞进去，那眼前这个四方洞无疑就是最好的选择之一。可是现在洞口出现了这样一个怪物，对我们来说，是不是一个不祥的预兆？

这时，马骝再次拉弓叫道："那还等什么？既然他们都是从这个洞进去的，那咱们也跟着就是了，别被区区一个怪虫给吓着了，在我马骝眼里，它还不是个事呢。你们赶紧退开，反正挡我者，必诛之。"

秦仲义扬起手叫道："等一下，让我先拍个照吧，等回去后看一下这到底是什么物种。"说着，他走近两步，拿出相机对准那只怪虫。

我忽然想起了什么，连忙叫道："博士，千万别开闪光灯！"

但已经迟了，我话音刚落，眼前突然亮了一下，秦仲义已经用闪光灯完成了拍摄。只见他对我笑笑道："不开闪光灯，拍不清楚呀……"他一边说，一边举起相机，还想从另外一个角度再拍。

然而就在这个时候，只见那只怪虫突然睁开双眼，两只鼓起的眼珠迸发出两道令人心惊的绿光，紧接着，原先黑色的身躯也慢慢变成了绿色的，还长出了一身的倒刺，要是不知道，还误以为这是只绿色刺猬呢！

也就这么一会儿，大家都被这一幕吓得后退了好几步，秦仲义不知道是胆子大还是被吓呆了，竟然举起相机，一连按了几下快门。

马骝见势不对，立即举起弹弓，但还没开弓，只见那只怪虫"咻"的一下就钻进了洞里，速度非常之快，眨眼间便消失得无影无踪。

我拉了一下秦仲义，问道："秦博士，你没事吧？"

秦仲义笑笑道："没事，能有什么事……这可是非常宝贵的资料呀，不保存下来，我怕以后再也没有机会了。"

我笑道："洞里估计还有更多稀奇古怪的东西呢，怎么会没有机会呢？"

秦仲义一边摆弄着相机，一边摇摇头说道："我是说下来这里……这次要是不能找到有用的资料，再过几年，我年纪也大了，想再来也不可能咯。"

一旁的马骝吐了口唾沫说道："想那么长远干吗呀，能不能回得去还不一定呢……"

秦仲义脸色一变，盯着马骝问道："马骝老弟，你这话是什么意思？"

马骝知道自己说错了话，连忙笑笑道："没什么意思，我的意思是说这里肯定不止刚才那一种怪物，到时候你想拍照估计都忙不过来。刚才那家伙算它逃得快，要不然我马骝把它弄来给博士您拍个够。"

关灵说道："你该庆幸它没有攻击咱们，看它刚才变身那样子，也不知道黎教授他们的遭遇跟它有没有关系。"

马骝说道："那么小，怕它干吗？你让它跑慢一点，我马骝敢保证它身上会多出几个窟窿眼。"

关灵冷笑一声道："呵，鬼虫够小了吧，你能拿它怎样？"

马骝的牛脾气又上来了，昂起头说道："那怎么能比呢？鬼虫数量多啊……"

我一把扯开马骝，说道："讨论这些也没什么用，赶紧进洞吧，既然那家伙跑了进去，说不定里面会有一大帮兄弟姐妹在等着咱们呢，到时候够你马骝表演了。"说完，我率先带头走进洞里。

这四方洞有两米多宽，两米多高，从外面看，洞口就像一个正方形。但往里面走了一段路后，整个洞的形状就开始变成了不规则的拱形，空间也相对大了许多。虽然空气有点压抑，但还算比较流通，反而是周围的洞壁摸上去冰凉冰凉的，像进入了一个冰洞，而且还有不少人为挖掘过的痕迹。

很显然，这些痕迹不是考古队或者搜救队留下的，应该是更早之前的人留下的。会不会是那些妖族的人？历来的民间传说都并非是空穴来风，虽然有时候有三人成虎、以讹传讹的情况出现，但如果天星洞窟底下的这些洞中洞是妖族人所为，那么考古队所发现的那个"地下神宫"会不会也是妖族人的作品？绿血之谜会不会也与之有关？

我在心里一边猜测一边继续往前走。大约走了十分钟，前面突然出现了左右两条岔道，但除此之外，并没有发现任何东西，连之前那只怪虫也不见了踪影。不过，眼前这个洞穴让人感觉非常之深，好像永远走不到尽头一样。而且左右两条岔道的空间也一样大，就像站在了十字路口中间，不知道该选哪个方向前进。

马骝问道："斗爷，这洞不会又是些迷宫之类的吧？"

我用探照灯照了照两边的岔道，说道："这个很难说，说不定那些洞中洞都是互相连通的，制造出一种永远走不完的样子。"

虽然经历过卧龙山吃人洞和邙山那个墓道迷宫，但对于眼前这样的洞穴，我心里还是没有底。如果我的猜测没错的话，这可能会是一个庞大且复杂的洞中洞。秦仲义说过，这些年来有过好几次搜救行动，但都无功而返。虽然不知道搜救队的具体做法和搜救路线，但是估计他们应该没有把这些洞中洞全部搜索完。

关灵对我说道："斗爷，既然出现了岔道，那我们还是做个记号比较稳妥一些。"

我点点头道："嗯，记号最好做得显眼清晰一点。"

马骝拿出匕首，在岔道边上画了个正方形，在正方形里面写了个"1"字，然后说道："这个正方形表示洞口外面的形状，数字表示第几个岔道。

斗爷，这样标应该很清晰了吧？"

我竖起大拇指说道："不错，脑子比以前灵活了许多。"

马骝笑道："那当然，你以为呢？现在做完记号了，我们走哪条道？应该还是那招，先走主道，主道不行，再试岔道吧？"

我说道："你这小子，跟我那么久终于学到点东西啦！"

接下来，我们继续往前走，大概走了五分钟左右，前面竟然出现了一大堆泥土，挡住了去路。这堆泥土隆起来有一米多高，看起来就像一座小坟墓一样，几乎把整个洞穴的路堵死了。我不清楚会不会有什么危险，便叫大家停了下来。

马骝叫道："这是什么情况？不会是塌方了吧？"

我说道："这洞的结构看起来不像那么容易塌方的，应该是其他东西导致的。你们在这里等候一下，让我和马骝先过去瞧瞧什么情况再说。"

说完，我和马骝拿出兵器，慢慢靠近过去。只见正对泥土上方的洞顶处出现了一个七八十厘米宽的大窟窿，我用探照灯往里照了一下，只见窟窿一直往上走，大约有五米深，然后往左拐了个弯，不知道通向哪里。

马骝指着窟窿对我说道："斗爷，你看里面那些痕迹，像不像有东西爬过？"

我点点头道："这窟窿可能是某种爬行动物的巢穴，而这堆泥土估计也是这样搞出来的。"

马骝说道："而且看来也是最近才出现的，你看这些泥土看起来还很新鲜呀！"

又检查了一番，发现没有什么危险后，我便招呼关灵他们过来，大家看到这个窟窿后，都议论纷纷。

关灵问道："秦博士，最后一次搜救是在什么时候？"

秦仲义回答道："最后一次搜救……嗯，至今也有十多年了吧！"

关灵又问道："那搜救报告里面有没有关于这个窟窿的资料？"

秦仲义摇摇头道："没有。"

关灵点点头说道："这么说，这堆泥土和这个窟窿都是近年来才出现的，能挖出这么一个大窟窿，看来这个东西非同小可啊！"

秦仲义一边用探照灯照着那个窟窿，一边皱起眉头道："依我看，有可能不是一个东西呀……"

穆小婷小声问道："博士，您这话是什么意思？"

秦仲义说道："从上面的痕迹来看，有可能不是一个东西弄出来的，应该是许多东西，就像蚁穴一样。"

穆小婷一听，立即露出惊恐之色，问道："能看出来是什么东西弄的吗？"

秦仲义摇了摇头，没有说话，但从他的表情来看，似乎已经有了答案，只是不敢轻易下定论。

我忽然想起什么，脱口而出道："那只蛆虫！没错，刚才在洞口趴着的那只像蛆虫一样的怪虫，说不定就是它弄的。"

马骝叫道："我也觉得是那只变色蛆虫，它一定藏在这窟窿里面。黎教授他们不会就是被这些东西搞没命的吧？"

秦仲义拿出相机，盯着屏幕上面的蛆虫相片说道："也不排除这个可能性。我们看到的那只蛆虫只是幼虫而已，也不知道它能长多大。不过，从这个窟窿来看，也不是个小东西。"

黄军问道："那怎么办？我们还继续往前走吗？"

听见黄军这样一问，大家一起看向了我。马骝对我说道："斗爷，怎样？要继续的话，就要挖开这堆泥土；要返回的话，就只能走那两条岔道了。"

我想了一下说道："我们还是把它挖开好一点，要是有什么危险，也可以给自己留条后路。"

秦仲义点点头道："没错，这些洞中洞非常复杂，我们不能让这堆泥土堵住了去路。"

于是，大家拿出工兵铲开始挖泥土，没想到几铲下去，令人意想不到的事情发生了。只见挖出的泥土当中，有好几块完整的骨头，这些骨头有大有小，颜色像枯枝一般，而且越挖越多，似乎挖的地方是一座堆满骨头的坟堆。

我立即叫大家停下来别挖，马骝用工兵铲拨弄着挖出来的骨头，疑惑道："这些骨头，是兽骨还是人骨？"

穆小婷走过来，蹲下身子仔细研究了一下，然后脸色都变了，说道："这些骨头都是人骨，而且死亡时间并不久，估计也就几年左右。"

马骠问道："小妹子，你别耍我们，这么多骨头都是人骨？你没搞错吧？那我们挖的这堆泥土，岂不是一座坟墓？"

第十一章　变色怪蛆

穆小婷说道："别忘记了我是做什么工作的，人骨和兽骨我还是能分辨得出来的。这些骨头的确是人骨，你要是不信，继续挖，说不定还能把头骨挖出来，到时候肯定能拼出来一具具完整的尸骨。"

马骠摆摆手笑道："不不不，怎么会不信呢，我马骠当然相信你。但是这些东西那么脏，你还是别碰它们了。"

穆小婷说道："没事，不过有点不对劲，从这里的空气和湿度来看，几年时间，并不能把人的尸体分解得如此干净，而且这些骨头都有被啃过的痕迹。"

我问道："能看出来是被什么东西啃过吗？"

穆小婷摇摇头道："看不出来，但如果是埋在土里被啃的，应该就不会是野兽。而且这个洞窟那么深，一般的野兽也不可能生存。"

关灵忽然皱起眉头说道："看来马骠说得没错，这堆泥土应该就是一座简单的坟墓。也就是说，在搜救队之后，还有人来过这里，并且把同伴埋进这堆泥土里。"

关灵的这番话着实让大家吃了一惊，这天星洞窟可不是一般的洞，普通人是不可能下来的，就算经验丰富的探险家也不敢贸然跑来这里探险。

那么，如果关灵的推论是对的话，那这个人是谁？

我忽然想到了什么，说道："五爷不是说过他曾经下过这个洞窟吗？会不会……"我一边说，一边看向黄军、吴强他们。

黄军摇摇头道："这是绝对不可能的。我们当时也有参与，所有人都安全返回，怎么可能死了人都不知道，还给他弄了这样一座坟墓……"

吴强也说道："就是，这条道我们好像也走过，不过当时也没有发现这堆泥土。还有，我想问关师傅，你怎么知道这堆泥土就是坟墓呢？"

黄军也接口问道："是呀，关师傅，可能是这里发生塌方，把这人埋了吧？这怎么也不像什么坟墓吧？"

关灵回答道："这只是我的猜测而已，但是我发现了一个疑点，不知道你们有没有注意到这堆泥土的形状，如果泥土是从那窟窿掉下来的，一定会往洞穴两边散开，而且泥土堆得越高，往两边散开得就越多。但是，我们一开始看到的这堆泥土像很完整的一个土包一样，这很不合常理。"

我点点头道："没错，这么点细节真的要很细心才能发现。我们都把心思放到了那个窟窿上，加上之前又看到了那只变色怪蛆，想必谁也不会去留意这堆泥土是什么样子的。"

秦仲义说道："我也赞同关师傅说的，这堆泥土确实是从这窟窿掉下来的，但是后来应该有人用它来埋了人，所以也就出现了这堆骨头。"

马骝叫道："那这堆骨头是谁的？又是谁把他埋了？"

我说道："能下到这个洞窟来的，应该是一些探险家吧。这些年来这里发生过什么，也没有任何人报道过，所以大家还是别管这些骨头了，先挖开一条道吧！"

在接下来的挖掘中，他们果然挖出了一颗头骨，这证实了穆小婷的话没有错，这些骨头的确是人骨。然而，刚挖开一条道，一个东西突然从泥土堆里蹿了出来，飞快地朝洞顶的窟窿钻了上去。这一下来得很突然，等大家反应过来的时候，那东西早已消失不见了。

秦仲义叫了一声："是那种怪虫！"

我问道："你看清楚了？"

秦仲义说道："看得不是很清楚，但是我感觉是那种变色蛆虫。"

马骝嘀咕道："这真是颠覆了我的想象，蛆虫不是蠕动行走的吗？可这家伙跑得比老鼠还要快啊！"

关灵提醒道："大家要小心点，这里的泥土还有那么多，说不定还藏着那东西。"

话音刚落，我前面的泥土果然有了动静，这次我们都有了防备，等那东西刚从泥土里钻出来的时候，我立即一工兵铲拍了过去。但还是迟了，那东西一闪一跳，又钻进了洞顶的窟窿里。不过这次我们看清楚了，它的确是跟我们在洞口外看见的那只变色蛆虫一模一样，只不过这两只还没变色，身体还是黑乎乎的。

这时，关灵突然喊道："斗爷小心！那泥土又动了！"

听关灵这样一喊，我立即往后退了两步，只见泥土里又钻出一只变色蛆虫来。这只蛆虫就没那么幸运了，只听见"啪"的一声，有东西击中了它刚钻出来的脑袋，把它的脑袋打出了一个窟窿。

只听见马骝举着弹弓说道："这次逃不掉了吧？"

再看泥土里那只变色蛆虫，脑袋里溅出来的液体是墨绿色的，不知道是脑浆还是血液。在我身后的秦仲义一把拉开我，拿着相机靠近那只变色蛆虫一顿乱拍。

我和关灵同时伸手抓住秦仲义，把他拉了回来，我对他说道："博士，在没确定那东西死了之前，千万别靠那么近。"

关灵也说道："是啊，任何情况都有可能发生，别为了拍几张相片把自己置于危险之中。"

马骝对我和关灵笑道："你俩可真是连动作和想法都一样呀，说你们不是一对都没人信。"

穆小婷也笑着补充了一句："这就是心有灵犀。"

我说道："我们经历了那么多，难道连这点默契都没有吗？对于这些来历不明的怪物，还是谨慎点好。"

马骝叫道："斗爷，你这是小看我的弹弓了吧？被我马骝的AK48打中脑袋，还能有命？除非它成……"马骝刚说到这里，突然停了下来，指着泥土那边叫道："真成精了……"

大家听马骝这样一喊，连忙朝泥土那边看去。只见那只变色蛆虫突然动了起来，原本黑色的躯体渐渐变成了绿色的，还长出了倒刺，情形就跟之前看见的一模一样。

　　我对马骝喊道："还等什么？赶紧弄死它啊！"

　　马骝急忙举起弹弓，可惜已经迟了，只见那只变色蛆虫直愣愣地朝我身上跳了过来。说时迟那时快，就在它差不多跳到我身上的时候，我立即扬起工兵铲拍了下去，只听见"啪"的一声闷响，那只变色蛆虫被我拍在地上。我不敢迟疑，立即竖起铲子直插下去，直到把那只变色蛆虫插成两半，这才松了口气。再看那变色蛆虫，已经恢复了原来黑色的样子，流了一地的墨绿色液体。

　　关灵急忙问道："斗爷，你没事吧？"

　　我摇摇头道："没事，幸好反应快，要不然都不知道会发生什么情况。想不到这家伙生命力那么强，被马骝爆了头后还能攻击人。"

　　马骝吐了口口水叫道："不是我的子弹不够强，是这些家伙成精了，这脑袋都被爆了，还能变身……不是我乌鸦嘴，现在就碰到这些如此顽强的东西，后面肯定还会有更厉害的怪物等着咱们。"

　　秦仲义对着那只被插成两半的变色蛆虫拍了两张照片，说道："这个天星洞窟被当地人称为'九泉鬼洞'，别说怪物了，要是倒霉的话，阎罗王都有可能碰到。"

　　我笑道："秦博士，科学家也开始相信迷信了吗？"

　　秦仲义说道："科学是从迷信里找到真相。我个人不相信迷信，但也不否认有些地方的传说是真的。"

　　我忽然想起什么，便问道："那这个天星洞窟，有没有什么宝藏传说之类的？"

　　秦仲义听我这样一问，立即停下了手中的动作，扭过头来看着我说道："我相信这里存在着一个'地下神宫'，至于里面有没有宝藏，就不得而知了。"

　　我又问道："那当地没有关于宝藏的这类传说吗？"

　　秦仲义摇摇头道："我也不清楚。就算有，也不足以相信吧。试想，这么深的洞，谁会把宝藏藏进来？又有谁有能力往这里藏宝？"

如果是平时，我也会有这样的怀疑，不相信有人有能力往这洞窟里藏宝。但是听完老陈说的那个妖族宝藏的传说后，我相信所谓的无风不起浪，拥有奇特长相并且擅长妖术的妖族人，绝对不是那么简单。

我不知道秦仲义是真的不知道妖族宝藏传说，还是有意隐瞒，或者对此根本不相信，毕竟谁也不敢保证传说是真的。但从他的表情来看，似乎对这个话题有点避讳。

我和关灵对视了一眼，说道："嗯，您说得也有道理，这么深的洞，即使有宝藏也肯定藏不进来。不过，既然存在着一个'地下神宫'，那这个'神宫'的主人会是谁？能在如此深的地方建一座'神宫'，想藏点宝藏，估计也并非不可能吧？"

秦仲义刚想说话，一旁的马骝立即嚷道："讨论这些没鼻子没眼的东西有什么用啊？找不到那个'地下神宫'，一切都是白扯；要是真的被我们找到了，自然就知道了有没有宝藏，用得着在这里瞎猜吗……"

秦仲义笑了笑，附和道："是啊，要是找到了那个'地下神宫'，就什么都清楚了。"

关灵说道："嗯，要讨论咱们就边走边讨论吧，别在这里逗留了。那边没有挖开的泥土里，肯定还藏着那种变色蛆虫。"

于是，大家离开那堆泥土，继续向洞中黑暗深处走去。

然而，刚走了不远，身后突然传来一阵"吱吱"的响声，好像有一群老鼠在抢食。大家急忙往回看去，只见在昏暗的光照下，一群变色蛆虫不知道什么时候出现在那堆泥土上，至少有几十只，密密麻麻的，窟窿里还不断有往下跳的，它们正疯狂地抢食那只被我打死的变色蛆虫。

我心里寒了一下，低声说道："这群东西估计饿昏了，连同伴的尸体都不放过，看来接下来轮到咱们成为它们的目标了。"

果然，话音刚落，有几只嘴角沾着血迹的变色蛆虫开始向我们这边爬了过来。不一会儿，其他变色蛆虫也都把脑袋对准了我们，争先恐后地爬了过来，它们一个个目露饥渴，似乎并没有把我们当做入侵的敌人，而是当做了食物。

第十二章　河图之象

马骝立即拿出弹弓，连发几弹过去，把爬在最前面的那几只变色蛆虫爆了头。而其他的变色蛆虫一闻到血腥味，立即发出"吱吱"的叫声，然后一哄而上，眨眼间就把马骝打死的那几只变色蛆虫啃了个精光。

这个场面不禁令我想起了《极度惊蝗》那部电影，电影里面有一种变异蝗虫，它们会吞噬一切，速度之快简直令人头皮发麻。而眼前这些变色蛆虫虽然数量不是很多，但是啃食的速度也很惊人，真的只是眨眼之间，地面上就只剩下一小摊血迹，连半点残骸都找不到。

我对马骝喊道："太多了，别打了，打不过来，大家还是赶紧走吧！"

关灵对我说道："斗爷，这么走也不是办法，前面吉凶未卜。再说了，那些蛆虫的速度你也知道，我们绝对不是它们的对手。我这里有些东西，应该能阻挡住它们。"说着，关灵从背包的一侧拿出一个红色袋子，袋子里面装的是一些白色粉末状的东西。

我问道："那是什么东西？"

关灵一边解开袋子，一边回答道："这是我从邙山回来后，为了照顾你的伤势而捣鼓出来的驱虫药，也不知道效果如何，现在刚好可以一试。"

这个时候，我发现秦仲义已经退到了大家的身后，一副要逃命的样子，便对他说道："秦博士，别那么害怕，这些变色蛆虫估计也只是前菜而已，后面说不定还会碰到不少稀奇古怪的东西呢。再说了，有关师傅的驱虫药在，它们肯定不敢靠近咱们。"

秦仲义尴尬一笑道："不是害怕，只是……只是不知道这药灵不灵……"

马骝说道："博士，别人葫芦里卖的药，您可以不信；但关师傅卖的药，您一定要相信。那可是百分之百正宗老字号，绝对可靠，包您药到病除。"

说话间，那些变色蛆虫距离我们只有不到十米远了，一个个虎视眈眈，发出"吱吱"的怪叫声，但它们似乎在惧怕着什么，都放慢了动作。

关灵连忙取出驱虫药，沿着洞穴撒了一圈。这些药粉散发出一股刺鼻的气味，别说那些蛆虫了，连我们都纷纷捂住了鼻子。但也可能是因为这些呛鼻子的气味，那些变色蛆虫不敢再前进了，它们纷纷往后退去，不一会儿就全部钻回了那个窟窿里。

马骝对秦仲义说道："怎么样？我早说了吧，关师傅的药绝对可靠，您家要是经常有什么蛇虫鼠蚁出没的话，我就让关师傅卖点给您，这可是居家探险的必备良药呀！"

秦仲义摆摆手道："谢谢了，这不需要，不需要……"

关灵笑道："你这家伙，真是三句不离本行。"

我说道："马骝，这药粉是非卖品，不过你要是肚子饿了想吃点，我可以叫关师傅免费施舍点给你。"

马骝捂着鼻子叫道："别搞我，这气味都能熏死人了，还用得着吃吗……"

大家一边说笑，一边继续往前走去。走了不久，前面又出现了跟之前一样的岔道，这次不用我提醒，马骝第一时间在岔道边上做了标记。接下来我们又走了半个多小时，没有发现岔道和异常情况，但是也没有发现任何有用的东西。

然而大家都小看了这个洞的深度，它似乎是个无底洞，好像永远没有尽头一样，走了那么长时间，前面还是照不到底。大家也都走累了，就靠着洞壁稍作休息。

我喝了口水，忽然想起什么，便问秦仲义："博士，那块人脸石头，具体是在哪个位置捡到的，您知道吗？"

秦仲义说道："考古队留下来的资料显示，他们在这洞里面走了半个多小时，然后无意中发现了那块人脸石头，并没有说明是在什么位置捡的。不过他们捡了石头后不久就退出来了，是第二次进去才出事的。"

我点点头，照了一下前面黑乎乎的洞穴，说道："我们走了也不止半个多小时了吧，应该比他们第一次走得还要深。考古笔记里说，他们第二次进入这里，走了两个多小时，然后无意中发现了一道绿光，那绿光引领他们去到'地下神宫'。博士，对于这道绿光，你们有没有研究出来是什么东西？"

秦仲义摇摇头道："没有，搜救队后来也没有发现过什么绿光。但我们觉得，这绿光非常重要，可能只有碰到它，才能找到'地下神宫'。"

马骝说道："什么绿光那么神秘，不会是幽灵作祟吧？"

秦仲义说道："我们这些做研究的虽然不会相信幽灵作祟这样的东西，但是也推测这有可能是某种神秘奇特的现象，或许在某个时间点，在某个特定的环境下，这道绿光才会出现。"

关灵点点头道："嗯，我同意博士的观点。在某个特定的环境下，确实会出现一些难以解释的奇特现象。"

穆小婷忽然说道："这道绿光会不会是某种动物的眼睛？就像猫的眼睛一样，在黑暗的地方也会发光。"

马骝说道："如果是动物的眼睛发出的绿光，那考古队不可能发现不了吧？"

我说道："小婷说的也不是没有道理，如果那动物移动速度极快，在这样的洞穴环境里，可能未必发现得了它。"

马骝笑道："那他们手上的照明工具是用来上厕所的吗？如果是动物，怎么可能照不清它的模样，只能看到一道绿光？小妹子，不是哥不相信你的话，但这个说法我不是那么认同，除非考古队那几个人都蠢到家了，否则不会看不清这道绿光是什么东西身上的。"

关灵说道："马骝，话可不能这样说，你自己拿手电筒或探照灯照一下洞穴，是照不远的。如果在洞的深处放一只猫，你看到的只能是两只猫眼睛发出来的光。"

马骝很听话地用探照灯照了一下洞穴深处，的确照不了多远，但他还是摇了摇头道："你都说了是两只猫眼睛发出来的光，既然是两只眼睛，那应该是两道光啊，为什么他们说是一道光？难道那只动物瞎了一只眼？或者说只有一只眼睛，是个独眼怪？"

马骝这个问题的确一下子把我们问哑了，没错，如果真的是动物的眼睛，怎么考古笔记里说的是一道绿光呢？

我看向秦仲义，秦仲义耸了耸肩道："斗爷，我知道你想问什么，但这个肯定没有记错，那录音我们听了许多遍，的确说的是一道绿光，至于录音者有没有一时说错，那就难说了。"

大家就着这个问题讨论了一番，但最终无果。而黄军和吴强两人只是在一旁抽烟，自始至终都没有参与讨论，似乎对这个话题并不怎么关心。

接下来的路程也很顺利，没有变色怪蛆和绿光，也没有其他异常情况发生。大家又走了半个小时左右，前面突然变得宽敞起来，等大家看清楚之后，发现自己竟然走回了天星洞窟的底下，也就是回到了一开始的地方。

马骝嘟囔道："这是要闹哪出，怎么又走回来了？难道这里又存在什么迷魂阵八卦阵之类的阵法？"

我看了一下走出来的那个地方在四方洞正对面的洞口。如果没猜错，这些洞中洞应该就是相互连通的。搜索队之所以找不到"地下神宫"，八成是与这个有关。

这时，秦仲义皱起眉头，自言自语道："果然是这样……"

我问道："博士，搜救队也有这样的情况吗？"

秦仲义点点头道："没错，开始我还不相信他们说的，现在亲身体验了一番，真是令人感到莫名其妙啊！我们好像也没怎么拐弯兜圈子，怎么就走回来了呢……"

对于这样的情况，秦仲义他们可能会觉得莫名其妙，但是经历了卧龙山吃人洞和邙山的墓道迷宫之后，我们觉得这种情况太过普通了。在黑暗的洞穴里行走，空间本来就小，这就导致了视线会变得狭窄，加上心理因素，就算拐了弯也会觉得走的是直路，就算走的是直路也会不知不觉间在兜圈。

穆小婷问道："斗爷，那现在怎么办？"

我说道："就目前的情况来看，我也很难说出个一二来，既然这些洞中洞都是连通的，那我们只能继续走走看吧，熟悉了地形之后，才有可能知道这些洞中洞到底存在什么鬼东西。"

于是，大家又选择从另外一个洞中洞走进去，结果走了一个多小时后，最终又是从对面的洞里走了出来，回到了原地。这样一来，的确令人感到莫名其妙。但事不过三，就在我坚持再走一遍的时候，黄军和吴强却怎么也不肯走。

黄军对我说道："那个，斗爷，这样走下去真的不是办法，要不这样，我们在这里歇会儿，抽根烟等你们吧。我估计用不了多久，你们肯定会走回这里来的。"

我对他笑笑道："听军爷的意思，莫非你们已经走过了？"

黄军和吴强对视了一眼，然后对我点点头道："没错，不瞒你们说，我们之前对这些洞中洞都搜寻过，没有发现任何东西，也没有找到你们所说的那个'地下神宫'，都是兜兜转转回到这里。"

吴强也说道："这些洞我们都走过一遍，但几乎都是从这个洞进去，然后从另外一个洞出来，毫无规律。我曾经看过一些古籍，这种情况有可能是碰到了一个八卦阵。"

我惊讶地问道："哦？怎么会觉得是八卦阵？难道你对五行八卦这些也有研究？"

吴强摆摆手笑道："研究倒谈不上，只不过是有点爱好，你们看一下这些洞中洞的分布，都是围绕着这个天星洞窟的，感觉就像那个八卦阵的布局。"

被吴强这么一提醒，我立即仔细观察起那些洞中洞的分布情况。如果以现在站的位置为中心，在我的前面有四个洞中洞，后面有三个，左边有两个，右边有一个，一共有十个洞中洞。转了一圈后，我不禁心生疑窦，这样的分布排列，一看就不像大自然的所为，应该是古人利用这些洞中洞在这里布下了一个局，让外人找不到"地下神宫"。而根据现有的资料来看，布局者只能是传说中的妖族了。

这时，关灵似乎也看出了些端倪，对我说道："斗爷，这些洞中洞的分布排列，应该不是大自然的鬼斧神工，而像是有高人在这里布下了一个局。你看这方向，东南西北，而那些洞刚好是三二四一的排列，你说这个分布会不会是那个河图之象？"

我一听关灵这样说，立即再次用探照灯扫射了一遍那些洞中洞，惊讶道："还别说，真的有点像河图之象啊！"

所谓河图，是指古代流传下来的神秘图案，与之一起的还有洛书。河图洛书是阴阳五行、八卦术数之源。河图是八卦分野，归类五行。而洛书就是五行络合，系统九宫。河图洛书最早记录在《尚书》之中，其次记录在《易传》之中，诸子百家多有记述。太极、八卦、周易、六甲、九星、风水等皆可追源至此。

关于河图洛书的来源，说法不一。但有相传，在上古伏羲氏时，黄河中浮出龙马，背负"河图"，献给伏羲，伏羲根据"河图"演成八卦，也就是《周易》的起源。又相传，大禹时，河中浮出神龟，背驮"洛书"，献给大禹。大禹根据洛书来治水，成功将天下划为九州。

河图、洛书这两幅神秘的图案，看似简单，但却隐藏着非常复杂的东西，几乎囊括了宇宙的一切，在政治学、哲学、军事学、美学、文学、数学、天文学、地理学、风水学等领域都有着深远的影响。

黄军问道："斗爷，什么是河图之象？"

我说道："河图之象，是用十个黑白圆点表示阴阳、五行、四象，其图为四方形。如果这些洞中洞真的是古人布下的河图之象，那么以这个洞窟之底为中央，前面那四个洞中洞在西方，根据河图之象，这是白虎星象，五行为金；后面三个在东方，是青龙星象，五行为木；左边两个在南方，是朱雀星象，五行为火；右边一个在北方，是玄武星象，五行为水。如果眼前这些洞代表的是河图之象的白点，那么在这些洞里面，应该还存在黑点。"

看见大家一头雾水的样子，我便在地上画了起来，并用不同的石头代表了白点和黑点，然后说道："别看这图好像很简单的样子，据说整个宇宙的一切都囊括在其中，八卦也是根据这个河图洛书演变而来的，可想而知这图的厉害。如果古人在这里真的利用了河图之象来布局的话，那找不到'地下神宫'，真的是再正常不过了。"

关灵点点头道："没错，据说河图洛书乃是上古星图，而且现在也有人证实了河图还可以推演出人面图，不知道与在这里发现的那块人脸石头有没有关系。"

秦仲义问道："关于这个河图、洛书我也听说过，但是就目前的情况来看，如果这里真的是你们所说的河图之象的话，那有没有什么破解方法？"

我说道："破解办法肯定有，古人布局都会留活路，但想要找到这条活路，并非易事。河图跟八卦不同，如果是八卦阵的话，那自然有它的一套规律在里面，但河图更加复杂，加上在洞里行走，空间小，视线窄，无疑是难上加难。"

秦仲义又问道："听说邙山鬼岭里的千年古墓有一条墓道如迷宫般错综复杂，其复杂程度古今罕有，现在还有不少科学家在对其研究。难道说，这里的机关比那墓道迷宫还要复杂？"

我笑笑道："这两个地方还是有区别的，你说这里的机关复杂吧，但它又不能把咱们怎样，毕竟怎么走，估计都会回到原点。但你说它不复杂吧，不管你怎么走，都走不到你想要到的地方，就是这么简单。"

秦仲义皱起眉头，有点失望地仰天叹息道："唉！连你们都没有办法，那看来这次真的是白走一趟，无功而返咯。"

穆小婷也失落地说道："那怎么办？难道就此结束了吗？"

第十三章　罅隙

关灵说道："凡事都没有那么绝对，在邙山那座陵墓里时，我们也陷入了绝境，但我们没有放弃，最后还是完成了任务，走了出来。不过，这一切都要感谢我们的斗爷，有他在，大家就放心吧，他一定会想到办法的。是吧，斗爷？"

关灵向我投来一个微笑，我只好点点头道："嗯，大家放心，我会想办法的，这山长水远的，咱们可不能白走一趟啊！"

马骝说道："对对对，不能白走一趟，虽然五爷给的酬劳提前到账了，但咱们可不能坑了人家啊！斗爷，你赶紧想想办法，破了那个什么河图之象吧！"

我没理马骝，开始围着那些洞中洞转了起来，心里也在盘算着该从什么地方入手。其实对于这个所谓的"河图之象"该如何破解，我心里还是有点底子的。因为在《藏龙诀》一书里，就有提到过河图、洛书的机关布局之术，口诀曰："坐北朝南，左东右西，左旋相生，右旋逆死，在天成象，在地成形。"

这个口诀能不能应用到实际当中，还要试过才能清楚，毕竟到目前为止我也不确定这里是"河图之象"。不过，如果证实了这些洞中洞真的是

"河图之象"的布局，那我们找到"地下神宫"的希望就大大增加了。

想到这里，我对大家说道："不管是河图洛书，还是后来的八卦九宫，看似错综复杂，其布局其实都是讲究一个字：'向'。"

秦仲义似乎没听明白，急忙问道："什么意思？"

未等我开口，吴强立即叫道："一个字是'向'，两个字就是'方位'。我说得对吧？斗爷。"

我点点头道："没错，这个'向'指的就是方位。所谓命有东西，屋有坐向，我们之所以走来走去走回原地，根本原因就是走错了方向。"

黄军说道："这个谁不知道？要是没走错的话，怎么可能回到原点呢？"

马骝兴奋地说道："斗爷，听你这么说，难道你已经想到破解之法了？"

我说道："方法是有，但不敢保证能破解，不过可以试一试。"

大家一听我这样说，脸上都闪现出兴奋之情，秦仲义笑嘻嘻地说道："斗爷不愧是斗爷呀，那么快就想到了破解之法，既然是这样，那就事不宜迟了，大伙儿就跟着斗爷你，看你一展风采了。"

对于秦仲义的恭维，我并不怎么开心，只是对他笑了笑。相反，他着急的心态令我对他这次行程的目的更加怀疑了。有了邙山的前车之鉴，这次我必须多留一个心眼，除了关灵、马骝和穆小婷三个自己人外，其余三人的一言一行我都必须留心观察。

关灵对我说："斗爷，这次从哪个洞进去？"

我用探照灯对准之前走的那个四方口洞中洞，说道："还是从这里进去。"

穆小婷不解地说："斗爷，那洞里有那种怪虫，怎么还走那里……"

我说道："如果我没算错的话，这个四方洞应该就是入口，只有从这里进去，才能进行下一步。况且，有关师傅的驱虫粉在，大家也不必那么害怕那些怪虫。"

于是，我带着大家再次走进那个有变色蛆虫的四方洞。在经过那堆泥土的时候，我们开始警惕起来，我也事先向关灵要了点驱虫粉，做好防御准备。但没想到的是，整个洞内，包括泥土上方的那个窟窿，都没有见到变色蛆虫的身影，连那种"吱吱"的叫声也没有，似乎它们完全没有出现过一样。

黄军嘀咕道："真是怪了……难道它们知道我们有武器，都躲回老巢里不敢出来了？"

马骝说道："那还用说，你以为我们的关师傅是什么人，她可是鼎鼎大名的'穿山道人'的传人，区区几只变色怪虫而已，在我们关师傅眼里，那都不是事儿。再厉害的魔鬼蛙，碰到我们的关师傅，都只能乖乖趴下变蛤蟆，哈哈。"

黄军问道："魔鬼蛙？什么鬼东西？"

马骝刚想逞能一下，没想到秦仲义抢先说道："魔鬼蛙是一种史前生物，生活在恐龙时代末期，体型巨大，据说能一口吃掉那些小恐龙，但这物种早已灭绝。"他一边说，一边看向马骝和关灵，脸上渐渐现出惊讶的表情，追问道："难道你们也见过魔鬼蛙？在哪里见到的？"

我瞪了一眼马骝，心想：你这家伙真是死性不改，老是说多错多。现在好了，被一个生化学家盯上了，要是被他知道了迷幻城的事，以他那种执着的精神来看，肯定又会想去研究一番，到时候又不知道会出现什么情况了。

马骝也知道自己的话说多了，连忙对秦仲义笑道："我这个只不过是比喻而已，博士还认真起来了，不愧是科学家啊……您都说这物种早就灭绝了，怎么可能还存在呢？您说是不是？"

关灵也帮忙打圆场道："大家可能不知道，马骝这人就爱吹牛，他说的话，有时候连标点符号都信不过。"

马骝笑嘻嘻地说："关师傅，你可不能这样攻击人呀，我刚才是在夸你，你不感谢就算了，还在这么多人面前污蔑我。"

我揶揄道："马骝，关师傅从来都不会攻击人的，但对于那些只进化了四肢而脑袋还没进化的动物来说，就不好说了。"

大家哈哈大笑了起来。

这时，我发现穆小婷往我这边看了一眼，然后对我笑了笑。从她的笑容里，我看得出她是相信了马骝刚才的话。因为在邙山的时候，我对她说过了迷幻城和蓬莱仙墓的事，她跟着我们经历了那么多，可以说已经很了解我们三人的性格。所以，即便马骝和关灵的话骗过了其他人，但肯定骗不过她。不过，我知道穆小婷的性格，她还是值得信任的。

大家一路有说有笑，不知不觉就走到第二条岔道那里。我停住脚步，拿出罗盘看了一下，说道："坐北朝南，左东右西，左旋相生，咱们往左边这条道走。"

关灵一边走一边问我："这左旋相生，是按照古人顺天而行的意思吧？"

我点点头道："没错，四方洞在东方，由东开始，在第二道左旋，再由东到南，由南到中，由中再到西，由西再到北，依这方位来走，有可能就会走出这个所谓的'河图之象'。"

果然，根据《藏龙诀》的口诀和我对"河图之象"的理解，走了差不多一个小时左右，前面的洞壁开始出现了类似符号一样的图案，仔细辨认，还能看出几张古怪的人脸。这些人脸跟穆小婷外公捡到的那块人脸石头非常相似，应该是同一时期的东西。

我对大家说道："看来我们走对方向了，出路应该就在这附近。"

秦仲义说道："考古笔记里也有提到，他们走进了一个非常古怪的洞穴，洞壁有符号之类的图案，难道指的就是这里？"

马骝说道："八成是了，你看我们走了那么多条道，就这里出现了这样的符号，考古队肯定也是阴差阳错走来了这里，然后发现了那道绿光，再然后被绿光引领走进那个'地下神宫'的。"

关灵点点头道："马骝说得没错，考古队肯定来过这里。大家多留意一下，说不定咱们也会碰到那道绿光。"

于是，大家一边走，一边留意周围的环境。走了十多分钟，洞壁上依旧能看到那些古怪的符号，而眼前的洞穴依然是深不见底。不过，考古队所说的那道绿光并没有出现。

走到北方正位后，我立即停住了脚步，对大家说道："终于找到那条隐藏的路了，藏得够深的。"

大家拿着探照灯照来照去，似乎不明白我的意思。秦仲义问道："斗爷，你说的那条路在哪里？眼前就只有一条路啊……"

我拿着探照灯照向前面不远的一条罅隙，说道："路就在那罅隙里。"

大家连忙疾步往我照的那地方走去，等走近一看，在宽敞的洞里，有一条罅隙由洞顶一直延伸到路面。那是一条虽然狭窄却可以容纳一个人走进去的罅隙，两边还有不少凸出来的石头，有些特别锋利。

我对大家说道："如果没错的话，出路就在这里。"

秦仲义一脸狐疑地叫道："这条大裂缝？斗爷，你不是在开玩笑吧？"

我笑了笑道："我自己也走了两个多小时，不会就为了跟大家开这个玩笑吧？"

黄军也半信半疑道："斗爷，放着前面一条大道不走，走这里？不会吧？这怎么看也不像一条道呀！"

吴强凑近了一点，用怀疑的语气问道："虽然说古人喜欢设计机关来装神弄鬼，但这里怎么看也就是一条山体裂缝而已，怎么会是'河图之象'的出路呢？难道传说中的'地下神宫'会在这裂缝里面吗？"

等吴强说完后，我看向穆小婷，问她："小婷，你怎么看？"

穆小婷一直在专注地盯着那条罅隙，被我这样一问，好像还没回过神来一样，有点尴尬地说道："啊？这个……这个我也不懂，但他们说的好像也有道理，这里面黑咕隆咚的，看着就像一条大裂缝。不过，斗爷你经验丰富，我还是相信你的。"

马骝对穆小婷竖起大拇指，称赞道："小妹子，还是你识货，虽然斗爷这家伙在读书的时候平庸得就像个透明人，但自从干上这一行后，简直活生生像变了一个人一样，不知道从哪里学来观山辨脉、寻龙探宝这一套。在这样的地方，别说前面是条山缝了，就算是个水潭泥潭，只要他说这里是出路，那这里一定就是。"

穆小婷点点头道："嗯，我知道斗爷的厉害，所以我是相信他的。"

关灵对我笑道："斗爷，马骝这顶帽子给你戴得够高了吧？"

我叫道："何止是高，简直是从头套到脚啊！马骝，别把我说得如此厉害，虽然你说的都是实话，但是让人觉得我逞强就不好了。下次别自顾自说我一大堆好话，功劳我们三人都有份。还有，下次简单点，用几个字概括就好……"

　　马骝抢答般叫道："我知道，简单点，那就三个臭皮匠——顶个诸葛亮。"

　　我被马骝的话弄得哭笑不得，擂了他一个玩笑拳道："哈哈哈，还臭皮匠呢……"

　　关灵笑道："臭皮匠也没什么不好吧，马骝你负责臭，我负责皮，斗爷就负责匠吧！"

　　关灵的聪明机智令大家捧腹大笑。但笑完之后，我们还是要面对眼前这个问题。如此不成道的罅隙，就像是山体裂缝一样，真的能在里面找到传说中的"地下神宫"吗？

第十四章　诡异绿光

犹豫之际，罅隙里突然出现了一道绿光，这道绿光就像某种动物的眼睛一样，在罅隙里显得非常深邃而恐怖。

我连忙举起探照灯，想看清楚这道绿光到底出自何物，但绿光移动的速度非常快，一下子就消失不见了，探照灯所照的地方只是一条深不见底的罅隙。

马骝叫道："果然有一道绿光，但你们没觉得这绿光看起来好像是一只眼睛吗？"

穆小婷说道："难道那家伙是一只独眼怪？"

马骝点点头道："嗯，小妹子你猜对了，哥我也觉得那是一只独眼怪。既然所谓的绿光都出现了，那证明考古队说的是真的了，这裂缝里面，真的可能藏有一个'地下神宫'啊！"

我对秦仲义说道："博士，你现在对这条路还有什么意见吗？"

秦仲义有点尴尬地笑笑道："引路灯都出来了，那还能有什么意见？斗爷，不得不说，你真是高人啊！我秦仲义实在是佩服，佩服！"

我摆摆手，然后很严肃地对大家说道："这才只是开始而已，虽然听起来不吉利，但我也要说一句，走进了这条裂缝，能不能出得来，我金北斗就不敢保证了。所以，从现在开始，大家必须全神贯注，把自我保护的能力提升起来，我不想我们成为第二支考古队。"

关灵也说道："斗爷的话不是开玩笑，大家一定要打起十二分精神来，保护好自己的同时，也要保护好身边的伙伴，只要大家团结一心，任何妖魔鬼怪都不是我们的对手。"

黄军笑道："区区一个山洞，一条山体裂缝而已，不会真的有妖魔鬼怪吧？我看是有点小题大做，自己吓唬自己了。"

关灵冷笑一声道："这位军爷，我知道你身上有枪，肯定觉得没什么可以伤害到你。但我告诉你，真的碰到一些妖魔鬼怪的时候，你这把枪的作用，恐怕只有在痛苦的时候，用来结束自己的生命而已。"

黄军刚想反驳，马骝突然拍了一下手掌，对黄军和吴强两人叫道："对对对，我忘记了你们两个都带枪，而且五爷派你们来也是为了保护我们的，作为人民的子弟兵，要不你们两个就给大家做个榜样，做开路先锋吧，怎么样？"

黄军和吴强对视了一眼，又一起看了看那条罅隙，脸上都现出了一丝害怕的神情。虽说不相信有妖魔鬼怪，身上也带有武器，但是面对这样一条充满未知的罅隙，两位退伍军人一时也不敢逞强。

我摇了摇头，心想：就这样的心理素质，还说自己是军人，真是丢了人民子弟兵的脸。不过，从他们一路的言行举止来看，退伍军人的身份应该是假的，他们真正的身份应该是那五山的打手，或者是黑道上的人，只不过用退伍军人这个身份来应付我们而已。

想到这里，我对他们说道："虽说你们是五爷派来保护我们的，也都身怀绝技，但是对于探险，估计没我们那么有经验，所以还是我带头吧！"

黄军尴尬地一笑，来了个顺水推舟，说道："没错没错，还是斗爷英明，斗爷经验丰富，有你带头，肯定马到成功。"

吴强也附和道："是呀，有斗爷带头，什么危险都一定可以化险为夷的。"

对于他们两人的话，我充耳不闻，拿出火枪握在手里，然后率先走进那条罅隙。关灵跟在我后面，接着是秦仲义和穆小婷，然后是吴强和黄军两人，而马骝负责殿后。我们三人早已形成了一种默契，只要是我带头的，马骝肯定负责殿后工作。因为万一队伍中出现了内鬼，把后路切断的话，那走在前面的就惨了。

罅隙很窄，想转身都有点困难，但幸好路面比较平坦，除了感觉狭窄之外，其余也没有什么不妥。大约走了十多分钟，前面黑暗处又突然出现了一道绿光，我急忙用探照灯照射过去，但是绿光好像料到我有这一招，迅速地往罅隙深处移去。探照灯的有效照射路程也不短，但是还是无法捕捉到那绿光出自什么东西。

反复几次后，我开始觉得这绿光真的如穆小婷之前所说，应该是某种动物的眼睛。如果情况真是这样，那这会是什么动物？为什么只有一只眼睛发出绿光？

我们也见过许多怪物，迷幻城的独眼鬼虫也只有一只眼睛。而我们现在身处的地方是一千多米深的神秘洞窟，别说独眼怪物了，有没有东西修炼成精怪都难说。因为在考古笔记的最后，记录的就是考古队发现了一个"人"，或许不止一个，他们碰到这所谓的"人"之后，就全部遭遇了不测。

我一直在猜测这个所谓的"人"到底是什么鬼东西，如果它是像我们这样的正常人类，那么在这样的环境里几乎是不可能生存的。这里跟仙龙乡那个龙洞天坑不同，应该不会出现类似上官锋那样的情况。我猜它可能是某种长得像人的怪物，就像蓬莱仙墓里碰到的那个人形变异怪物一样。但不管怎样，我们现在也碰到了考古队所说的绿光，那么跟着这道绿光走，应该会到达那个传说中的"地下神宫"。

刚想到这里，前面的路突然变得宽阔起来，竟然比之前走过的所有路都要宽许多。大家从罅隙里走出来，发现地方变宽阔后，都嘘了口气。

马骝吐了口口水叫道："这要不是斗爷厉害，谁会想到穿过这条裂缝后，会出现这样宽阔的地方呢。根据我马骝纵横江湖多年的经验，这前面一定有戏，说不定就是那'地下神宫'。"

我说道："不管怎样，大家还是小心为妙，你们看，那绿光还在前面引路呢！"

关灵说道："斗爷，这绿光会不会真的是动物的眼睛？"

我点点头道："嗯，我也觉得是动物的眼睛。但是这家伙跑得太快了，而且好像很惧怕光。"

秦仲义说道："这里终年没有光，那些动物都是生活在黑暗里的，怕光是肯定的，就是不知道这眼睛能发出绿光的是何种怪物呢？"

马骝叫道："可惜离得太远了，要不然我一弹弓过去，肯定让它现形了。"

大家一边说，一边继续往前走。走着走着，前面的绿光突然多了起来，原先只有一道，紧接着出现了两道，不一会儿，又多了四五道，就好像有几盏绿色的电灯在黑暗处挂着一样，时隐时现。这样一来，我们更加确定那绿光就是动物的眼睛了，而且这些动物似乎都只有一只眼睛。

我们加快了脚步，但那绿光就好像知道我们在追它们一样，移动的速度也加快了。我们走，它们也走；我们停，它们也停，但永远也不会出现在探照灯的光亮下。我一边追，一边查看地上的情况，试图能找到些蛛丝马迹。但追了很久，地上竟然找不到它们留下的踪迹，我心想：难道它们不是用脚走路的，而是会飞的东西？

拐了个弯后，原先一直存在的绿光突然消失不见了，而洞穴也开始发生了变化，变得越来越宽敞，即使大家横排走也绰绰有余。

又往前走了一段路，一堵黑色的石墙突然出现在大家眼前。只见石墙与洞穴顶部接合，目测有十多米高，中间有个宽、高五六米的四方入口，但没有石门。在入口的顶部，有一幅类似太阳的图案，图案周边还有不少奇怪的符号。而在入口左右两边，分别有两尊神兽守护，左边是一条青龙，右边是一只白虎，这两尊神兽被探照灯一照，栩栩如生，整堵石墙看起来就像一座古代的城池。

大家感到有些惊喜，难道这就是传说中的"地下神宫"？

秦仲义摸着那堵黑色石墙，发出无比兴奋的声音："真的找到了神宫……太不可思议了……太不可思议了……"

穆小婷也一脸激动地说道："原来我外公就是来到了这里，真是不敢想象，如此深的洞窟里，竟然还有这么壮观的情景……"

再看黄军和吴强两个人，也早已被眼前的情景惊呆了，他们一边摸着那两尊神兽，一边发出"啧啧"的赞叹声。看他们的表情，似乎想把这两尊神兽弄回去一样。

我和关灵、马骝三人都是见过大场面的人，惊喜是有，但是并没有他们几人那么夸张。不过，我还是留意到关灵的神色有点不对劲，好像有点惧怕。关灵是什么人，我心里是清楚的，就这样的一个"地下神宫"，不足以令她出现这样的表情。

我连忙问道："灵儿，你没事吧？"

关灵似乎没有听见我的话，双眼紧盯着前面，神情依旧。我轻轻拉了一下她的手，再次问道："灵儿，你没事吧？"

关灵这才回过神来，对我笑道："没事呀……"

这时，走在前面的马骝突然转过身来对我说道："斗爷，这'地下神宫'被我们找到了，看这阵势，里面应该藏有不少宝贝啊！"

我看了马骝一眼，做了个噤声的手势，然后小声说道："千万别表现出来，让你的小妹子看见了就不好了。"

马骝点点头，把眼睛眯成一条线，然后做了个封嘴的动作。

关灵细声道："你那小妹子还没什么，最怕的是那两个所谓的退伍军人，他们手里有枪，如果发现了宝贝的话，他们对我们的威胁就大了。"

马骝低声说道："不怕，到时候等我想办法把他们的枪弄走，再说了，我的弹弓也不是吃素的。"

我刚想说话，忽然瞧见秦仲义一个人从入口处走了进去，还不忘一边走一边拍摄。我生怕他有什么闪失，连忙招呼其他人也跟着走进去。等大家进去看见了眼前的情景，都感到非常震惊，一个个张大了嘴巴。

第十五章　地下神宫

不得不说，眼前这座"地下神宫"真的是非常壮观，即使我们三人经历了不少稀奇古怪的事，见过不少壮观的地方，比如黑洞天坑底下的夜郎迷幻城、蓬莱里面的仙墓、邙山鬼岭中的陵墓，但它们都无法跟眼前这个"地下神宫"相比。

身处的这个洞穴空间是我所见过的最宽阔的，如果不是事先知道这里是洞窟之下，洞穴之中，我一定会认为这只不过是黑暗的地面空间。还有四周黑黝黝的一片石头建筑物，看起来就像住宅区一样，这些建筑物形状怪异，全是黑色的岩石，高的有十多米，矮的也有三四米，有的像宫殿，有的像雕塑，每座建筑物上都刻画了一些诡异的符号，这些符号跟外面洞穴里看到的不一样，这里的更加多姿多彩：有类似人脸的、花草树木的、飞禽走兽的、古怪机器形状的……真是让人眼花缭乱，目不暇接。

马骝惊叹道："我的天啊！这到底是什么鬼地方？竟然还有如此规模宏大的宫殿，不会是外星人基地吧？"

我说道："这应该就是考古队发现的那个'地下神宫'，从这些建筑物来看，应该是上古遗址。"

马骝说道："上古人类的文明程度有这么厉害？"

我说道："上古时期的文明究竟怎样，估计我们也只是从历史书里知道那么一点而已，真不真实还说不定呢！但我猜测，真实的上古时期文明，一定不会比现在差。"

我们在一边说话，而秦仲义和穆小婷则在另一边"挨家挨户"地去研究那些建筑，似乎着了迷一样，全然忘了这个地方的凶险。

秦仲义拿着相机，对着那些建筑物又是一通拍，而且还开了闪光灯，全然把我之前对他说的话当做耳旁风。而黄军和吴强两人也是单独行动，举着探照灯不断地照来照去，从他们的举动来看，估计是在寻找传说中的妖族宝藏。

我心想：如果宝藏传说是真的，那么眼前这个"地下神宫"极有可能就是妖族人所建造的。但这个妖族到底是什么族群呢？为什么能在如此深的洞窟里建造出规模如此宏大的"地下神宫"？他们建造这个"地下神宫"是为了什么？是居住还是另有目的？

我一边想，一边沿着建筑物中间的通道走去。通道有好几米宽，就像街道一样，纵横交错，而地面上同样铺砌了黑色的岩石，登山鞋踩在上面，发出"咯吱、咯吱"的响声，听起来有点诡异。

我走到一座比较大的建筑物前停了下来，这座建筑物看起来就像一座房屋，有五米多高，有门有窗，但是它的形状不是四四方方的，而是三尖八角的，看起来有点像艺术品，但同时也让人觉得有点不伦不类。

马骝对我说道："斗爷，这样的屋子怕不是用来住人的吧？"

我摇摇头道："我也不清楚，但也说不定，能建造出这样的地方的，根本不会是普通人，怪人住怪屋，也很正常了。"

关灵说道："进去看看就知道了。"

于是，我们三人走了进去。只见偌大的屋里冷冷清清、空空荡荡的，什么都没有，就好像主人早已搬走了一样。不过，在东面的石墙上，刻画着一个类似太阳的图案，太阳下面是一个人牵着一只怪兽。那个人只是简单的几笔画，但是可以看出是一个人的模样，至于那只怪兽，笔画就非常繁复，能看出这怪兽长着翅膀，有一个长长的喙，脸部还有一只很大的眼睛，这只大眼睛几乎占据了整张脸，它看起来应该是一只独眼兽。

关灵忽然想起了什么，立即对我说道："斗爷，你说这只怪兽会不会就是刚才那个发出绿光的东西？"

我点点头说道："嗯，还真有这个可能。画里是有个人牵着它的，说不定是古人养的宠物或者灵兽。"

马骝说道："养这些怪物当宠物？这古人的胆子也太大了……"

这个时候，秦仲义和穆小婷一起走了进来，秦仲义边走边自言自语道："怪了怪了，这些屋子怎么都是空的……"

我问道："博士，什么情况？"

秦仲义说道："我查看了好几间屋子，但里面都是空空如也，看起来不像有人居住过。但是如果不是用来居住的，那建这么多房屋有什么用？"

穆小婷说道："就是呀，除了那些古怪的符号和图案，根本没发现任何实物。"

黄军和吴强可能看见我们聚在了一起，也疾步走了过来，也说看了几座屋子，但里面都是空的。这就令人感到奇怪了，如此规模宏大的地宫，所到之处都是空空如也，这样的情况真的有点出乎我们的意料。

这时，穆小婷忽然皱起眉，说道："难不成早有人捷足先登，盗走了地宫里的东西？"

马骝急忙问道："什么东西？宝藏吗？"

穆小婷脱口而出道："不是传说这洞窟里面有个妖族宝藏吗？"她刚说完，忽然意识到了什么，看了一眼秦仲义，然后捂住了自己的嘴巴，表情略显尴尬。

马骝一听到"宝藏"两个字，立即瞪大了眼睛，看了我和关灵一眼，忙问道："怎么回事？妖族宝藏？我怎么没有听说过这个传说？"他扭过头看着秦仲义说道："秦博士，你这也太不地道了吧？这么重要的信息都不告诉我们。难道你是想独吞那份宝藏吗？"

秦仲义被马骝这样一说，瞬间变了脸，他先是瞪了穆小婷一眼，那眼神似乎在怪她说了不该说的话，然后"哼"了一声，说道："这传说的东西哪能相信？什么妖族，什么宝藏，都是当地人以讹传讹、三人成虎的故事而已，根本不可信。再说了，我们是来寻找绿血真相的，目的是要寻找黎教授他们的死因，并不是来寻宝的。"

我一边听秦仲义说话，一边在观察他脸上的表情，自始至终他都表现出生气的样子，丝毫没有被人拆穿的尴尬。不知道是他掩藏得深，还是他真的只是来寻找真相，而并非是来寻宝的。

这时，马骝忽然对我说道："斗爷，你不会早就知道有这个宝藏传说吧？"

我摇摇头，装作毫不知情的样子说道："我也是第一次听到，话说，这个妖族宝藏传说是怎么样的？"我一边说，一边看着穆小婷："小婷，你又是从哪里知道这个宝藏传说的？"

穆小婷看了看我，又看了看秦仲义，然后闪烁其词道："是……是博士告诉我的……"

马骝问道："什么时候？我怎么不知道？"

穆小婷说道："也是在邮件里说的，博士还叫我保密，但我……对不起，博士，我一时口快说了出来。不过，您放心，斗爷、马骝大哥和关大小姐他们都是正人君子，绝非那种心怀贪念之人，这一点我穆小婷可以用人格保证。但是……"说着，她看向黄军和吴强两人。

黄军立即挺直了腰板说道："我去……小姑娘，你这眼神是什么意思？难道是说我们是那种心怀贪念之人吗？"

吴强也说道："就是，一个传说而已，用得着这样看我们吗？再说了，要不是五爷吩咐我们来保护关师傅，你以为我们想跟你们来这样的地方玩啊？"

穆小婷连忙摆手解释道："不不不……你们误会了，我不是这个意思，只是我和斗爷他们相处过，知道他们的为人，但我才认识你们不久，所以……"

马骝扬起手打断穆小婷的话，说道："小妹子，不用解释，哥懂你。大家都坐在同一条船上，谁要是有异心，我马骝第一个不放过他。"

黄军和吴强还想说点什么，秦仲义赶紧摆了摆手制止他们，叹了口气道："别为这事争执了，我也不是有心隐瞒大家，只是怕说出来的话，大家的心思全放在宝藏上，就把寻找绿血真相这事忘得一干二净了。"

关灵忽然说道："博士，既然都说开了，那您就给我们说说这个妖族宝藏的传说到底是怎么一回事吧！"

我点点头道："没错，我也想听听这到底是一个什么样的宝藏传说。"说着，我和关灵对视了一眼。我们都知道彼此的想法，都是想认证一下这个妖族宝藏的传说跟老陈说的那个到底是不是一个样。

秦仲义见状，只好清了清嗓子，然后把那个妖族宝藏说了出来，但他说得比老陈还要简单，不过也基本是那么一回事。这样看来，这个秦博士似乎并没有我想的那么坏，也许他真的只是希望大家齐心协力地找到绿血真相，怕这个宝藏传说节外生枝而已。

马骝听完后哈哈大笑起来："哈哈哈哈，我还以为是多厉害的传说呢，还不就是那个样，用得着神神秘秘的吗，什么宝藏我没见过？就说邙山那座古墓，十五副石棺里堆满了各种各样的金银珠宝，我马骝也丝毫没有动过半分邪念……"

听马骝这样一说，我和关灵都忍不住捂住嘴笑了起来。我心想：马骝这家伙说起谎来还可以一本正经，真是"死剩把口"也能活下来的人。

黄军看着马骝，一脸惊讶地问道："什么？有十五副石棺那么多？真的假的啊？"

马骝说道："那还有假的，比珍珠还真！不信你问问小妹子，问问斗爷和大小姐，其实这都是小儿科啦，你没见过那个黄金洞……"

看见马骝唾沫横飞地说个不停，我连忙制止他道："行了行了，你这只泼猴，净说些没用的，赶紧再往里走走吧，说不定那宝藏就藏在里面呢！还有，考古队就是在这里遇害的，大家一定要小心，别为了什么宝藏丢了性命。"

于是，大家沿着通道慢慢往里面走去。走了没多远，一个诡异的声音突然在前面的黑暗中响了起来。这声音无法形容，一开始有点像老鼠在"吱吱"地叫，但紧接着变成凄厉哀怨的声音，后来完全变成了女人的哭泣声，时高时低，时急时缓，简直令人毛骨悚然！

第十六章　绿眼怪鸟

我们一行人立即停下脚步，围在一起，谁都不敢再往前一步。这个时候，大家都知道前面有危险了，能发出如此诡异恐怖声音的东西，肯定非比寻常。

我握紧手中的火枪，全神贯注地盯着前方，但前面除了那些奇形怪状的黑色建筑物外，探照灯所照之处都没有什么可以发出声音的东西。但越是这样，我心里就越害怕，考古队留下来的录音笔记里也是说在地宫里听到了一个鬼魅般的声音，然后考古队员就惨遭不幸。而且最后还说发现了一个"人"。

难道说，这声音就是那个所谓的"人"发出来的？

这个时候，秦仲义好像突然想起了什么，叫道："是这个声音！是这个声音！没错，考古队的录音笔里，就有这个声音……"秦仲义紧绷着脸，很明显是在努力让自己保持镇定，但那充满惊慌的声音早已出卖了他。

想想也是，考古队就是在这里出了意外，不管换作谁都不能镇定下来。何况我们也不清楚发出这个鬼魅般声音的东西到底是什么，它在暗，我们在明，真是有可能都不知道最后是怎么死的。

马骝掏出一个火弹，举着弹弓，对着黑暗处吼道："有本事给老子现出身来，别在这里装神弄鬼地吓唬我们，出来！"马骝大吼一声"出来"后，拉紧弹弓，对着前面发出声音的地方打了过去。

只听见"噗"的一声闷响，火弹打在一座建筑物上，顿时火光四射，照出一小片亮光来。可能这个火弹起到了威吓的作用，那声音突然就停了下来，四周又变回一片死寂。

马骝冷笑一声道："我马骝不发威，你还真当我是猴子，到时候要是让我见到了，非要你尝一下我猴爷这把AK48的威力。"

关灵说道："马骝，别轻敌，这家伙能让整支考古队遇害，绝非等闲之辈。现在它在暗，咱们在明，一定要小心行事。"

我说道："考古队最后说见到一个'人'，但这个家伙肯定不是人，能在这样的环境生存下来的，不是妖也一定是个怪。"

穆小婷问道："那咱们现在怎么办？还要不要往前走？"

马骝叫道："当然要走，怕它干吗？小妹子，你别怕，有哥保护你。不管它是何方妖魔鬼怪，只要我马骝的AK48一出手，一定能把它打得服服帖帖的，跪在地上求爷爷……"

对于马骝的吹嘘逞能，我们几个也习惯了，不过，在关键时刻，他的弹弓也确实能起到一定的作用，这一点倒是不假。虽然黄军和吴强是那五山派来保护我们的，而且两人都有枪在手，但是真正到了危险的时候，估计不能指望他们两个保护大家。

我说道："我和关灵准备了些火枪，这东西在这样的环境下能起到很好的作用，我们分点给你们吧！"说着，我和关灵拿出火枪分给他们。

黄军晃了晃手中的枪，对我说道："斗爷，我有这东西，火枪就不用了。"

吴强也拿出手枪说道："这威力恐怕不比你们的火枪差吧？"

关灵说道："在这样的环境里，你们那些武器根本起不到作用。"

黄军笑了一下，说道："关师傅太小看我们了，能击毙生命的武器，怎么就起不到作用呢？"

关灵摇摇头道："我没小看你们，你们不要火枪也没问题，到时候要是出了什么事，可别说我们没事先提醒你们。"

黄军笑道："能出什么事？再说了，我们是来保护你们的，不是让你们反过来保护我们的。"

我摆摆手道："别说了，不要就不要，我还省事呢！"然后我对秦仲义说道："秦博士，这火枪你要还是不要？"

秦仲义一把接过火枪，说道："当然要了，我又不像他们有枪在手。我说你们两个呀，斗爷和关师傅一番好意，你们却不领情，说到探险这些，人家可是经验十足，知道什么武器有用，你们真是……"说着摇了摇头，没再说下去。

大家握住手中的武器，开始慢慢向地宫深处走去。走了一段路，那个鬼魅的声音没再出现，而周围的环境依然是一片黑色的建筑群，真的无法估量这个地宫到底有多大。

就在我们慢慢放松警惕的时候，那个鬼魅的声音突然又在黑暗中响了起来。紧接着，有几道绿光从建筑物后面露了出来，这些绿光慢慢往我们这边移动，照这个情形来看，应该是想把我们包围起来。

马骝吐了口口水，叫道："这帮家伙终于现身了，大家准备好战斗吧！"

我也叫道："大家赶紧围起来，千万别让那些东西靠近过来。"

突然，一个黑影连同一道绿光往我们这边飞了过来，大家还没反应过来，就听见黄军"哎哟"一声大叫起来，头上的探照灯立即被打破了。几乎是同一时间，秦仲义也大叫起来，刚举起的相机被另外一个黑影打掉在地上，等大家反应过来的时候，那黑影和绿光早已消失不见了。

大家连忙围到秦仲义和黄军身边，只见黄军脸上已经被撕开了几道口子，皮连着肉，肉沾着血，血顺着脸庞汩汩而下，看起来有种血肉模糊的感觉，令人心惊。而秦仲义只是手臂被抓破了衣服，伤了一点皮肉。

关灵连忙从背包里拿出药来，几人七手八脚地帮黄军包扎好伤口。秦仲义也不管手上的伤，急忙捡回地上的相机，发现镜头已经被那东西击破了，立即露出一脸的心痛，叫道："完了完了，相机被弄坏了，不能拍照了……"

我对他说道："秦博士，我之前也说了，在这种地方，闪光灯和镜头的反光是最容易刺激到长期生活在黑暗里的生物的。你作为生物学家，不可能不知道吧？"

秦仲义说道："我也是想保留一点资料，留着以后研究用啊！这些资料都非常珍贵，要是不拍点照片保留下来的话，真的是白来一趟呀……"

关灵帮黄军包扎好伤口后，立即过来帮秦仲义包扎，听见秦仲义这样说，便对他说道："秦博士，你这样说也有道理，但是我并不赞成你这样做。这种地方本身就处于一个地下世界，如果你硬是将它搬到地上，那就相当于毁了它。就像秦始皇的陵墓一样，如果挖出来保存不了的话，那就是在破坏，为何不让它们安安静静待着呢？"

关灵的一番话把秦仲义说得脸红起来，他连忙解释道："关师傅，我知道你话里的意思。但是，这只是带回去做研究的资料，这资料是保密的，绝不会外泄的。"

关灵笑了笑，说道："鸡蛋那么密实都能孵出小鸡来，你能保证这些资料不会外泄吗？"

秦仲义还想解释，马骉立即打断他道："反正现在相机都坏了，想拍照也不行了，就别管这些没用的，话说你们有没有看清楚那是什么鬼东西？"

大家都摇头说这事来得太突然了，根本看不清对方是什么东西。但从黄军脸上的伤势来看，这个会飞的东西一定是个凶猛的怪物。还有，它的脸上有一道绿光，应该是它的眼睛发出来的，也就是说，之前一路引诱大家进来"地下神宫"的绿光，应该就是这些家伙。

黄军捂着伤口，突然说道："我看这家伙长得有点像蝙蝠，但又不是蝙蝠，因为它脸上只有一只眼睛，而且还是绿色的。"

我问道："你看清楚了？"

黄军点点头，然后又摇摇头道："不是很清楚，但我还是看见了那只绿色的眼睛。"

关灵忽然想起了什么，说道："对了，这东西会不会就是刚才画里的那只独眼兽？"

穆小婷说道："我看也是，击破探照灯和相机的东西，应该就是它那长长的喙。难道说，这种怪物是这里的守护神？"

马骉说道："如果有守护神，那肯定有宝贝啊……"

我说道："别管这些了，现在大家都知道这些家伙动作极快，吃过一次亏，就别有下次了。军爷，到时候你一看见绿光出现，就往那里开枪吧，不用管它死活了。"

话音刚落，两道绿光突然从不远处的建筑物里露了出来，紧接着向我们这边极速飞来。黄军的脸虽然受了伤，但是眼睛没事，他抬起手对准其中一道绿光开了一枪。只见枪响之后，那道绿光突然往下坠，很明显是中枪了，而另外一道绿光拐了个弯，躲进了一栋建筑物里。

黄军吐了口口水叫道："终于报仇了，走，过去看看到底是什么鬼东西。"

于是大家朝绿光坠落的地方走过去，马骝边走边对黄军"啧啧"称赞道："真想不到啊，军爷的枪法竟然如此准，跟我马骝有一拼，咱们等下找个机会好好切磋一下，你拿手枪，我用弹弓，到时候看看到底谁厉害，哈哈。"

吴强嘴角一歪道："那还用说，他可是我们队里的神枪手呢。刚才要不是没反应过来，哪里会受这伤……马骝兄弟，要是真的比试起来的话，我敢说你肯定不是他的对手。"

马骝叫道："话可不能怎么说，难道你忘记了我把他嘴里叼的香烟打掉的事了吗？"

提起这事，吴强立即现出一脸的尴尬，刚想说话，关灵忽然指着一处建筑物的角落叫道："你们看，那家伙在那里！"

只见在一栋不是很高的四方形石屋旁边，有只黑乎乎的、好像蝙蝠一样的东西趴在那里，一动不动，看样子是被黄军的枪打死了。这东西虽然像蝙蝠，但绝对不是蝙蝠，它只是翅膀像蝙蝠而已，而其他地方长得比蝙蝠更加奇特恐怖。首先是它的脸，圆圆的，扁扁的，有点往里凹，就像被谁打了一拳一样；其次是它脸上靠近额头的地方，有一只往外凸的大眼球，这眼球几乎占据了整张脸，被探照灯的光一照，还能发出幽幽的绿光；再就是靠近下颌的地方，有一个长长的、非常尖利的喙，估计就是这个长喙把黄军头顶的探照灯打破的；最后是那些爪子，如鹰爪般锋利无比，要是被它抓一下，非掉层皮肉不成，怪不得黄军会伤成那样。

但重点不是这些，而是从它身上流出来的绿色液体。毫无疑问，这些绿色液体应该就是这怪鸟的血液。难道说，这洞窟里面的生物都存在有绿血的情况？

我问秦仲义："秦博士，知道这家伙是什么名堂吗？"

秦仲义说道："还真没见过这种不像鸟也不像蝙蝠的怪物，我做研究做了那么多年，世界上的生物几乎没有我不知道的，但这次真的是大开眼界了，原来在这么深的洞窟里，竟然还有如此特殊的物种存在。我想，黎教授他们的绿血之谜有可能也跟这些物种有关。"

穆小婷说道："不会是被它们弄伤感染的吧？"说着，她忍不住看向黄军。

黄军听穆小婷这样一说，脸上的肌肉不由自主地颤抖了一下，他伸手摸了摸脸上的纱布，痛苦的表情中夹杂着一丝恐惧，想必他也明白身体里的血液变成绿色之后，会是一种怎样的恐怖状况。

秦仲义紧蹙眉头道："他们身上虽然没有明显的外伤，但是也有擦伤等伤势，如果病毒通过这样的伤口进入人体，那么……"秦仲义说到这里停了下来，然后摇了摇头，继续说道："不，我觉得引起他们血液变绿的一定另有原因。"

马骝笑道："喂，博士，要不把这个家伙带回去做实验吧！"

秦仲义说道："要是能带回去最好了，这物种肯定能给我们带来很多有用的信息。可是……"

话还没说完，关灵突然惊叫一声道："大家小心，那边出现了绿光！"

果然，在我们右手边不远处的建筑物里，有三道绿光正悄无声息地朝我们这边靠近过来。但被探照灯一照，它们立即躲了起来，似乎怕被光照到。

我想起之前一路走进来的情景，不论我们走得多快，那些绿光始终跟我们保持一段距离，而且从不出现在光照之中。难道说，这探照灯的光是它们的克星？

我把这个猜想说了出来，关灵立即说道："没错，斗爷，你猜对了。你看之前攻击黄军的那只怪鸟就是扑过来击破他头上的探照灯的。这就很明显，它们惧怕光照，不想被探照灯照射。"

穆小婷点点头道："嗯，我也觉得是这样，所以它们才要从黑暗处来偷袭我们。"

黄军说道："现在也不怕它们偷袭，尽管来吧，反正来一只杀一只，来两只杀一双……哼！我就不信它们不怕我手上的这把枪。"

马骝扬起弹弓说道："对，没错！还有我马骝的这把AK48，肯定能打爆它们的大眼球。"

趁着我们说话的时候，刚才那三道绿光突然在黑暗中亮起，三只怪鸟扑棱着翅膀，分别从不同的方向扑向我们。黄军早有准备，扬起手枪对准其中一只怪鸟打了一枪，那怪鸟应声而落。而马骝也不甘示弱，拉弓对准另外一只怪鸟，同样把它击落在地上。剩下那一只似乎受到了惊吓，惊叫一声后，中途拐了个弯，躲进了旁边的建筑物。

再看地上那两只被击落的怪鸟，黄军击落的那只只被打中了翅膀，正在地上不断扑腾，还发出非常尖锐的叫声。而马骝打中的那只正中大眼球，倒在地上一动不动。但有一点是相同的，那就是它们流出来的血液都是绿色的。

黄军往前一步，对准那只扑腾的怪鸟的大眼球补了一枪，然后对马骝说道："兄弟，你的弹弓果然名不虚传啊，开始还以为你在吹牛皮，想不到真的这么准，佩服！"说完，他对马骝抱了抱拳，脸上现出一种英雄惜英雄的表情。

马骝摆摆手，笑嘻嘻地说道："哪里哪里，你的枪法也不错。不过说真的，你说要我马骝打它左眼，我肯定不会打右眼，何况它只有一只眼睛。斗爷说过，眼睛是最脆弱的地方，柿子都选软的捏，打它们肯定要打最脆弱的地方，谁叫这个鬼东西长出那么一只大眼球，还会发绿光，简直是找死呀，哈哈哈哈……"

我对大家说道："在这些怪鸟身上估计也找不到绿血真相，那咱们就别待在这里让它们有机可乘了，继续往里面走走看看吧！"

于是，一行人继续往里面走去。

然而，刚走了没多远，关灵突然停了下来，转过身用探照灯一边照射一边说道："好像有东西在我们后面，你们有没有察觉到？"

穆小婷问道："不会是那些怪鸟在跟踪咱们吧？"

马骝叫道："这些家伙是嫌命长吗？敢跟踪咱们，出来！老子保证不打死它们……"

我照了一遍身后的地方，确实感觉有点不对劲，好像少了点东西，对了！刚才被打死在地上的那两只怪鸟不见了！地上只剩下两摊绿色的血迹。

我心里一惊，急忙叫道："大家小心！那两只怪鸟不见了，不知道是复活了还是什么情况，大家一定要警惕起来。"

大家听我这样一说，都立即意识到事情的严重性。那两只怪鸟明明被打死了，怎么会突然消失不见了呢？难道真的复活了不成？

关灵说道："这里到处都非常诡异，虚虚幻幻的情况都会有，大家一定要注意。"

马骝明白关灵的意思，问道："难道我们打死的怪鸟是虚幻的？"

黄军捂着脸说道："有这个可能吗？那我脸上的伤怎么解释？"

就在大家疑惑不解的时候，左手边的建筑物里突然传来一阵响声，这声音正是之前大家听见的那个鬼魅声音。紧接着，有两个黑色的东西从一块巨大的黑色岩石后面跳了出来，大家连忙往那边看去，只见在探照灯的光照之下，两张小孩子的脸赫然映入众人眼中！

大家被这突然出现的人脸吓了一跳，连忙往后退开。我心想：难道在这个"九泉之下"的洞窟里，真的有"人"存在？

第十七章　人面巨鼠

惊魂过后，我定睛一看，原来跳出来的那两个黑色的东西并不是人，而是两只毛茸茸的、像老鼠一样的大怪物。这两只怪物身长一米多，体型巨大，拖着一条长长的尾巴，身上的毛又黑又长，嘴角处还挂着绿色的液体，想必那两只怪鸟就是被它们抓去吃了。但最令人感到惊奇的是，它们都长着一张人脸，要是不看其他，单看这两张脸，真的像极了七八岁孩童那种稚嫩的脸，如果不细看还真的会认为是两个人。

马骝瞪大眼睛，拉紧弹弓对准那两只怪物，叫道："这又是什么怪物？怎么长着一张孩子的人脸？"

我也惊诧道："不会是跟人交配后生出来的吧？"

秦仲义摇摇头说道："这不可能，从生物学基因来看，这个概率几乎为零，但也不排除有基因变异的可能。但总的来说，两者是不可能在一起繁衍后代的。"

关灵问道："那您知道这怪物是什么东西吗？"

秦仲义尴尬地说道："这个嘛……从其他方面来看，估计是鼠类，但不知道是怎么变异过来的。虽然说我是干这一行的，但是这里的生物已经完全超出了我的认知。先是那种怪蛆，然后到刚才的绿眼怪鸟，现在又出现这种人面巨鼠，看来这个'地下神宫'真是神秘莫测呀……"

就在我们说话的时候，那两只人面巨鼠似乎也没有什么动静，也不像那些怪鸟一样怕探照灯的光。它们反而瞪大双眼，待在原地，饶有兴致地看着我们，好像感觉很新鲜的样子。想想也是，要是它们会照镜子，可能会认为我们跟它们是一类的。

关灵说道："看样子，它们对咱们好像也没什么恶意，要不咱们往前走吧，看它们会不会追上来。"

于是大家没理那两只人面巨鼠，继续往前走去。然而走了一阵，回过头一看，那两只人面巨鼠还在后面跟着，始终跟我们保持一段距离。

马骝叫道："这两只人面巨鼠跟着咱们干吗？不会是饿了，想吃掉咱们吧？"

我说道："你马骝要是饿了的话，会这样一路跟着吗？我看它们是因为我们也长着人脸，所以感到好奇吧！"

这时，黄军突然举起手枪，对准那两只人面巨鼠连续扣动了两下扳机，那两只怪物还没来得及反应，就应声倒下。而从它们的身上流出来的血液，毫无意外又是绿色的。看来我的猜测没错，这天星洞窟里的生物，都是绿血的。

黄军吐了口口水叫道："先下手为强，这种怪物留着也没什么作用，先弄死它们再说。"

马骝对黄军叫道："你可真行，你一个人干掉两只，倒是留一只给猴爷我玩玩呀……"

关灵皱起眉头，瞪了一眼马骝，然后对黄军说道："你打死它们干吗啊？它们只是跟着咱们而已，又没有恶意，可能是两只鼠宝宝贪玩而已……"

黄军冷笑一声道："这么大只，还鼠宝宝？况且这种怪物有什么值得可怜的？你看它们吃掉怪鸟后的样子，多么狰狞。它们是肉食动物，肯定是把我们当做了猎物，只不过见我们人多，所以才这样跟着，想寻找时机偷袭我们而已。"

关灵也冷笑道："哼，你以为你这样做很正确吗？告诉你吧，你这样做，只会给大家带来麻烦，节外生枝。不管我们是来寻宝还是来寻找绿血真相的，在这样的环境下，多一事不如少一事，你打死了它们，等会儿它们的同伴就会来跟你拼命，你信不信？"

黄军脸上的肌肉抽搐了两下，能看出来他是生气了，他的性格跟马骠一样，也是比较冲动的。

我于是上前劝和道："打都打了，谁也别指责谁了，下次注意点就是了。"

关灵瞪了我一眼，说道："还有下次？你知道他这样做会给大家带来什么麻烦吗？"

黄军脖子一扬，说道："能有什么麻烦？我打死它们是帮大家解决了麻烦，真是妇人之仁，无理取闹……"

关灵也不甘示弱，歪着脑袋瞪着黄军冷笑道："你说我无理取闹？呵，我要是无理取闹起来，你还能站在这里这样跟我说话？你早就跟那怪鸟一样死翘翘了！"

其他人都以为关灵说的是气话，只有我和马骠知道，关灵这话没骗人，算是对黄军的警告了。她要是真无理取闹、发飙的话，估计连我也按不住。关灵身为"穿山道人"的传人，可并非一般人，她到底有多大本事，就连我这个男朋友都还未摸透。

看见关灵和黄军起了争执，秦仲义连忙说道："你们都别吵了，为了两只怪物伤了和气，不值得呀！"

穆小婷也劝说道："是呀，别为这事吵了。不过，我还是同意灵姐说的，多一事不如少一事，惹来麻烦就不好了。"

黄军"哼"了一声，瞪了一眼穆小婷，晃了晃手中的枪，又吐了口口水，说道："真是女人多是非……"

一直没出声的马骠一见黄军晃枪，立即冲到穆小婷跟前挡住她，然后掏出匕首叫道："哎哎哎，好了啊，别用那眼神看我的小妹子，别在小妹子面前晃你那家伙，要不然……"马骠刚说到这里，脸色突然一变道："我靠，你要小心了，它们的同伙来找你报仇啦！"

果然，在另外一边的建筑物后面，突然冲出三只人面巨鼠来，它们的体形比打死的那两只还要大，面相也要老很多，毛色黑中带灰，看起来是上了年纪的家伙。它们一露面，便冲到同伴身边，不断用舌头舔着同伴的伤口，还发出"呜呜"的叫声，像极了人类伤心时哭泣的声音，令人心酸。

黄军因为刚才的争吵憋了一肚子火气，看见这样的情景，也顾不上什么可怜不可怜，举起枪来继续杀生。但这次就没那么幸运了，就在他刚举起枪时，还在"呜呜"哭泣的那三只人面巨鼠突然收起了哭声，然后分别从三个方向同时冲向我们这边。

我们急忙往后退去，黄军一边走一边开枪，他连开了三枪，头两枪打空了，最后一枪终于打中了其中一只，那只被打中的人面巨鼠在地上打了几个滚后，一头撞在一块黑色岩石上，然后躺在地上不断挣扎。而另外两只见状，立即躲进了旁边的建筑物里，不见了踪影。

关灵停下来，对黄军说道："看见了吧？要不是你打死了它们的崽儿，它们怎么会跑出来跟你拼命？"

黄军自知理亏，但还想说点什么，我连忙制止道："好了好了，每人都让一步好吗？都给我个面子，别纠结这事了。现在最重要的，是解决目前的危机，这些怪物被激怒可不是闹着玩的，而且也不知道还有多少在隐藏着，到时候要是群攻上来，谁也别想逃了。"

秦仲义点点头道："斗爷说得有道理，那按照现在这种情况，应该如何处理？"

我说道："只能见机行事了。"

说话间，黑暗处突然亮起许多"绿灯"，一盏接着一盏，密密麻麻，好像夜空中的繁星一样，非常美丽。但很快大家都明白这"绿灯"并不是什么美景，而是那些绿眼怪鸟。

我说道："怎么突然冒出这么多绿眼鬼来……大家赶紧拿出火枪，做好战斗的准备。"

关灵说道："这里四周围都是建筑物，说不定它们的巢穴就在这里。"

马骝立即拉弓上弹，叫道："那些巨鼠没来报仇，倒是这些绿眼怪鸟找我们报仇来了。"

这个时候，四周围都是绿眼怪鸟，一眼望去，不下几十只，这些绿眼的光几乎把整个"地下神宫"都点亮了，如同幻境一般。

突然，一声命令般的叫声响起，几十只绿眼怪鸟同时冲向我们。这下不得了了，要是被它们扑中，我们非得被那锋利的爪子撕掉一层皮不可。我连忙叫大家打开火枪，几条火焰喷出之后，那些绿眼怪鸟并没有惧怕，照样扑了过来。

黄军和吴强两人不断开枪，马骝也不停地打出火弹，虽然击中了好几只，但绿眼怪鸟实在太多了，一个不小心就有两只冲到了吴强和马骝的头顶上，狠狠地击破了他们俩头上的探照灯后，又迅速飞走。少了两道探照灯的光，现场一下子变得昏暗起来。

马骝叫道："斗爷，这样下去不是办法啊，要是探照灯都被它们弄灭了，咱们在这里就等于是瞎子了……"

我一边挥舞着火枪，一边叫道："我也不知道怎么办了，这些家伙只怕光，不怕火，这火枪也发挥不了作用。"

说话间，有一只绿眼怪鸟向我头顶直冲过来，我急忙举起火枪，那怪鸟一个旋转就避开了，但是它没有逃跑，而是朝着关灵的后背俯冲下去。此时关灵正在对付另外一只怪鸟，根本没注意到背后的危险，我想把火枪伸过去，但是怕火苗烧不中那怪鸟，反而烧中了关灵，于是只好把火枪一扬，做了个吓唬它的姿势，然后趁机拉住关灵，往左边的一条路跑去。

身后的秦仲义和穆小婷等人举着火枪不断挥舞，但那些怪鸟实在太多了，一下子就把他们几人冲散开来。马骝突然大叫一声："小妹子，走这边！"然后一把拉住穆小婷，向着另一边的通道跑开了。黄军、秦仲义和吴强三人见状也急忙找地方藏身。

我和关灵一边跑，一边留意周围能藏身的地方，忽然发现不远处有一间形状古怪的石室，石室的两扇石门虚掩着，留有一条缝隙。我们也没多想，一边驱赶扑来的绿眼怪鸟，一边往石室那边跑去。

眼看就要到门口了，突然有两只绿眼怪鸟迎面飞过来攻击我们，而此时我们手中火枪的火苗竟然开始慢慢变小，毫无抵挡之力了。我和关灵都带了好几把火枪，但现在想从背包里再拿出火枪来已经来不及了。

怎么办？

我拉着关灵，两人都无法在这瞬间做出判断，眼看就要被那绿眼怪鸟的长喙击中。就在这电光火石间，一个巨大的黑影突然扑了过来，越过了我们的头顶，朝两只绿眼怪鸟扑了过去。

　　只见一只长着人脸、有一身灰白毛发、拖着一条长尾巴的怪物落在我们面前，那分明是一只人面巨鼠！它的两只前爪分别按住两只绿眼怪鸟，然后左右晃了晃脑袋，就把它们的脑袋给撕咬了下来。

　　这真的是出乎我们的意料，同时也令我们感到心惊胆战。虽然这只人面巨鼠扑倒了两只绿眼怪鸟，救了我和关灵，但是想到接下来要面对这样一只庞然大物，我和关灵一时之间都不知所措了。而且这只人面巨鼠就挡在石室的门前，我们想进去躲藏都不行。

　　这个时候，那只人面巨鼠突然抬头盯着我和关灵，我心想：这下糟糕了，它肯定要为它的崽儿报仇了。我正想摸出匕首准备抵抗，那只人面巨鼠突然吼叫了一声，朝我左边扑了过去，我扭头一看，原来有只绿眼怪鸟悄无声息地从左边飞来想偷袭我们，但此时已经被人面巨鼠扑了下来。这样看来，这只人面巨鼠并不是我们的敌人，而是我们的救星啊！但现在我们也管不了那么多了，趁着这个间隙，我和关灵急忙钻进石室。

　　刚踏入石室，我突然感觉脚下微微一沉，好像踩中了什么机关一样。我心里一惊，急忙抽回脚，但还是迟了，身后的那两扇石门突然"轰"的一声关了起来！

第十八章　不明螺旋物

望着两扇紧闭的巨大石门，我和关灵都知道发生了什么事。我连忙检查刚才踩中机关的地方，那是一块四四方方的大石板，距离石门有半米左右远，但此时已经恢复原位。我试着伸脚出去踩了一下，但是不管用，石板纹丝不动，好像完全不存在机关一样。我又仔细摸了一遍石门周围的地方，但都没有找到机关。

我对关灵说道："灵儿，这下麻烦了，我们被困在这里面了。"

关灵皱了皱眉头，说道："这石室既然动用了机关，那肯定非比寻常，既然我们被困住了，那就干脆看看这里面到底藏有什么秘密吧！"

等我们仔细打量起眼前这间石室时，都被眼前的情景吓了一跳，只见前面不远的通道里，竟然堆满了大大小小的人脸石头，这些石头上的人脸都非常相似，就像从一个模子里刻印出来的一样。

我拿起其中一块石头，嘀咕道："怎么那么多人脸石头？莫非这里是古人摆的石头艺术展？"

关灵说道："艺术展也不会有那么多相似的吧？你看这里的一堆，几乎就是同一张脸，还有那边那堆，也是同一张脸。"

我点点头道："也是，可能存在别的用处。"

这间石室不知道有多大，那些通道也很古怪，一时是圆形的，一时是方形的。我和关灵一边小心翼翼地往前走，一边留意着周围的情况。走着走着，前面突然有东西挡住了我们的去路，那是三个螺旋状的东西，有好几米高，紧挨在一起，看起来就像三只大"蜗牛"趴在那里一样。

我说道："不会又是什么怪物吧？"

关灵说道："看起来不像，不过要小心点，说不定又藏着什么机关。"

我们一边说，一边蹑手蹑脚地走到那三个螺旋物前面。这个时候我们才看清楚，那是三个黄色的金属螺旋物，在光照下发出黄灿灿的亮光，分明是黄金铸造而成的。螺旋物上面还雕有一些古怪的纹饰，看不懂是什么，而且每一个前面都有两扇紧闭的黑色石门。从左往右第一个螺旋物的石门上雕刻着三个孩童，他们正在地上嬉戏；中间那个门上没有任何雕饰；最右边那个门上雕刻着一些浮云，还有一个老人，他站在浮云上眺望远处，好像神仙一样。

我忍不住惊讶道："我的天！这三个大家伙都是黄金造成的，那得值多少钱呀……"

关灵看了我一眼，笑道："你是马骝上身了吗？一看到这些东西就想到钱。"

一提起马骝，我便一脸担心道："也不知道马骝他们在外面怎样，不过他们有武器在手，应该能找地方躲起来吧！"

关灵说道："别担心，我们跑开的时候，他们也跑开，找地方躲起来了。小婷有马骝保护，秦博士有黄军和吴强那两个家伙保护，肯定没事的。我们还是想想办法，看看怎么逃离这里吧！"

我说道："石室到这里就没路了，但是这三个东西都有门，会不会通向三个不同的地方？"

关灵点点头说道："嗯，我觉得有这个可能。你看石门上的雕饰，会不会代表了过去、现在和未来？"

我仔细看了一遍那些雕饰后说道："你是说，那孩童代表过去，没有雕饰的代表现在，那老者代表未来？"

关灵再次点点头道："我觉得是这样。"

我问道："那咱们应该选哪个？"

关灵说道："随便选一个吧，看看有没有机关。"

我点点头，然后走到右边那个螺旋物前，伸手推了推那门。看似千斤重的石门，被我这样用力一推，竟然慢慢打开了，而且也没有什么机关陷阱。我注意到石门上下都有滑轨装置，想必是因为这样，门才那么容易被推开。

随着石门的打开，一条黑乎乎的通道露了出来。关灵用探照灯照了照通道后说道："如果这三个螺旋物真的代表过去、现在和未来的话，那我们就选这条未来吧！反正也不知道哪条道才是正确的，但古时候出现了许多预言者，有些预言真的能预测到未来的，我们就试一下未来这条道吧！"

我点头同意，然后和关灵一起走进最右边的那个螺旋物里面。这里面的空气有点混浊，我生怕走进去会缺氧，连忙用匕首裹了点松香点燃。在火光和灯光的照射下，通道变得非常明亮，连螺旋物上的划痕都能看得一清二楚。

螺旋物很大，但不难走，只是双脚踩在黄金上跟踩在地面上的感觉很不同。一开始我还以为这螺旋物只是大，没想到还很长，我和关灵一直往前走，大概走了十多分钟，依然置身于螺旋物之中。

我拿出手机看了一下时间，已经是晚上十一点多了，再看了看眼前无穷无尽的通道，忍不住嘀咕道："这东西到底有多长……怎么走了那么久，感觉还是跟进来的时候一个样？"

关灵说道："别忘了这是螺旋物，它的走向是旋转的，可能跟之前的墓道迷宫一样，明明走的是直线，却不知不觉间绕了圈。"

我感叹道："要真是这样，那我们可能要被折腾到天亮了。"

又走了一会儿，前面突然出现了一道白色亮光，这亮光似乎有一股无形的力量，把我和关灵往前吸去。很快，这亮光又突然间消失不见了，好像从未有过一样。然而，出现在我们面前的，竟然是一个非常大的黄金墓室。

我和关灵对视了一眼，都深知这道白色亮光不简单，这种现象似乎说明我们无意中碰见了不该碰见的东西。难道这个螺旋物里面，真的存在未来的东西？眼前的墓室又是怎么回事？

我摆弄了一下头上的探照灯，仔细打量起眼前这个黄金墓室来。只见这个墓室有几百平方大，眼里所见的东西都是黄金铸造的，连地板都是由黄金石板铺成的。在墓室的四周，分别列有几排黄金神像，一个个凶神恶煞、栩栩如生。而在墓室中间，有八根黄金柱呈八卦之象分布排列，在八卦之象内，则有一副巨大的黄金棺椁，上面雕刻着许多怪物和条纹。这样的黄金棺椁，不仅显示出其主人的尊贵身份，更令外人不敢越雷池半步。

我心里有点激动，对关灵说道："灵儿，看来我们找到了传说中的妖族宝藏了！"

关灵并不激动，皱起眉头道："别动！斗爷，千万别再往前走了。"

我不解道："什么意思？"

关灵说道："你看那副黄金棺椁，有这样的八卦神柱守护，我看想靠近也并非易事。还有，你看周围的情况好像很不对劲，感觉非常不真实，恐怕再往前一步，都会触动机关。不，说不定我们已经触动了机关。"

我心里一惊，关灵绝不会随口说出这些话来的，她既然有这种感觉，那应该十有八九没错了。仔细一想，刚才突然出现了一道白色亮光，然后又突然出现了眼前这个黄金墓室，这一切都好像不那么真实。

我舔了舔嘴唇道："既然出现了，咱们也别管它真假。要是真的，那我们就算找对地方了，到时候出去叫马骝和秦博士他们过来，再好好研究一番。但要是假的，估计我们也不会受到什么伤害，毕竟我们身处虚幻之中。"

关灵摇摇头道："不能这样说，我们眼前是什么东西？黄金，金灿灿的黄金啊！虚幻机关一旦开启的话，面对这样的诱惑，你能保证自己不动心、全身而退吗？"

我说道："灵儿，你说得没错，一开始我看见这么多黄金的时候，其实也有那么一点心动，只是我做人的原则告诉我，不能有贪财的想法。幸好我们都有原则，之前也经历过不少这样的诱惑，要是换作其他人，估计就中圈套了。"

关灵说道："嗯，也幸好只有我们两人，要是有外面那一帮人的话，面对这样的诱惑，估计会惹出祸来了。"

我问道："那现在怎么办？返回去吗？"

关灵思考了一下回答道："没错，退回去，不能冒这个险。"

我点点头，然后拉着关灵的手，两人小心翼翼地往后退去。果然，当我们移动脚步后，眼前的景象开始渐渐变得模糊，最后甚至消失不见，恢复到之前的模样。

我停下脚步，看着黑乎乎的通道，忍不住赞叹道："古人的机关术真的是厉害呀，都说耳听为虚，眼见为实，要是以为它是真的，那后果真的不敢想象了。"

关灵点点头说道："那是，反正，在这样的环境下，无缘无故出现的东西，千万别去动。"

我说道："那既然这条路不通，我们就快点返回去，走一走其他两条通道吧。"

我刚想走，关灵突然拉住我，说道："等一下，我想到了一点东西。"

我忙问道："什么？"

关灵说道："既然我们识破了这个螺旋物是用来预测未来的，那刚才出现的那个黄金墓室，会不会在现实中也存在？也就是说，在这个'地下神宫'里，真的有一个这样的黄金墓室。那个妖族宝藏的传说中不是出现过一副巨大的黄金棺椁吗？那刚才那个黄金墓室，会不会就是妖族人的地方？"

我耸耸肩，说道："就算是这样，那又能说明什么呢？"

关灵看了一眼前后深不见底的通道后，说道："要是真的存在的话，我有一个大胆的猜想。你看，我们往前走，遇到虚幻的黄金墓室，这可能会是我们之后要遇到的真实情景，只不过我们走在这个能预测未来的螺旋物里，提前碰到了它而已。"

听关灵这样一说，我先是吃了一惊，但随后就觉得有点荒唐了，我对她说道："灵儿，你这个想法也未免太过科幻了吧？我们也只是猜测这个螺旋物是用来预测未来的。但是，这个世界上，真的会有预测未来的东西存在吗？况且，刚才出现的景象只不过是古人制造出来的一种虚幻的机关术而已，怎么可能跟预测有关呢？灵儿，不是我不相信你的猜想，只是觉得这个东西有点不现实。"

关灵笑了一下，但很快就恢复了严肃的表情，说道："斗爷，你千万别小看古人的智慧，我问你，这个如此庞大的'地下神宫'，是如何被建造出来的？要是对外说这是外星人基地，估计也有人相信吧？还有，黎教授他们变成绿血人，又该怎么解释？我觉得在这个深达一千多米的天星秘窟里，出现的所有东西，绝非我们地面上的人所能理解和想象得出来的。"

我笑笑道："虽然我回答不了你的问题，但我还是不相信这个螺旋物能预测到未来的情景。怎么说呢？要是能预测未来，提前获悉未来的情景，那这些妖族岂不是比神仙还神仙？"

关灵说道："我知道你不会相信这些，但是我敢说，我经历的事情比你多许多，估计我们第一次碰面的时候，你也是刚刚步入'寻宝猎人'这一行吧？"

我点点头道："没错，我是为了寻找族谱宝藏才干这一行的。我从一开始就觉得你是一个很神秘的女子，直到现在，作为你的男朋友，甚至说是未婚夫了吧，我都对你的过去不是很了解。"

关灵笑了笑道："其实也没什么啦……也没有你说得那么神秘，只是在碰到你之前，我仗着自己懂点法术，会点寻龙探宝的秘诀，所以去过许多神秘且凶险的地方玩过，碰到过许多不敢想象的事情而已。"关灵说到这里，看了一眼前面的通道，继续说道："所以，出现刚才这样的情况，我才有了那个大胆的猜想。要是我们提前预知到接下来的情况的话，那说不定可以避免许多麻烦。"

我拉紧关灵的手，对她说道："好了，不管你过去怎么样，也不管这个东西是否能预测未来，我愿意相信你，也愿意陪你往前走。无论前面是虚幻还是真实，是过去还是未来，我都会陪在你身边，守护你，一生一世，永不分离。"

关灵听我这样一说，脸立即红了起来，她"扑哧"一声笑道："什么情况嘛，说得好像生离死别一样……"

我嬉笑道："你以为我想说这些肉麻的情话呀，还不是杵在这里太闷了，想早点离开而已。"

关灵再次笑出声来，一个粉拳打在我身上，佯怒道："那就走吧……

平时也不见你这木头呆子说过什么甜言蜜语，现在反而突然煽情起来，要不给你两巴掌清醒一下……"

我们一边闹，一边往前走去。其实我心里也很希望关灵的猜测是对的，因为要是提前知道了后面的事，那不单单是避免了麻烦那么简单，说不定还能保住大家的性命。但是，这个不明螺旋物真的能预测未来吗？

大约走了几分钟，前面再次出现了一道白色的亮光，跟之前的情况一样，好像有一股无形的力量把我们往前吸去。白光消失之后，那黄金墓室再次出现在我们眼前。但这次的情况有点不同，除了那些黄金神像、八卦神柱和黄金棺椁外，竟然还有几个人在里面！

第十九章　奇怪秘道

　　我和关灵都大吃一惊，因为这些人不是别人，正是马骝、秦仲义、穆小婷、黄军和吴强五个人。他们几人有的站着、有的坐着、有的躺着，看起来好像在休息一样。站在黄金棺椁前面的那个人是秦博士，只见他神情恐惧，双眼紧盯着黄金棺椁，好像看见了什么令人恐惧的东西。

　　我仔细一看，原来那副黄金棺椁已经被打开了一个缺口，但从我这个位置看不清楚里面有什么东西。不过，之前出现的黄金棺椁明明是完好的，为什么会被打开呢？又是谁打开的呢？他们又是怎么找到这里的？

　　这时，关灵突然拉了我一下，叫道："斗爷，你看马骝，怎么好像受了伤的样子？"

　　我急忙寻找马骝的身影，只见他背靠在神像后面，不断地大声喘着气，脸色非常苍白，豆大的汗珠从额头上滚落下来。他的一只手撑在地上，另一只手捂着腰部的位置，丝丝鲜红的血从手指缝隙里渗出来，把衣服染红了一片，看样子是受了重伤。

　　我喊了一声"马骝"，刚想冲过去，关灵急忙拉住我，喝道："别过去！这只是幻象，不是真实的。"

　　被关灵一喝，我这才醒悟过来，没错，这只是虚幻的情景而已。因为不管我怎么喊，马骝始终毫无反应。再看其他人，穆小婷蹲在马骝身旁，一脸的惊恐，看来马骝有可能是为了保护她才受的伤。而黄军和吴强两人都在另一边躺着，一动不动，在他们身边有一摊血迹，看样子他们已经死了。

这样的情景不禁令我倒吸了一口冷气，如果预测是真的，那他们就大难临头了。但是，马骝是怎么受的伤？黄军和吴强两人又是怎么死的？难道他们发生了内讧，马骝为了保护穆小婷，以一敌二，所以才出现这样的后果？

关灵对我说道："斗爷，这都是虚幻的情景，先别较真，如果预测是真的，那我们要尽快找到出路，出去找到马骝他们，说不定能破了这个劫，帮他们改变命运。"

我半信半疑道："如果预测是真的，那为什么没有我们两个？"

关灵说道："这虚幻机关就是设置给入侵者看的，如果我们看见了自己，那肯定会感到很意外，也就有了提防。古人设置这样的机关可能另有用途，毕竟谁也不知道他们那时候的文明发展到了什么样的程度。妖族人一向用妖术行走江湖，出现这种能预测未来情景的妖术也不是不可能，因为他们跟我们人类根本就不同。"

我点点头，心想：既然是虚幻机关，那么《藏龙诀》里面有没有能破解此机关的口诀呢？我在脑海里快速地过了一遍《藏龙诀》，最后也没有找到与之关联的口诀。想想也是，这个机关已经远远超出了人类的想象，说不定它根本不是机关，只是我和关灵同时出现的幻觉而已。毕竟置身于这样一个不明螺旋物之中，什么离奇古怪的事情都有可能发生。

我说道："灵儿，那咱们再多试几次，看看还能预测到什么。"

关灵摇摇头道："不，不能再试了，我们在这里已经耽误了很久了，得赶紧返回去。咱们另寻出路吧，要不然等马骝他们找到了黄金墓室，一切都来不及了。"

于是，我们沿着来路退了回去。出了螺旋物后，我和关灵都一连做了好几个深呼吸，刚才出现的那些情景还历历在目。

但看着眼前那三个螺旋物，我又开始犯愁了，现在还剩下两个没走，二选一，到底哪个才是通往外面的呢？或者说两个都不是？我看着关灵，关灵也看着我，彼此都知道对方在想什么，一时间大家都拿不定主意。

最后我说道："灵儿，如果这三个东西真的是代表过去、现在和未来的话，要不我们试试走中间那个吧！"

关灵点点头道："也只能这样了。"

当打开中间那个螺旋物的石门时，我和关灵都傻眼了，只见螺旋物里面放置着一副黑色的石棺，石棺长有三米左右，宽也有两米多，看起来很大。但是上面没有任何纹饰，也没有之前见到的那些古怪的符号图案，看起来非常简陋。棺盖是打开的，里面却空空如也，好像准备要给谁下葬一样。我们又往通道里看，却发现里面被几块巨石堵死了，根本没有出路。

我吐了口口水，叫道："这是几个意思？是在警告咱们吗？"

关灵往前探了探身，说道："看来是这样，意思很明了嘛，此路不通，死路一条。"

我说道："这样说的话，我们现在这种冒险行为是自寻死路喽？"

关灵说道："我估计就是这个意思。"

我叹息一声道："哎，那看来要指望这最后一个了。"

我一边说，一边走到最后一个螺旋物那里，深呼吸一下后，伸出双手，用力把石门推开。随着石门的打开，我和关灵的心脏几乎都提到了嗓子眼，要是这个石门背后没有通道出去的话，我们就算被困死在这里了。

终于，石门打开了，但出现在眼前的情景却令我们大失所望。只见在螺旋物里面，又有一副简陋的黑色石棺，石棺后面的通道同样被巨石封死，情形就跟旁边那个螺旋物一模一样。

我摇了摇头，苦笑道："灵儿，看来没希望了，一时半会儿是出不去了……"

关灵没有应答，而是走到那副石棺前，围着石棺走了一圈，然后才说道："你觉得这副石棺有什么不同？"

我不知道关灵想问什么，反问道："什么意思？"

关灵指了指旁边那副石棺说道："你看，两副一模一样的石棺，但这一副并没有被打开棺盖，会不会里面藏有什么东西，或者葬着某个古人？"

听关灵这样一说，我立即醒悟过来，没错，眼前这副石棺盖得非常严实，跟旁边那副打开了棺盖的确实很不同。难道真的如关灵所说，这石棺里面藏有东西？

我连忙说道："要不，我们把它打开看看？"

关灵说道："嗯，看看怎么打开它吧，不过要小心点。"

我点点头，沿着石棺走了一圈，仔细看了一遍后，才用双手顶住棺盖的一端，往前一推，棺盖立即顺着滑槽慢慢移动开来。等开了一道口子后，我立即走开，以防被棺内的毒气伤到。但是等了一阵子后，发现并没有什么毒气，周围也没有什么机关，于是我壮起胆，走过去继续发力，很快就把棺盖打开了一半多。

只见打开的石棺里面并没有出现什么古尸，也没有藏有什么稀奇古怪的东西，而是出现了一条往下延伸的阶梯。这条阶梯有两米多宽，几乎跟石棺的宽度一样。我和关灵对视了一眼，一起用探照灯照向那条阶梯，但阶梯很深，照不到底，只能依稀感觉到，在这阶梯之下，肯定存在着另一个空间。

我嘀咕起来："如果刚才那个螺旋物表示死路一条的话，那现在这个该怎么解释？是表示有活路吗？"

关灵皱起眉头道："这天星秘窟已经够深的了，现在还有阶梯往下延伸，这不会真的是要到九泉之下去吧？"

我说道："如果是真的，那我就要闯一闯阴曹地府了，说不定能和判官谈谈，叫他改改生死簿，好让我们活个一千岁呀！"

关灵笑道："你以为你是马骝啊？他要是在这里，这番话肯定是他先说的。"

我笑道："是呀，马骝这家伙，读书的时候就经常说自己姓孙，一定是孙悟空转世，老是在女生面前逞能，说自己是齐天大圣。现在倒是换了个名号，自称猴爷，真是好笑……"

我嘴上笑着，心里却万分着急，我们几拨人分开有一段时间了，也不知道他们现在是个什么情况，是凶还是吉……如果不及时出去跟他们会合的话，说不定在那个螺旋物通道里看见的那些虚幻的景象会变成现实的情境。

我说道："灵儿，走吧。咱们没有退路，也没有出路，只有眼前这条阶梯可以走。不管下面是不是阴曹地府，咱们都要闯一闯。"

关灵说道："等一下，还是先试探一下为好。"说着，她从地上捡了块石头，扔到了阶梯上。石头顺着阶梯一直滚落下去，似乎好久才停止了滚动。

她像这样试了几次，确定没什么危险后，我们这才慢慢跨进石棺，沿着阶梯往下走去。我开始还想再弄点松香点燃，以防下面缺氧，但走了十多级阶梯后，便打消了这个念头。因为这阶梯下面的空气竟然比螺旋物通道里的还要好，一点也不混浊。难道说，这阶梯之下是与外界连通的？

第二十章　死亡感觉

我一边走一边说道："灵儿，还记得龙洞天坑那里的悬魂梯和蓬莱仙墓里的迷魂梯吗？只要出现这样的地下阶梯，我们就得多加小心。"

关灵笑了笑，打趣道："哎哟，有大名鼎鼎的斗爷护着，我还怕什么呢？"

我说道："开什么玩笑……我金北斗虽然长得帅，也很聪明，但也不是法力无边的。"

关灵说道："没错，你不仅长得帅气，还非常聪明，论聪明才智，你是我关灵见过的人当中仅次于我爷爷的，这不是一句恭维的话，我是真的在称赞你。你不是曾经说过一句'藏龙有术法无边'吗？我知道你懂藏龙之术，所以有你在我身边，我就无所畏惧了。"

听到关灵这样称赞我，我心里一阵激动，便对她说道："那你就赚大发了，讨了个这么帅又这么聪明的男人做老公，很幸福吧？"

关灵笑道："比起你的帅气，我更加喜欢你的藏龙之术。话说，你是从哪里弄来这藏龙之术的？"

我听关灵这样一说，立即停住了脚步，伸出手指点了点她的鼻子说道："狐狸尾巴终于露出来了，说什么我帅气，说什么我的聪明才智仅次于你爷爷，全是骗我开心的吧。哼，你的目的还不是想从我这里得到藏龙之术……"

关灵的心思似乎被我拆穿了，顿时尴尬起来，但还是狡辩道："什么嘛……你那个藏龙之术有什么了不起的？我只是随口说说而已……"

我冷笑道："哼哼，还想狡辩，关大小姐，赶紧从实招来吧，是不是你爷爷又想通过我们的关系从我身上获取藏龙之术？这个老东西，要了我的青铜鬼头还不够，又拿你换了那个阴阳葫芦，现在又开始觊觎我的藏龙之术了？"

关灵突然伸手揪住我的耳朵，说道："好你个金北斗，我好话好说你不受，非要我动手你才听话是吧？什么老东西，不许你这样说我爷爷，听到没有？"

我立即用求饶般的语气说道："是是是，你爷爷还不是我爷爷嘛……我只是看不惯他那种手段而已……"

关灵松开手，说道："没错，他是找过我，想从我这里得到你的藏龙之术，但我没有答应他，这次是我自己想知道而已。你想想，这么长时间了，我有没有问过你这个问题？我知道你一直都没跟人说起过这个，所以我也没问过你。"

我问道："那你干吗现在又想知道呢？"

关灵叹了口气，一边走一边说道："这次帮穆小婷寻找她外公的死亡真相，或者说帮秦博士寻找那个绿血之谜的真相，都不是容易的事，搞不好我们连返回地面的希望都没有……"

我心里一惊，关灵怎么会突然说出这些话来？但从她的语气和表情来看，这些话绝非是笑话或者一时的感慨。

我刚想询问，只听见她又说道："虽然每次去探险都充满了各种危险，甚至生死未卜，但不知道为什么，自从下到这个天星秘窟后，我就有一种不舒服的感觉，特别是进入那个'地下神宫'后，那种不舒服的感觉特别强烈，我甚至一度怀疑，我以前是不是来过这里……"

关灵的话再次令我吃了一惊，我想起我们几人看见那个"地下神宫"的时候，关灵当时出现了惧怕的神情，看来，在那个时候，她已经出现了那种不舒服的感觉。

　　我急忙拉住她的手臂，追问道："灵儿，你这话是什么意思？你来过这里？是什么时候的事？"

　　关灵摇了摇头，说道："我也不清楚……反正，我有这种感觉，之前去了那么多险地禁地，我都没有这种感觉，但这次，我感觉我会……"关灵说到这里，摇了摇头，又笑了笑，没再说下去。

　　我从未见过关灵有这样的表情，以前即使碰到了吃人的怪物或者被困在墓里，我也没见她有过这样的表情。她这个表情充满了失落、绝望、茫然，但又表现出一丝坚强……总之，很难形容她现在的表情。

　　我双手抓住关灵的肩膀，说道："灵儿，你感觉你会怎么样？说出来，我一定会帮你解决的，相信我！"

　　关灵露出一个让我舒心的笑容，然后说道："感觉而已啦，也许是我多疑了，别那么认真。"

　　我说道："这种事一定要认真，你给我说说，到底是什么感觉？"

　　关灵抿了抿嘴唇，看着我，叹了口气，一脸认真地说道："我感觉我会死在这里。"

　　我的心脏立即"扑通"一声跳了一下，叫道："什么？这是什么鬼感觉……怎么会出现这种感觉呢……"

　　关灵摇了摇头道："这种感觉很奇妙，我也说不清楚，跟你提起藏龙之术也是一时好奇而已。我想在死之前多了解你一点。"

　　我一把将关灵拥入怀里，抱紧她说道："你想知道的，我统统告诉你，但是如果真的命中注定，我金北斗愿意陪你死在这里！"

　　关灵慢慢挣脱开来，对我说道："斗爷，我知道你重情重义，但是这个不行，你还要带他们那帮人出去呢，这是你的责任。"

　　我叹了口气，双手插进头发里，一时间我只感觉脑袋发胀，两边的太阳穴隐隐作痛，完全无法理解这些事情。关灵说出了她心底一直存在的感觉——她感觉自己会死在这个天星秘窟里。

　　这到底是为什么呢？

　　虽然这只是关灵的一个感觉而已，按理说并不可信。但是在这样的环境下，关灵对我说出这样的话，并不能用不相信或者迷信就可以解释过去。我知道人的感觉很奇妙，类似的感觉我也有过，就是在寻找迷幻城的时候，我也出现过这样的感觉，但不是死亡的感觉，而是我认为自己是夜郎后裔的感觉。

事实证明，我通过那个梦，找到了迷幻城的入口，这个情况真的无法解释，估计连当今科学也证明不了。所以，我多少也能理解关灵出现那种感觉时的心情是怎样的。

这时，关灵对我说道："斗爷，走吧，别再纠结这事了。不过，你得给我说说你那藏龙之术。"

我看着她，心里很不是滋味，但还是对她说出了那本《藏龙诀》的来历。关灵听完后对我说道："如果可以活着回去，我真的要好好研究一番那《藏龙诀》，古人的藏宝技术真的太博大精深了。"

我说道："一定回得去的！"

我们一边说，一边往下走，大概走了五分钟左右，从阶梯下面传来了水流的声音。我心里一喜，经曰："水主活。"既然有水流声，那证明下面并不是死地。古人建造这样的地方，一般都是把它当做活路，而非那种死胡同。

我对关灵说道："灵儿，听见没？下面有水流的声音，看来我们找到出路了。"

关灵说道："看来天无绝人之路呀！"

我和关灵立即加快脚步，又走了二十多级后，终于走完了这条长长的阶梯。我用探照灯朝周围一照，不由得倒吸了一口凉气，只见在昏暗灯光的映照之下，一座黑沉沉的、毫无生气的，但又非常壮观的地下宫殿出现在我们面前，如阎罗殿般阴森恐怖。

只见这座宫殿通体黑色，都是由黑色岩石堆砌而成的，跟上面那个"地下神宫"的建筑物差不多，只不过更加豪华壮观。在我们的正前方是一条通往宫殿大门的石板桥，有一米多宽，十多米长，可能由于长时间没人走动，上面已经铺盖了一层青苔。在石板桥下面，有一条静静流淌的地下河，河水非常清澈，深不见底，但带有丝丝腥味，有些地方还不断冒泡，好像烧开了一样。这条地下河一直延伸到另一边的角落，然后缓缓流入一个水潭里。水潭不是很大，但是无法估计深浅。在宫殿门前，有两尊人脸石像分左右两边伫立，这两张人脸一模一样，就像一对双胞胎一样。石像后面是宫殿的两扇巨大的石门，似乎预料有人会进到这里来一样，石门是打开的。

我看着那条石板桥说道："这不会就是传说中的奈何桥吧？"

关灵笑道："你还真以为到了阴曹地府啊？"

我说道："那你说像不像？过了这桥，前面就是阎罗殿，这简直跟有些书中描述得一个样啊！"

关灵说道："是不是阎罗殿，过去看看就清楚了。"

于是，我和关灵握紧手中的火枪和匕首，慢慢往前走去。十多米长的石板桥，我们却走得步步惊心，生怕一个不小心就会掉进河里。过了石板桥，来到宫殿门前，我立即用探照灯朝里照去。只见宫殿里面不知何时冒出来一股白色的烟雾，充斥在宫殿里面，浓雾之中，隐约有东西在走动，但看不清是什么东西。

然而，就在这个时候，地下河中突然发出一连串的诡异声音，像河水被烧开一样，又好像有东西要从河底冒出来。很快，清澈的河水变得混浊，水汽也开始变成了浓雾，与宫殿里冒出来的浓雾混为一体，眨眼之间，探照灯所照之处都是白茫茫的一片。

我知道这种情况多半是触动了机关陷阱，便大叫一声："灵儿，赶紧逃回去！"我伸手去拉旁边的关灵，但想不到捞了个空！

我大吃一惊，在浓雾中叫喊起来："灵儿，你在哪里？灵儿，你在哪里……"我一边叫，一边伸手在宫殿门前摸索起来。

喊了几声没有得到回应后，我开始慌了。关灵要是在我身边，肯定能听见我的叫喊，现在出现这种情况，恐怕只有一种可能——关灵不知道什么时候不见了！

第二十一章　食人魔藤

在河水泛起浓雾之前，关灵还是在我身边的，等到眼前出现白茫茫的一片之后，关灵就消失不见。我一下子感到毛骨悚然，用力掐了一下大腿，感觉到非常疼，这似乎证明眼前出现的景象并非是假象。

此时，浓雾越来越重，我被迫沿着石板桥返回阶梯那边。从浓雾中走出来就像从水底走出来一样，浑身湿透了。我使劲做了几个深呼吸，一切都很舒畅，并没有不适感，看来那些浓雾并非是什么毒气。

看着眼前的景象，我一时有些不知所措，难道关灵的预感成真了？她真的会死在这里？想到这里，我又做了几个深呼吸，努力让自己镇定下来后，我开始认真回想刚才发生的情况。

从打开那个不明螺旋物的石门，发现石棺里面暗藏秘道，再到从秘道阶梯下来，发现眼前这座阴森的宫殿，一切都很正常。接下来我走过了石板桥，发现宫殿里面冒出浓雾，浓雾中还有东西在走动，这个时候，关灵还在我身边。等到身后的地下河发出异响，冒出了浓雾，关灵就不见了。没错，她应该就是在这个时间段消失不见的，但是她究竟是如何消失的呢？如果她是被浓雾里那些走动的东西捉了去的话，理应会有动静的，但是当时站在我身边的关灵并没有发出任何的响声。还有，为什么只有她不见了，而我却一点事都没有？

我晃了晃脑袋，感觉身心俱疲，看了看时间，已经是凌晨两点多钟了。从进入天星秘窟后，我就没停歇过，一直带着大家东奔西跑，最后找到了"地下神宫"，那些怪鸟却把我们一帮人分开了。现在好不容易发现了一条秘道，原以为会是活路，却想不到又是死路一条。看来关灵的话没有错，我们想从这里回到地面之上的希望已经越来越渺茫了。

再看眼前的浓雾，丝毫没有消散的迹象，但也没往阶梯这边飘过来。关灵到底去了哪里呢？会不会真的被宫殿里面那些走动的东西悄无声息地抓去了？那些东西是什么怪物？为了安全起见，虽然那些浓雾似乎对人体没有伤害，但是我还是从背包里拿出防毒面具戴上。不然还未找到关灵，我自己就先倒下了。

我整了整头上的探照灯，一手握住火枪，一手握住匕首，大踏步地走进浓雾里。我走过了石板桥，越过宫殿的大门，进入了宫殿里面，但周围空空荡荡的，原先那些走动的东西也消失不见了。

突然，浓雾中出现了一个黑影，它正往左边的方向走去，那黑影走动的姿势不像人类，但是拥有那样庞大身躯的又会是什么怪物？难道是它抓走了关灵？我立即冲着黑影的方向叫了一声，这才发觉自己戴了防毒面具，叫也没用，于是连忙追了过去。

追了一阵，那个黑影突然拐了个弯，然后消失不见了。我追过去一看，这才发现转弯处有一个石洞，想必那黑影进到石洞里去了。我想也没想，握着火枪和匕首就冲了进去，进入石洞之后，只觉得周围的气氛顿时变得阴森恐怖，正前方有一条宽阔的阶梯，阶梯两旁立着两排人脸石像，一个个栩栩如生，仿佛真人一样。

这到底是什么地方？为什么宫殿里面会有石洞？

我一边观察周围的情景，一边摘掉防毒面具，这里虽然没有了浓雾，但周围却充满了危险的气息。就在这时，从黑暗处突然跳出四个"人"来，一下子把我围了起来。我吃了一惊，仔细一看，原来它们只是长着人脸，并不是真人，正是之前我们见过的那些人面巨鼠。

难道关灵是被这些怪物捉走了？

这时，其中一只人面巨鼠咆哮了一声，然后对着我直扑过来。我立即举起火枪应战，那火枪喷出来的火焰顿时把周围照得如同白昼，同时也把扑过来的那只人面巨鼠吓得收紧了四肢，它在离我不到两米的地方停了下来，然后掉转头回到原地。

我冲着它们叫道："来呀，来吃我呀！老子今天就要看看是你们吃了我，还是我把你们给烤了……"

四只人面巨鼠也不知道我在说什么，它们只是围住我，对着我龇牙咧嘴，但又不敢靠近我。我心想：这样对峙下去也不是办法，要想办法逃出包围圈才行。我看向那条阶梯，那是唯一一条出路，如果没猜错的话，阶梯上面应该是有出口的。如果关灵来过这里，会不会已经从阶梯那边出去了？

就这样分了神，我突然感觉身后刮来了一阵风，立即意识到有些不对劲，急忙把火枪往身后一摆，火焰立即把那只扑过来偷袭我的人面巨鼠烧了个正着，它倒在地上不断打滚。趁着这个机会，我立即冲上前去，来了个烤全鼠的架势，也不管残不残忍了，硬生生地把那只人面巨鼠从头到脚烧了一遍，几乎把它的毛全烧掉了，它倒在地上不断发出鬼哭狼嚎的叫声。

其余三只人面巨鼠看见这样的情景，都想冲上去救自己的伙伴，但几次都不敢，只好围着我怒吼。

我也被它们激怒了，晃着火枪对着它们骂道："你们这些人不像人、鼠不像鼠的怪物，要是还不走开，下场就和这个家伙一样！老虎不发威你当我是病猫呀，来呀！本大爷今天就要大开杀戒，做一顿烤全鼠了！"

话音刚落，那三只人面巨鼠似乎被我的话吓到了一样，一个个夹着尾巴仓皇地逃走，很快就消失在黑暗里。我见状一下子就愣住了，难道它们还真能听懂人话？

这时，周围突然响起了一阵"窸窸窣窣"的声音，好像有什么东西游走过来。难道又有什么怪物出现？听这个声音，难道是有大蛇出没？我心里暗暗吃惊，敢情刚才那三只人面巨鼠不是听懂了我的话，而是听到了这种"窸窸窣窣"的诡异之声，知道有危险，所以才逃跑了。

我心想：既然它们都逃跑了，我不趁着现在逃跑，更待何时？于是我也朝着阶梯处奔跑过去。

就在这时，身后那只被烧了毛的人面巨鼠不知道被什么东西捆住，一下子就被拖去了黑暗处。我还没看清楚那是什么东西，只感觉脚踝上一紧，好像被什么东西缠住了，整个人立即被一股巨大的力量拉倒在地，火枪也脱了手。我心里暗暗吃惊，这种感觉就像在黄金洞里被触手怪拉扯一样，但我知道这不是触手，而是某种像绳索一样的东西。

难道我中了机关陷阱？

想到这里，我的脑袋突然撞上了一块大石头，痛得眼冒金星，但我也因此有机会伸出双手抱住大石头，然后使出吃奶的力气坐直了身体，伸手就去抓缠住脚踝的东西，这一抓不要紧，我吓了一大跳，这哪是什么绳索，分明是一根藤蔓！

我没有细想，立即举起手中的匕首，用力割断了那藤蔓，这才脱了身。那藤蔓被割断后，立即缩了回去。我解下脚踝处的藤蔓，用探照灯仔细照起来，只见这藤蔓有拇指般粗细，颜色像枯枝一般，上面长满了一粒粒黑色的疙瘩，被我割断的地方流出了绿色的汁液，有点黏手，而且还带有丝丝血腥味。

这个情景不禁让我想起曾经看过的一部叫做《恐怖废墟》的恐怖电影，电影里有一种恐怖的"食人魔藤"，难道那东西也在这天星秘窟里出现了？

一想到这种魔藤，我立即起了一身鸡皮疙瘩，电影里面的那些恐怖画面实在令人感到头皮发麻。如果真的在这里碰上这种食人魔藤，那真是九死一生了。

这时，黑暗中再次响起刚才那种"窸窸窣窣"的声音，我知道那种魔藤又来了，急忙收回匕首，捡回掉在地上的火枪，朝阶梯方向冲了过去。

但是刚跑到阶梯中间，突然有两条魔藤从半空中伸下来挡住了去路，我立即举起火枪，喷出火焰，那两条魔藤一碰到火焰，立即缩了回去。我心想：原来这魔藤也像其他怪物那样怕火呀，那就有办法了，有这火枪在手，难道还怕你不成？

但是，我得意过头了，只顾头，没顾脚，不知道有一条魔藤已经悄无声息地从阶梯下面伸了上来，一下子就把我的双脚缠住了。等我反应过来的时候已经迟了，那股力量再次把我拉倒，我整个人从阶梯上翻滚而下。我知道那股力量非同小可，刚才那只被我烧了毛的人面巨鼠至少有两百多斤，但那些魔藤缠住它的时候，一下子就把它拖走了。

我像之前那样，借着那块大石头奋力起身，想用火枪去烧脚上的魔藤。但我还没有扣动扳机，只感觉手臂一紧，一条魔藤突然缠住了我的右手，顺势缠住了火枪，硬生生地把火枪从我手中给夺走了。

我爆了一句粗口，想从背包里再拿出火枪来，但那些魔藤好像长有眼睛一样，看见我的火枪脱手了，立即从四周围伸了过来，未等我摘下背包，就又一下子把我的四肢给缠住了。

这个时候，越来越多的魔藤伸了过来，把我和那块大石头缠在了一起。一时间，我只感觉被人五花大绑一般，整个人呈"大"字趴在那块大石头上，动弹不得。我心想：这次死定了，就算现在不被拖过去，恐怕也会被缠死。如今这种情况，我想动都动不了，只能听天由命了。

正值危难之际，只见阶梯上面突然传来几道灯光，紧接着，一阵急促的脚步声响起，还伴随着人说话的声音，看样子似乎有一帮人从外面走了进来。

第二十二章　背后怪声

果然，没过多久，那些人就出现在了阶梯上，呈"一"字排开。借着光亮，我依稀看清楚了他们的样子，一共六个人，中间那个正是马骝，在马骝左边的是黄军、吴强和秦博士三人，右边是穆小婷和关灵两人。

关灵？！

等一下！关灵怎么会跟他们在一起的？！

这时，马骝似乎也发现了我，对着我喊了一声："斗爷！你们看，那是斗爷！"

关灵急忙喊道："他被'食人藤'缠住了，马骝，赶紧救人！那些东西怕火，赶紧往斗爷身边打火弹，快！"

话音刚落，只听见"嗖"的一声响，一个东西突然飞到我的屁股旁边，顿时炸起一团火花。我知道那是马骝打过来的火弹，威力非同小可，连忙把头埋起来，以防有火星弹到脸上。我心想：马骝，你要打准呀，要是不小心打到老子身上，那我真是不被烧死也要被烧脱一层皮了。

几个火弹在周边爆炸后，一直缠着我的那股力量渐渐消失了，但我的手脚已经被勒得麻木了，一时也爬不起来。可能是一下子松懈了下来，痛感立即传遍了我的全身，我只感觉浑身乏力、脑袋昏沉，眼前的景象也越来越模糊……

大家冲了过来，七手八脚地把我扶了起来，马骝招呼了吴强一声，叫他赶紧背上我，然后一行人急匆匆地沿着阶梯走回地宫里。

当我恢复意识、睁开眼睛的时候，刚好看见马骝鼓起腮帮子，正准备伸过头来。我一看他这副模样，就知道他想干什么，急忙说道："马骝，赶紧把水吞回去。"

马骝没料到我会突然醒来，一下子没忍住，"噗"的一声，一嘴的水直接喷在我脸上，然后叫道："斗爷你醒啦……斗爷，你没事吧？咋搞成这个样子啊？鼻青脸肿的……"

我抹了一把脸上的水，憋着一股火也不好发出来，只好盯着马骝说道："早不喷，晚不喷，偏偏在我刚醒来的时候喷了我一脸水……"

马骝嬉笑道："我还不是看见你昏迷了那么久，才用这个法子嘛……我本来叫大小姐喷你的，但她不愿意这样干，可能她觉得这动作不雅，所以就要猴爷我出手了，啊不，应该说是出嘴，哈哈哈哈。"

这时，关灵拿出纸巾来帮我擦干脸上的水，对我说道："斗爷，醒来就好，你也别怪马骝，他都是为了你好。对了，有没有感觉哪里不舒服？刚才我帮你检查过身体，都是些皮肉伤，不算严重。"

我摇了摇头道："没事，应该只有些皮肉伤，没伤到筋骨内脏……"我忽然想起了什么，立即坐直身子，盯着关灵问道："对了，灵儿，你怎么跟马骝他们在一起了？我在宫殿门前叫你的时候，发现你突然不见了，到底发生了什么事？"

关灵一边取出水壶给我，一边跟我讲起她的遭遇。原来，当浓雾出现的时候，她突然被什么东西缠住了身体，还没来得及呼叫救命，就被一股巨大的力量拖进了宫殿里，一直拖到石洞里面。关灵这才看清楚，缠住自己身体的原来是几条手指般粗的藤蔓，最后，她用尽一切办法，这才脱了身。她想跑回去找我，不料，那些藤蔓再次向她伸来，无奈之下，她只好顺着阶梯跑了上去，这才发现原来是个出口，而马骝他们也刚好出现在附近，于是关灵带着他们进到这里来找我，不料刚好发现我被魔藤缠住了身子，这才有了刚才那一幕。

听完关灵的遭遇，我苦笑了一下，喝了口水后说道："我的遭遇跟你差不多，但在被这些魔藤攻击之前，我碰到了四只人面巨鼠，有一只被我做成了烤全鼠，但我还没来得及吃，就被那食人魔藤给抢走了。"

关灵笑道："都这样了，还有心思开玩笑……"

一旁的秦仲义说道："想不到，分开之后，你们竟然有这样的遭遇呀！"

穆小婷也对我说道："斗爷，你和关大小姐真是厉害呀，能再一次死里逃生，只有经历了生死，你们才能懂得爱情的真谛，才能一辈子在一起呀！"

我看了一眼关灵，她也刚好看过来，四目相接，我只感觉浑身带劲，整个人都精神了起来，便对穆小婷说道："小妹子，看来你挺懂爱情的呀，哈哈。"

穆小婷的脸马上红了，说道："哪里……只不过看书看多了而已……"

黄军插话道："斗爷，那魔藤到底是什么东西？"

我说道："那魔藤应该是一种食人植物，就像食人花、食人草一样，它可能会把人或者动物缠死，等尸体腐烂后再吸取其中的养分吧。是不是这样？秦博士。"

秦仲义听到我问他，立即点点头道："没错，这种藤蔓类似于热带原始森林里的'捕人藤'，如果不小心碰到这些藤条，它们就会像蟒蛇一样紧紧把人缠住，直到缠死为止，然后吸取所需的养分。斗爷碰到的那些藤蔓，应该也是食人藤中的一类。"

吴强说道："这里是个深洞，又不是什么热带原始森林，怎么还有这么厉害的植物呀……"

秦仲义说道："这很难说，这里的环境非常恶劣，在深达一千多米的地下环境中，难免会有许多不同于地面之上的东西。大家也知道，一些植物对光、声和触动都很敏感，比如含羞草，只要轻轻一碰，它就会闭合起来，这是对触动的反应；还有葵花向阳，合欢树的叶子朝开夜合。不仅这样，有些植物还有味觉、痛觉，甚至还会发出声音。大家都知道，植物都是需要光合作用的，但这种食人藤生长在黑暗的地底下，可能不需要光合作用，而是依赖真菌生活。这样的植物和真菌形成了一种菌根共生关系，真菌为它们提供生长所需的碳水化合物和有机质，这样它们就可以正常生长，不会枯萎。"

听了秦博士对"食人魔藤"的讲解后，我还是心存疑惑。回想起那条被我斩断的魔藤，它竟然流出来一些绿色的汁液，而且还带有血腥味，如果它们不依靠光合作用的话，那这些绿色汁液是如何产生的呢？它们跟绿血之谜又有没有关系呢？

我把这个情况说出来之后，秦仲义立即陷入了沉思，看来他对这个问题也感到不解。但是，他好像很快就想到了什么，说道："你刚才不是说过，在那里碰到了几只人面巨鼠吗？那些魔藤会不会是吸取了它们的血液，然后才出现这样的情况？"

关灵点点头道："这个也有可能，但会不会是互生作用？"

秦仲义皱起眉头问道："互生作用？这是什么意思？"

关灵说道："互生作用，就是说，绿血的源头可能是来自那些魔藤，那些魔藤使这里动物的血液都变成了绿血，然后魔藤把动物抓去后，又吸取了它们身上的绿色血液，用来补给自己的养分。"

我说道："灵儿，你说的也有道理，但是有个问题，要使这些动物的血液都变成绿血，这些魔藤又是如何做到的呢？"

马骝叫道："那些魔藤把那些动物缠住，就像把斗爷缠住那样，然后往动物的毛孔里注入绿血毒素，不就成了吗？或者往动物的伤口里注入绿血毒素，也有这个可能吧？"

秦仲义收起下巴，点点头道："嗯，马骝老弟的话也并非没有道理，但是要知道，黎教授他们被发现的时候，身上是没有任何外伤的，所以我们当时猜测，导致绿血的原因应该是从内部发生，而不是从外部发生的。但是，在尸检后，内部也没有查出任何问题，所以我们至今也无法破解这绿血之谜。"

穆小婷问道："那个，会不会已经从体内消失掉了，所以才检查不出来？"

秦仲义说道："这个也不是没有可能，毕竟把他们救回研究所后，也隔离了好长一段时间，直到他们死后，我们才做的尸检。"

马骝又叫道："那就说得通啦，他们肯定是吃了那魔藤长的果实才出现绿血的。我说老秦啊，你不用去查了，直接去找那魔藤吧，看它长在哪里，有没有果实，就知道了。"

还别说，马骝这个话还真有一定的可能性。在这种环境中，人一旦被逼到了绝境的话，看见了果实，肯定会摘来吃的。别说是果实了，就算是根野草，也会挖来充饥。黎教授他们两个都被怪鸟和人面巨鼠袭击过，肯定狼狈不堪。而他们两个竟然能活着走出地下神宫，回到天星秘窟的底部，很难保证他们没有吃过这里的东西，比如魔藤上的果实。但是，魔藤会不会真的长有果实呢？这个谁也不清楚。

这时，秦仲义打了个哈欠，对我说道："斗爷，累了一天了，要不大家休息一下，等明天天亮再继续如何？"

我还没说话，马骝就笑了，说道："哎呀，我说老秦啊，这个鬼地方还能分得出天黑天亮吗？再说了，现在都凌晨三点多钟了，还明天呀？那得休息多久……"马骝这家伙，不知道什么时候开始称呼秦仲义为"老秦"了。

秦仲义笑笑道："那是那是，现在都是凌晨了……不过我眼睛都睁不开了，也确实累了，如果不休息一下，确实没有精神再继续战斗呀！"

我说道："那就找个安全点的地方休息一下吧！"

马骝说道："斗爷，这里就是最安全的地方啦。你看，有石门挡着，那些怪鸟和人面巨鼠闯不进来。我们当初分开后，也是躲进了这里才逃过一劫的。直到发现了大小姐的身影，我们才敢走出来一起去找你。"

我看了一下周围，这才发现自己置身于一个四四方方的、类似于储物室一样的地方，前面有一道石门，但已经被关上了，只留下一条缝隙用作通风透气。不过也确实如马骝所说，那些怪物应该闯不进来。

于是，大家席地而睡。我、马骝、黄军和吴强四个大男人分别轮流看守，以防万一。这一觉一直睡到了第二天的九点多钟，大家这才动身再次深入地宫里面。之前那些怪鸟和人面巨鼠不知道去了哪里，走了一段路后都没有发现它们的踪影，周围也没有任何动静，就好像它们从来都没有出现过一样。

经历了昨晚的事，我对这个天星秘窟感到更加恐惧，估计仅凭手中掌握的线索并不能解开这里的一切谜团。即使我有《藏龙诀》这样的奇书，在这里也似乎毫无用武之地。而关灵所说的那个死亡的感觉，更加让我惦记在心，久久不能释怀。

我一边走，一边悄悄问关灵："灵儿，你有没有跟他们说过螺旋物里看到的情景？"

关灵摇摇头道："没有，碰见他们后，我就叫他们去找你了，还没来得及说。"

我点点头道："嗯，先别说，反正说了他们估计也不会相信，还是看看情况再说吧！"

走在后面的马骝可能看见我们在说悄悄话，急忙上前两步，挤在我和关灵中间问道："哎，你们两个在聊些什么呢？"

我一把将他拉开，说道："这么明显的事，还用说吗？滚一边去，别碍着我们。"

马骝笑嘻嘻地举起手说道："行行行，不碍着你们谈情说爱，我找我的小妹子去了。"说着，他跑到穆小婷那边，硬是拉着人家聊了起来。

走着走着，身后突然传来一阵异常的响声，好像有人在跟踪我们。我们立即停下脚步，回过身来，纷纷亮出武器。但是，那声音却突然消失了。

马骝往地上吐了口口水，骂道："如果被老子知道是谁在装神弄鬼，非让你尝尝我的火弹不可。"

穆小婷怯声道："那个，会不会真的有人在跟踪咱们？"

马骝瞪大双眼叫道："有人？有什么人？这里除了我们，怎么可能还有人存在呢？小妹子，我看你是想多了。肯定是那些人面巨鼠搞出来的声音，估计它们又来跟踪咱们了，就像之前那两只那样。"

我轻轻摇了摇头道："好像不是，我也觉得刚才听到的声音有点像人走路的声音。"

关灵也皱起眉说道："嗯，确实像有人跟踪，但这一路我们都走过了，不可能有其他人存在啊！"

马骝收回弹弓，笑道："那人面巨鼠还长得像人呢，走路跟人一样有什么奇怪的……话说回来，难道你认为这里还有人生活吗？大小姐说得对，这一路咱们也走过，怎么可能会有人存在……走吧走吧，肯定是那些人面巨鼠搞的怪，这次咱们就别理它们了，要不然像之前那样一闹，咱们又走不了了。"说着，他看向黄军："军爷，你说是吧？"

黄军脸上的肌肉抖动了一下，晃动了一下手中的枪，说道："它要是再这样装神弄鬼地吓唬咱们，我一样不会手下留情的。"

马骝叫道："我看你是好了伤疤忘了痛，何况伤疤还没好……"

秦仲义说道："既然没有威胁到咱们，那大家就别闹了，继续往前走吧！"

于是，大家回过身，继续往里走去。这"地下神宫"之大完全超出了我们的想象，而且一路走来，周围的环境也完全没变过，都是黑压压的一片古怪的建筑群。

又走了一段路，没想到身后突然再次传来声响，这次大家都听得非常清楚，真的有东西在走动，而且好像碰到了什么东西一样。这一次，大家的心都提到了嗓子眼，身后果然有东西在跟着！

第二十三章　古代机器

　　我们急忙转过身来一看，只见身后不远处的地方，有一只怪鸟从一座建筑物里扑棱着翅膀冲了出来，好像受到了惊吓一样。再看它冲出来的地方黑乎乎的，并没有什么异常情况。

　　马骝一边拉弓上弹，一边叫道："那些怪鸟不会又想来攻击我们吧？"

　　我连忙按住他的手说道："别动，先观察一下是什么情况。"

　　马骝嚷道："这鬼东西，可怜它干吗，给它一个火弹得了……"

　　我说道："不是可怜，你的火弹一出，恐怕连躲在黑暗里的其他鬼东西都给吓出来了，那不是自找麻烦吗？"

　　秦仲义说道："斗爷说得没错，它不找我们的麻烦，我们也最好别去惹它。"

　　过了一阵，不见周围有什么动静，刚才那只怪鸟也不知道飞到哪里去了，四周静得连只蚊子飞过都能听见。

　　关灵忽然对我说道："斗爷，那鸟飞起来之前的声音，像不像脚步声？"

　　我点点头道："嗯，我也觉得像脚步声，好像还碰到了什么一样，那只怪鸟估计也是被那东西惊吓到的。"

　　黄军说道："可能是那些人面巨鼠吧！"

秦仲义提议道："这样，要不找个人过去看看到底是什么情况，好让大家安心一点？"

秦仲义一说完，大家都不约而同地看向了马骝。马骝瞪大了眼睛，用手指着自己的脸，然后看着我们，突然"哈哈"大笑起来，也不知道他在笑什么。

黄军"哼"了一声，说道："你要是胆子小的话，还是我去吧！"

吴强立即说道："要不我和你一起去吧，多个人也多个照应。"

两人刚想动身，马骝立即收住了笑容，伸手拦住他们说道："哎哎哎，等一下，谁说我胆子小了？"

黄军说道："那你笑什么？"

马骝说道："我是笑你们都有眼光，真是齐心呀。对了，有句话叫什么来着……慧眼识英雄，对，我是笑你们都有慧眼，知道我马骝的厉害。"说着，他对自己竖起大拇指，继续说道："我就知道，你们没有了我猴爷不行，不是我自夸，要说到胆子大、经验多、功夫好的，这里除了猴爷我，还有谁？"

我差点没笑出声来，对马骝说道："别磨叨了，赶紧过去瞧瞧什么情况吧，我们只是一致认为你是跑得最快的那个而已。"

穆小婷忍住笑，对马骝说道："那你小心点哦，马骝哥。"

马骝对着穆小婷调皮地使了个眼色，说道："看哥的表演。"说着，他好像去演出一样，先整理了一下衣服，接着清了清嗓子，然后才拉弓上弹，蹑手蹑脚地朝刚才那只怪鸟飞出来的地方走去。

很快，马骝走到了那座建筑物的旁边，突然一闪身，举起弹弓对着建筑物后面黑暗的地方。一开始他好像发现了什么，脸上出现了吃惊的表情，但很快他就放下了弹弓，傻笑两声，然后往回走，一边走一边摇头笑道："你们肯定想象不到是什么情况……"

我急忙问道："什么情况？"

马骝说道："两只人面巨鼠，不是很大，可能刚成年，正躲在那后面偷情呢，啊不，应该说是在交配，爽歪歪呢！"说着，他还不忘用手比画了一下交配的动作。

大家顿时松了口气，同时又为马骝那猥琐的动作而感到好笑。

接下来，我们在"地下神宫"里走了十多分钟后，那奇怪的声音再也没有响起了。可能那人面巨鼠知道自己被发现了，不再跟踪我们了。

走着走着，我开始发现周围的环境终于发生了变化，那些建筑物越来越少了。又走了一段路，终于到达了地宫的尽头。尽头处有一座非常古怪的建筑，看上去就像一架巨型机器一样。这"机器"有两层楼高，占地百多平方米，中间是螺旋体，跟之前见过的那三个不明螺旋物一样，但这里的明显要大许多。在螺旋体的正中间，有一道八卦形状的石门，呈紧闭状态，门上有转盘，转盘上还有指针，看来是一道机关门。两边是圆柱体形状，圆柱体顶端都装有类似绞盘一样的传动装置。

马骝叫道："这又是什么鬼东西？怎么弄得跟外星基地一样神秘啊！"

我说道："外星基地哪里需要这八卦石门？你看那上面的绞盘，有可能是某种能产生动力的机器设备。"

马骝惊讶道："那这是什么鬼机器设备？这古时候的生产力那么落后，怎么可能有机器设备呢？"

关灵说道："谁说不可能？别忘了这里是地下，不是地面。还有，这里有个妖族人的传说，他们当时的生产力和文明程度，估计没有人能想象得到。"

秦仲义点点头说道："关师傅的话不无道理，这个'地下神宫'就是一个例子。如果生产力不行，那一路走来我们看到的那些建筑物是不可能出现的。从外观来看，这些建筑物的工艺虽然说不上巧夺天工，但是对于当时来说，已经是非常厉害的了。"

我看了一眼秦仲义，问道："秦博士，看来你对妖族人是深有研究啊！"

秦仲义谦虚道："哪里，都是个人见解而已……"

我笑了笑，心想：秦仲义对这个天星洞窟的研究已经长达十多年了，岂止是个人见解那么简单，他肯定还知道许多关于妖族人的资料。我猜测，他不想多说的原因，多半是跟那个宝藏传说有关系。

这时，穆小婷问道："那现在怎么办？还要进去看看吗？"

马骝叫道："当然要进去，说不定里面藏有什么宝贝呢，也说不定里面有绿血之谜的真相呢！"

马骝一边说，一边走到八卦石门前，伸手就要转动上面的转盘。我连忙制止道："马骝，等一下！"

马骝扭过头来笑道："我知道，你想提醒我这里可能会有机关，是吧？"

我说道："知道就好，你以为这是你一个人的事啊？还是小心点为好。"

关灵忽然说道："斗爷，你看转盘的指针都是指着生门的方向，估计已经有人破解机关了。"

我仔细一看，果然如关灵所说，转盘的指针正正指着八卦中生门的方向，确实像被人破解过一样。我心想：难道黎教授也有破解机关的本事？

马骝问道："大小姐，那还要不要转动转盘？"

关灵说道："你试着推一下，看能不能推开？"

马骝点了点头，用力推了一下石门，但石门却纹丝不动。马骝吐了口口水，对着八卦石门又一次发力，但石门还是没有动静。

马骝对关灵说道："大小姐，推不动呀，会不会搞错了？"

黄军冷笑一声，对马骝说道："兄弟，就你那身板，怎么可能推得动那八卦石门呢，还是让我和强子来吧！"

马骝也没吭声，耸耸肩给他俩让道。但黄军和吴强二人使出九牛二虎之力，石门还是没有被推开半点。

马骝这下得意了，叫道："哎呀，我说二位大力士，你们这么用力，怎么还没有半点动静呀？该不会昨晚偷偷左手换右手，停妻又娶妻，现在开始发软蹄了吧？哈哈哈哈……"

马骝虽然说得很含蓄，但大家都是读过书的人，一听就能听出这是什么意思。黄军和吴强两个人一时间也不知道怎么反驳，只好对着马骝干瞪眼。

我忍住笑，对他们说道："好了好了，别管人家左右手了，既然推不开，那肯定还存在机关，让我看看吧！"

我一边说，一边走到八卦石门前。这石门上除了那个转盘外，没有其他东西，也不见上面刻有什么符号。我双手抓住转盘，试着将它顺时针转动，只听见"嘎嘎"的一阵声响传来，转盘被我慢慢转动了起来。

　　就在这个时候，"机器"两边圆柱体上面的绞盘竟然也开始动了起来。但是，很快大家就发现不对劲了，只见绞盘那里开始喷出烟雾，而且越来越多，就像两根大烟囱一样。

　　马骝对我叫道："斗爷，你这哪是开门，分明是开了灶啊……"

　　我也没想到会这样，刚想走开，没想到八卦石门突然在这个时候"轰隆"一声打开了，露出了一个黑乎乎的空间。此时烟雾越来越多，往回走也不是办法，大家只好走进八卦石门里面。

　　令大家意想不到的是，出现在大家面前的竟然是数不清的绞盘和齿轮，大小长短各不相同，有些还在转动，发出"嘎嘎"的声音，其中还有水流冲刷的声音，仿佛进入了机器之心一样。这些绞盘和齿轮都是黑色的岩石材质，几乎每一个都被磨损得很严重。

　　毫无疑问，这座两三层楼高的古怪东西是古代的一种机器设备。但是，其复杂程度又简直令人难以想象，谁也不知道这机器是用来制造什么的。

　　我忽然想起了那堆人脸石头，它们会不会就是从这架机器里制造出来的工艺品？但这么一架巨大的机器设备，不可能单单用来制造几块石头吧，会不会还有别的用途？

　　马骝悄声问我："斗爷，这会不会就是古代人炼金子的地方？"

　　我说道："你的常识去了哪里？这怎么会是炼金子的地方？"

　　马骝说道："不是用来炼金子，难道是用来练妖术吗？"

　　秦仲义大概是听到了我们的对话，摇摇头说道："这应该既不是用来炼金子也不是用来练妖术的地方。"

　　我问道："那是用来干吗的？"

　　秦仲义说道："我也不知道是用来干什么的，但我觉得有可能跟黎教授他们的死因有关系。"

　　穆小婷立即追问道："秦博士，这是什么情况？怎么会跟我外公的死因有关系？"

关灵也问道："难道黎教授他们来过这里？"

秦仲义说道："其实我也不清楚，但我感觉这里跟他们有关系，因为……"说到这里，秦仲义稍微停顿了一下，然后走到一个齿轮旁边，伸手摸着齿轮继续说，"因为，当初发现黎教授的时候，在他脸上有一个很深的印痕，就像齿轮一样。当时我们都觉得这天星秘窟下不可能存在这样的东西，所以即使认为是齿轮的模样，但也没有把它作为研究的依据，毕竟没过几天后，那印痕就消失了。"

我说道："那么说，黎教授是在这里被印上了这些齿轮的印痕了？"

秦仲义点点头道："看见这些齿轮后，我就觉得有这种可能性。他们可能遭遇了什么事情，然后被摔打在这些齿轮上，所以脸上才会留下齿轮的印痕。"

马骝叫道："如果真是这样，那大家找找看，说不定他们会留下什么线索呢！"说着，他摆弄了一下额头上的探照灯，四处寻找起来。

照了一会儿，马骝突然惊叫起来："有情况！"

第二十四章　意外收获

我急忙问道："什么情况？"

马骊指着前边说道："大家看那边，是不是有个背包挂在上面？"

大家朝马骊指的方向看去，果然，在不远处的一个大绞盘上，有一个东西挂在那里，看起来像一个登山背包。但由于隔得比较远，大家一时也不敢肯定那是不是背包。

穆小婷不知道哪来的勇气，往前走了一步，说道："我要过去看看。"

马骊立即叫道："小妹子，哥陪你过去，这地方危险，你不能一个人过去。"

我说道："大家一起过去看看吧，有什么危险大家也好相互照应一下。"

于是，大家沿着齿轮和绞盘中间的一些通道走了过去。我一边走一边观察周围的情况，发现地面有许多圆洞，都是拳头般大小，看起来不像老鼠洞，因为那些圆洞四周围都很光滑，好像被什么东西经常摩擦一样。我用探照灯照了一下，洞里黑咕隆咚的，什么也看不清。

难道这机器底下还有空间存在？

很快，大家走到了那东西下面，这次大家都看清楚了，它真的是一个背包。这似乎证明了黎教授真的来过这里。

我对马骝说道："马骝，上去把它取下来。"

马骝应了一声，立即像猴子一样手脚并用地爬到绞盘上面，然后慢慢把背包取了下来。背包上面有撕扯过的痕迹，但是拉链还是好的。我拉开拉链，将里面的东西倒了出来，发现都是一些探险所用到的工具和设备，但对我们来说并没有多大用处。

关灵忽然发现了什么，指着背包里面说道："斗爷，这背包有夹层。"

我连忙检查了一下，果然，背包里面还有一条小拉链。我拉开拉链，从里面掏出来一本笔记本。虽然尘封了十多年，但这里相对干燥，笔记本保存得很好。打开一看，里面竟然密密麻麻写满了字，其中还画着一些稀奇古怪的图案和符号。

马骝问道："斗爷，这写的是什么东西？"

我大概翻了两页，说道："原来黎教授他们下来这个天星秘窟的真正目的是寻找妖族人。"

穆小婷问道："不是说去找那个什么上古遗址吗？"

我又翻了几页，然后才说道："确实是去寻找上古遗址，但是最终的目的是寻找妖族人，这上面还记载着妖族人的资料。他们还认为，妖族人的古墓就在这个天星秘窟底下。"

马骝叫道："妖族人的古墓？那就证明那个宝藏传说是真的了。"

关灵问道："上面画的符号是什么？"

我一边翻看笔记本，一边说道："好像是妖族人的文字，我看不懂，跟外面那些建筑物上的奇怪符号一个样。秦博士，要不你来看一下，看能不能找到什么有用的信息。"说着，我把笔记本递给秦仲义。

秦仲义接过笔记本，很认真地看了一遍，然后摇摇头道："我是研究生化的，对于历史方面不是很了解。而且，里面很多符号我都没见过，对于妖族人，我所了解到的资料也很有限，要不是出现了这本笔记本，看了里面的内容，我还不知道当年他们考古队下来这里的真正目的呢！"

穆小婷说道："博士，可以给我看一下吗？"

秦仲义把笔记本递给穆小婷，对她说道："对哦，你是学考古的，你看看这笔记本上面到底写了些什么？"

穆小婷小心翼翼地接过笔记本，脸色有点凝重。毕竟这东西对她来说，不仅仅是笔记本那么简单，同时也是她外公的遗物。她一边翻看着笔记，一边呢喃道："这些文字也太古怪了，上面也没有翻译，可能连我外公也不懂……不过，既然我外公他们了解过妖族人，那国家的资料库里应该会有这方面的资料存在，但这个要回去查看才知道。"

这时候，黑暗中突然响起一阵"窸窸窣窣"的声音，她立即紧张起来，连忙用手捂住嘴，不让自己发出声音。

一听见这声音，我顿时绷紧了神经，急忙叫道："是那些魔藤，大家要小心了。"

果然，在灯光的照射下，有几条魔藤不知道从哪里伸了出来，正从那些转盘和齿轮中攀爬过来。远远看去，就像几条黑色的毒蛇飞快地爬行过来一样，令人畏惧。但我知道，这些魔藤远比毒蛇还要恐怖。

我挥了挥手中的火枪，叫道："大家赶紧出去，被这些魔藤缠住就脱不了身了。"

于是，大家急忙往出口处跑去，然而没跑几步，秦仲义突然"哎哟"地叫了一声，好像被什么东西绊了一下，整个人来了个"饿狗抢屎"的姿势，扑倒在地上。等他看清楚脚下的东西时，立即吓得脸都青了，害怕地说道："救我，救我……是那些魔藤，我被缠住了……"

我急忙跑回去，用匕首割断了缠住秦仲义脚踝的魔藤。这个时候，我才看清楚那魔藤是从哪里来的，原来它们是从地上那些圆洞里伸出来的。怪不得那些圆洞好像被什么摩擦过一样，如此光滑，原来是因为底下藏有魔藤。

我连忙喊道："大家留意脚下的圆洞，那些魔藤是从地下伸出来的。"

话音刚落，前面又传来一声惊叫，原来穆小婷同样被从圆洞里伸出来的魔藤缠住了脚，绊了一跤。我刚想过去施救，马骝已经扑了上去，手一挥，把那条魔藤砍成了两段，然后扶起穆小婷问道："小妹子，你没事吧？"

穆小婷摇摇头道："没事。"

马骝叫道："赶紧走，跟在哥身边，哥保护你。"

这个时候，吴强大喊了一声"救命"，原来他被几条魔藤死死缠住了，动弹不得。那些魔藤好像捕获到了猎物一般，硬把吴强拉了过去。可怜的吴强撞在那些齿轮和绞盘上，痛得他像杀猪一般一直喊"救命"。

黄军想过去救人，但自己也被一条魔藤缠住脚，等他脱身时，吴强早已消失在黑暗中。那些魔藤可能被砍断了几条，受了伤，而且发现再也捕获不了猎物，便全部退了回去。被砍断的魔藤似乎失去了生命，很快就变成了枯枝。

发现危险解除后，大家便停了下来。秦仲义也顾不上身上的伤势，捡起地上被砍断的魔藤，仔细研究起来，一边看一边呢喃道："这种树藤是什么新物种……怎么会吃人呢……"

这个时候，只见黄军握着枪，想要冲进里面去救吴强，我连忙一把拉住他道："别冲动，你这样贸然进去，等于去送死。"

黄军说道："那怎么办？难道不去救我的兄弟吗？你们怕死不去可以，但我要去。"说完，他一把将我推开，然后往前走去。

我也有点生气了，对他大声喊道："给我站住！"

似乎从未见过我喊那么大声，黄军一下子怔住了，乖乖停住了脚步。我走到他前面，对他说道："你又不是没见过那魔藤的厉害，你这样过去救人，有多大的把握？你还没看见吴强，自己就没命了。我们是怕死，你说这世上谁不怕死呢？但是我们是有情有义的人，不会见死不救。救人要讲究方法，特别是在这样的情况下，贸然冲进去救人，不但救不了，反而还搭上几条性命，那就得不偿失了。"

马骝似乎看不过去了，对我说道："斗爷，跟他啰唆什么，他自己不怕死要去救人，就让他去好了。都说我马骝做事冲动，想不到还有比我更冲动、更没脑子的。"

黄军被马骝这样说，也不好发作，只能憋着一肚子气，瞪大眼睛盯着马骝。我拍了拍他的肩膀说道："我知道你们兄弟感情深，但是别忘记了，我们也是一个团队的。"

关灵接着我的话说道："斗爷说得没错，我们是一个团队，不会见死不救的。现在大家检查一下手里的武器，然后想办法去救人吧！"

我说道："那些魔藤是怕火的，我们现在的火枪不多，必须弄两支火

144

把，一来可以知道里面的空气质量怎样，二来可以抵抗一下那些魔藤。"

黄军问道："去哪里弄火把？这里想找根树枝都难。"

马骝说道："看你说的，没树枝，有树藤啊！看地上那些树藤，不对，应该说是魔藤，咱们就先拿魔藤的残骸来做火把。只要松香在，不怕没火把……大家看我表演吧！"

马骝一边说，一边把那些砍下来的魔藤分开绑在一起，然后再裹上松香，很快就制作成两支火把。他把其中一支递给黄军，说道："别说猴爷我不照顾伤员了，这支火把给你，另外一支给老秦吧，他的火枪在大战怪鸟的时候，估计也烧得七七八八了。有这支火把在手，他老人家也可以安心点。"

秦仲义接过火把，说道："真是感谢马骝老弟的照顾呀！"

事不宜迟，大家检查好手中的武器后，便朝着吴强消失的地方走去。这机器从外面看起来不大，没想到里面却深不见底。越往里走，湿气越重，而且水流声延绵不绝，但却没有发现水源在哪里。一路走来，那些魔藤没再出现过，但也始终不见吴强的踪影。

走过那些齿轮和绞盘后，脚下的圆洞也没有了，出现在前面的是一条宽敞的阶梯，这阶梯直直地往地下延伸，每一级石阶都是由两条长石板组成的，宽度有五六十厘米，石板上面还雕刻有一些符号和类似文字的东西。

这阶梯下面，又会是一个什么地方？

第二十五章　魔藤巢穴

　　这条阶梯不算很长，大约走了三十多阶后就走完了。出现在大家面前的是一座石板桥，宽度有一米，但长度有十多米。桥下是条地下河，河水很混浊，看起来非常平静。但往往这种平静的河水下面隐藏着暗潮汹涌。而在桥的对面有一个大山洞，黑乎乎的，照不清楚里面有什么。

　　这个时候，河面突然飘起一阵阵雾气，好像把周围蒙上了一层纱一样，令人感到非常神秘。我见识过那些雾气的威力，忍不住嘀咕起来："怎么看起来那么熟悉……大家要小心了，这些雾气虽然没有毒，但是那些魔藤就是趁这个机会出来抓人的。"

　　马骝问道："什么意思？斗爷，你来过这里吗？"

　　我摇摇头，又点点头道："感觉来过，之前跟你们分开之后，我好像碰到过这样的石板桥和地下河。"说着，我问关灵："灵儿，你有这种感觉吗？"

　　关灵说道："很像，但是这里应该不是那个地方。那地方还有个水潭，那些水都是流入水潭里的。不过，从这里的情形来看，我们应该是处于地下河的上游。"

　　我走近石板桥，仔细观察起来。由于很久没人走动了，石板桥上面都长满了青苔，这跟之前见到的那座石板桥一个样。只不过眼前这座石板桥上面留下了物体被拖动的痕迹，而且痕迹很新，大概那些魔藤就是从这里把吴强拖过去的。

我们小心翼翼地走过石板桥，然后进入了山洞。但是刚走进洞里，大家就被眼前的情景吓得倒吸了一口凉气。只见洞里面布满了魔藤，如蜘蛛网般纵横交错，有些魔藤像手臂一样粗，非常吓人。正中间有一堵石墙，上面铺满了魔藤，石墙两边还有两根柱子模样的东西，非常粗，上面同样缠满了魔藤。

我吐了口口水，举起火枪叫道："看来我们是走到魔藤的巢穴了！"

马骝突然喊了一声："你们看，吴强在那里！"

大家顺着马骝指的方向看去，果然，在靠近角落的地方，有个人躺在地上，那人正是吴强。但他一动不动，我们叫了几声，他也没反应，不知是死是活。

看见周围都是魔藤，一向比较冲动的黄军也有些胆怯了，他站在原地叫喊着吴强，不敢走过去。

马骝嘀咕道："怪了，这么多魔藤，怎么没有把人吃掉呢？"

我说道："你以为它们是怪物啊，又没有嘴巴，怎么把人吃掉？"

这时，关灵忽然说道："你们有没有发现一个问题，这些魔藤怎么都不会动呢？难道跟刚才抓人的那种不同？"

秦仲义说道："会不会因为我们离得有点远，所以它们还没察觉到？"

我摇摇头道："可能没那么简单。"

马骝应和道："嗯，斗爷说得对，肯定没那么简单。我找了那么久，都没发现那些魔藤的头在哪里。"

穆小婷似乎没听明白马骝的话，连忙问道："头？什么头？"

马骝解释道："头就是根部。"

穆小婷咧了咧嘴，有点尴尬地说道："哦，原来是这个意思。"

马骝说道："只有找到它们的头，才能斩草除根。"

我说道："马骝这次说对了，对付这种魔藤，真的要找到它们的头才行。"

黄军问道："可是这么多魔藤，怎么找它们的头？"

我想了一下，然后对大家说道："这样，我和马骝先过去探一下路，看能不能把吴强兄弟给救回来，其他人就在这里原地待命，如果出现什么异常情况就赶紧逃出去。"

关灵说道："那你们要小心。"

我点点头，对黄军说道："军爷，你就在这边保护大家吧！"

黄军说道："不，斗爷，我和你过去救人吧，让马骝在这里保护他们。"

马骝像找到了台阶下一样，笑道："好，那你跟斗爷过去救人，我马骝留在这里保护好大家。"

我摇摇头道："不行。"

黄军和马骝齐声问道："怎么不行？"

我说道："这里的危险大家都清楚，一旦发生意外，两人之间的配合非常重要。我和马骝出生入死过许多次，彼此默契十足，所以我才需要他。"

马骝听我这样说，立即清了清嗓子道："那是，我和斗爷可以说是生死拍档了，这一点大家都清楚，再加上关大小姐，我们三个是传说中的'三剑客'，那个厉害就不用说了，上天可能不行，但是说到下地，那真是没谁了。哈哈哈哈……"

我对马骝说道："别废话了，赶紧过去救人吧，搞不好真的要下地狱了。"

说完，我举起火枪，蹑手蹑脚地往吴强那边走去，马骝也手握火枪紧随其后。这地上满是魔藤，我和马骝看准空隙后才敢下脚。但不知道为什么，直到我们走到吴强身边，这些魔藤都始终没什么动静。

我和马骝也顾不了那么多了，连忙探了探吴强的鼻息，发现还有气，这才松了口气。接下来，我们又检查了一下他的伤势，发现除了几条明显的勒痕外，并没有其他外伤。不过，在吴强的嘴唇上，沾有一些绿色的东西，不知道是什么。我也没管那么多，急忙掐了几下他的人中，吴强这才迷迷糊糊地苏醒过来。

我急忙问道："你没事吧？"

吴强先是看了我和马骝一眼，那眼神充满了警惕和疑惑，接着又看了看四周，神情比较恍惚，好像完全不记得发生过什么。

我又问了一声，但他依然没有开口回答我的问话。旁边的马骝看不过去了，说道："斗爷问你话，你好歹也回句话呀，是不是被那些魔藤给弄哑了？"

吴强抬起头，看了一眼马骝，随即又低下头，看起来若有所思，但就是不开口说话。我和马骝对视了一眼，心里都明白，吴强出事了。看他的表情，应该不是被吓到的，但如果不是被吓到，又会是什么令他出现这种情况？

这时，马骝忽然对我说道："斗爷，你看那边，有好多骨头呀！你刚才还说这些魔藤没嘴巴不吃人，你看看，都吃得只剩下骨头了。"

我连忙看过去，只见在吴强身后不远的地方有一片魔藤，魔藤下面有一堆大大小小的骨头，看样子应该是些动物的骨头。

我说道："这些魔藤应该是把抓回来的猎物放在那里，然后等猎物腐烂，再吸取其中的养分。我们赶紧把人弄走，这地方不宜久留。"

话音刚落，吴强突然自己站起身来，疯了一样地冲向洞口，但没跑多远，整个人就扑倒在地上。我喊了一声"不好"，刚想追上去，不料脚下一紧，差点被绊倒在地。我吃了一惊，知道被魔藤缠住了，连忙对准脚下勾动火枪，果然，火焰一出，缠住脚踝的魔藤立即松开了。

这个时候，只听见洞口处传来几声惨叫，仔细一看，原来关灵他们几个也已经被魔藤缠住了身体，正被魔藤往那堵石墙拉过去。原本毫无动静的魔藤，此时就像突然全部苏醒过来一样，犹如无数条毒蛇在晃动着身体，非常恐怖。

马骝一边用火枪驱赶魔藤，一边叫道："斗爷，不好了，那些魔藤要吃人了，这次我们真的自己送上门来了……"

我喊道："赶紧杀过去救人！"

但是魔藤实在太多了，我和马骝举着火枪冲了好几次都无法冲过去。此时，周围那些魔藤开始围成一个圈，把我和马骝团团围住。而另一边，关灵他们已经被魔藤死死缠住，全部被绑在石墙上，看起来就像等待枪毙的犯人。

马骝急得团团转，喊道："斗爷，怎么办？再不过去救人，他们可能就会被勒死了。"

我刚想回应马骝，不料后背突然传来一阵剧痛，像被什么打中了一样，我踉跄了几下，差点跌倒，就这样分了神，一条魔藤突然飞快地缠住了我右手的火枪，硬生生地把火枪从我手里夺了过去。

等我反应过来想去取匕首时，已经迟了。周围的魔藤发现没有了火的威胁，突然一拥而上，把我死死缠住。马骝见状，急忙冲过来救我，但就在这个时候，我看见他背后有一条魔藤突然立了起来，就像一条皮鞭一样，朝着他的后背打了下来。我想让马骝躲开，但还没喊出声，就听见他发出了"哎哟"一声痛叫，整个人瞬间被打趴在地上。与此同时，周围的魔藤立即涌了过来，用同样的方式把马骝捆绑起来。

我看了一下现场，所有人都被魔藤缠住了，无一幸免。照这样下去，大家一定会全部葬身在这里。怎么办呢？我绞尽了脑汁，硬是想不出一个法子来。这种情况，除非有人来营救，否则不可能脱得了身。但是，在这个天星秘窟里，除了我们几个，根本没有其他人。

眼看我们就要被魔藤缠死，在这个紧要关头，洞口处突然出现了几道亮光，紧接着，有三个人冲了进来……

第二十六章　逃过一劫

　　我开始以为自己出现了幻觉，等仔细看清楚后，这才发现冲进来的人不是别人，正是天和集团的老板——那五山。只见他身穿一套黑色军服，头戴一顶钢盔帽，帽子上戴着探照灯，腰间还别着一把手枪和一排子弹，威风凛凛，一副十足的司令模样。在他身边的是两个军人打扮的保镖，左边那个脖子上有文身，身材瘦瘦高高的，长得有点像东南亚那边的人。右边那个是个大块头，身材非常壮实，面相凶恶，一看就知道不是什么好人。他们身上都背着一个大背包，手里都拿着机枪，一冲进来就对着那些魔藤一阵扫射。然而，大家的双手都被魔藤缠住了，捂不了耳朵，枪声在洞里形成回音，顿时令人感到震耳欲聋。

　　但那些魔藤实在太多了，而且根本不畏惧子弹，发现又有猎物，立即朝着他们三人涌了过去。那五山似乎也知道这些魔藤的厉害，连忙向后退开。

　　我立即冲着那五山叫道：“五爷，火把！”

　　他听我这样一喊，立即捡起穆小婷他们掉在地上的那两支火把，护在胸前挥舞起来。别小看这两支火把，它们比那两挺机枪还管用，那些魔藤在距离他们三人几米远的地方停了下来，没敢继续往前伸去。

三人快步退到洞口边，那五山朝关灵那边喊道："关师傅，你没事吧？得想个法子，要不然我们也救不了你们呀！"

关灵虽然身体不能动，但是思维还是清晰的，只听见她回应道："我也想不到什么法子,但那些魔藤是惧怕火的,你看能不能用火来烧死它们。"

那五山明显感到为难，一时间也不知道怎么接话。马骝对那五山喊道："五爷，您找一下它们的头在哪里，用机枪打死就行了……"

那五山似乎没听明白，问道："头？什么头？"

马骝喊道："头就是根部啊，赶紧找到根部，给它连根拔了……"

听马骝这样一说，我立即观察起周围的情况来，如果这里真的是魔藤的巢穴的话，那它们的头应该就在这里面。可是，这里遍地都是密密麻麻的魔藤，怎么找它们的头呢？

这时，秦仲义突然大声喊叫起来："五爷，打那两根柱子！那是它们的头、它们的根！"

大家听秦仲义这样一喊，都感到不可思议，毕竟那看起来只是两根很粗的柱子，只不过上面缠满了魔藤而已，怎么会是魔藤的根部呢？

但那五山顾不了那么多了，立即一挥手，两名保镖也训练有素，连忙举起机关枪，一人对着一根柱子打了过去。这一打不要紧，却把大家看得目瞪口呆。只见周围的魔藤突然掉转了方向，纷纷往两根柱子上缠了过去，就连缠在我们几人身上的魔藤也无一例外，全部都涌向两根柱子，好像要帮忙挡子弹一样。

这样一来，我们都知道发生什么了，那两根看起来像柱子一样的东西，应该就是那些魔藤的头，也就是根部。果然，没过多久，两根柱子突然倒了下来，那些魔藤也像死蛇一样横七竖八地倒在地上，断的断，残的残，绿色的汁液流了一地，但都不会动了。没过两分钟，所有魔藤的颜色都变成枯枝一般，它们一下子枯萎了。再看那倒下的两根柱子，原来是两棵巨大的枯树，而那些魔藤就是从这枯树里面长出来的。

马骝伸脚踹了一下其中一棵枯树，又往枯树上吐了口口水，叫道："这枯树里怎么会长出这些食人魔藤来的？莫非成精了？"

我摇摇头道："不，这不是成精，应该是寄生。在植物界里，藤本植物被看作是一种依附性的寄生植物，有的寄生在枝干，有的寄生在根茎。那些魔藤寄生在这两棵枯树上，久而久之，这两棵枯树就成了它们的寄生体了，也就是我们所说的头。"

秦仲义向我投来赞许的目光，说道："斗爷说得很对，这些魔藤就是寄生在这两棵枯树上的。而且，你们看那枯树的断截面，至少也有几千年的历史了。"

马骝问道："能活几千年的树，会是什么树？"

秦博士说道："很多树都可以活上几千年，比如柏树、榕树。在轩辕庙里，就有一棵五千多年的柏树，传说是轩辕亲手种的，所以就叫'轩辕柏''黄帝柏'。但我怎么也看不出眼前的这两棵枯树是什么品种。"

关灵问道："既然说是枯树，那怎么能寄生呢？"

秦仲义解释道："我想，这两棵大树一开始应该不是枯树，可能是因为被这些魔藤寄生了，时间一长，被魔藤侵蚀了自身，所以才成为枯树。那些魔藤又能捕捉动物，吸取养分，所以即使两棵枯树没有养分供给，它们也能存活下来。而且，这从外面看可能是枯树，说不定根部还存活，只是被魔藤侵蚀了，枝干不再生长了而已。"

黄军说道："照这样说，那这树简直就是神木啊，就算树没有成精，那些魔藤也成精了，要不然，怎么解释它们刚才全部回来帮忙挡子弹的举动？"

秦仲义说道："从你们的角度去看，那无疑是精怪之说，但是从生物学的角度去分析，植物也是一种生命，它们也有感知能力。再加上在这样的环境里，它们的基因到底会变成什么样，有没有变异，这个谁也不敢说。目前只能说，它们既然能发展到可以捕捉生物来给自身供给养分的程度，那么会帮寄生体挡子弹也不足为奇了。"

那五山说道："真想不到，这洞窟里面会有那么多古怪的东西生活着，怪不得我弟弟会有那样的遭遇啊……"

那五山一发话，大家才想起他们的存在，我对那五山说道："五爷，真是谢谢你们及时出现呀，要不然我们就难逃一劫了。不过话说回来，你们怎么会突然出现？"

那五山解释道："我在上面等了你们很久都没有音信，于是就大胆地下来了。要知道，我之前也下来过这里，如果没有任何发现，肯定不会逗留那么久的。所以，我猜你们有可能发现了什么重要线索，这毕竟关乎我弟弟的死，我不能袖手旁观，与其在上面干等，不如下来看看。这不，我刚跟过来，就看见你们被这些魔藤缠住了。"

对于那五山的言辞，我半信半疑，便追问道："五爷，您是在什么时候跟上来的？我们在外面也逗留了很久，并没有发现你们呀！"

那五山脸上闪过一丝尴尬的表情，笑笑道："这个……"

马骝立即打断他道："五爷，别解释了，这有什么好问的。我说斗爷，要不是人家刚好跟进来救了咱们，恐怕这会儿大家都成了这魔藤的晚餐了。"

这时，一旁的黄军突然叫道："五爷，强子好像不行了。"

大家立即把注意力集中到吴强身上。只见吴强躺在地上，双眼紧闭，面色发紫，口吐白沫，看样子真的快要不行了。他这些症状和中毒有些类似，但他只是被魔藤抓走了一会儿，也没有进食过什么，怎么可能中毒呢？

秦仲义蹲下身子，扒开吴强的眼皮子看了看，然后皱起眉头说道："这症状我见过，当初发现黎教授和五爷弟弟他们时也是这样。"说到这里，他好像想起了什么，突然从背包里掏出一把匕首。

黄军立即问道："你要干什么？"

秦仲义看了一眼黄军，又看向了那五山，说道："解开绿血之谜的最好时机就是现在了。"

马骝说道："老秦，看不出来你也是个心狠手辣的人呀，这是要当场解剖吗？"

秦仲义摇摇头，说道："你们都误会我了，我只是要看看他现在流的血是什么颜色而已。"说着，他把匕首递给黄军，说道："军爷，要不你来吧！"

黄军问道："这怎么弄？"

秦仲义神情严肃地说道："在他身上随便割一刀，能出血就行。"

黄军看了一眼那五山，似乎在等待老板发话。那五山毫不犹豫地点了点头，对他说道："割吧。"

黄军颤抖着举起匕首对吴强说道："兄弟，得罪了。"然后，他抓起吴强的手，在他手背上划了一小刀。

当伤口渗出血来时，在场的所有人都吃了一惊，从吴强手背上流出来的血竟然是绿色的！我们之前都只是听秦仲义说过有关绿血的情况，也脑补过那画面，但现在亲眼看见这一幕，真的是感到毛骨悚然。

如果说被魔藤缠过的人都会变成绿血人，那我们几个岂不是……

想到这里，我不禁打了个寒战。我看了一眼关灵，她刚好也看过来，估计也想到了这一点。我偷偷伸出手来，握紧拳头，随即又松开，只见手掌红润，并没有什么异常，里面流淌的血液应该是红色的。

这时，那五山问秦仲义："秦博士，这说明了什么问题？"

秦仲义说道："这说明了黎教授他们不是回来后才出现绿血的情况的，应该是在洞窟里就出现了。"

我说道："这就奇怪了，我们也只是跟吴强分开了一会儿而已，怎么会突然变成这样？"

关灵也说道："就是呀，如果说被魔藤抓过的人都会这样，那我们……我们几个岂不是都变成绿血人了？"

穆小婷一听关灵这样说，立即吓得瞪大了双眼，怯声道："不会吧？"

关灵说道："很难说，看来得往自己身上割一刀试试了。"

马骝说道："大小姐，你就别吓唬大家了，我看吴强这家伙肯定是吃了什么东西中毒了，才变成绿血的吧。要是按你这样说，老秦作为生化研究专家应该自己先挨一刀试试看。"

秦仲义说道："不用担心，我们应该都没事。当务之急就是要查出吴强被魔藤抓到这里来的这段时间到底经历了什么。只要查到这一点，相信困扰了我十多年的绿血之谜就会迎刃而解。"

马骝说道："这个怎么查？我看他就是吃错了东西中毒了，要不这样，反正他也快不行了，老秦，你就把他解剖了，看一下他的胃里有什么东西吧！"

黄军一听马骝这样说，立即板起脸来说道："你说什么？"

马骦笑笑道："别生气，我只是开个玩笑而已。"

秦仲义一脸认真地说道："可惜这里没有工具，想解剖也不行呀！"

马骦惊讶地说道："老秦，我开个玩笑而已，你还真的想来啊？"

秦仲义苦笑了一下说道："我追寻这个绿血真相十多年了，直到现在才算有点眉目，当然不会放弃任何一个机会。不过，我不会乱来，毕竟这是一条人命，但是你说的吃错东西导致中毒变成绿血这一点，我觉得还是有可能的。"

马骦笑道："是吧，我马骦看事情那是一看一个准，但你说，就抓去这么一会儿，能吃了什么东西？不会是吃了那些魔藤吧？"

马骦这样一说，我立即想起发现吴强时的情景，那时吴强的嘴里确实残留着一些绿色的东西，好像他真的咬过魔藤，沾上了魔藤的汁液。但是他为什么要咬魔藤呢？这东西又不好吃。会不会是他被勒住了脖子，然后迫不得已才动嘴咬的？

我把这个想法说了出来，秦仲义立即蹲下身子检查起吴强的嘴，然后兴奋地喃喃自语起来："没错了，没错了，真有可能是这样……真有可能是这样……"

马骦这下得意了，说道："好了，这下那个绿血之谜总算被我破解了，真相只有一个，那就是这些魔藤！不，其实是这些魔藤的汁液，汁液一旦进入人体，就会使人的血液变成绿色的，然后不正常死亡。老秦，我说得对吧？"

秦博士站起身来，呼出一口气，点点头道："你说得没错，但是为什么会发生这样的变化，我看还是要回去对这些魔藤进行科学分析才行。"

马骦笑道："这里遍地都是魔藤，你背一书包回去研究都无所谓。"

秦仲义皱起眉头道："可是，这些魔藤都变成了枯枝，估计带回去也研究不出什么来……"

我说道："这些魔藤都是这样，一旦死亡，很快就会变成枯枝，想要带活生生的样本回去，估计不可能吧！"

马骦附和道："就是，要是它们还活着，别说带回去了，说不定半路就把咱们给杀死了。"

秦仲义摇摇头道："也不能这样说，就带那么一小段就好，"说着，他用手比画了一下，继续说道，"那么小的一段，就算它再厉害，也不能拿咱们怎样吧？"

关灵说道："这里是魔藤的巢穴，虽说它的头被打死了，但是不保证没有其他活的存在呀，之前斗爷被魔藤缠住的地方距离这里也很远，难不成它们从地下生长了过去？"

秦仲义说道："如果真是从地下生长了过去，那么这周围说不定还有存活的。要不大家帮帮忙，在周围找找看吧，拜托大家了。"说着，他双手合十，对大家鞠了一躬。

看见秦仲义对此事如此上心，大家也不好拒绝。于是，大家分散开来，围着魔藤的巢穴开始搜索起来。

我一边搜索，一边留意那五山的举动，发现他的样子看起来很认真，似乎真的很想找到活的魔藤。但对于他的突然出现，我从始至终都存在怀疑，他是如何找到路进来"地下神宫"的？又是如何跟踪我们而不被发现的呢？

想要进入"地下神宫"，必须要破解那个河图之象，我也是费尽力气才找到这条路。那五山也说过，他之前也下过天星秘窟里寻找真相，但是都没有找到"地下神宫"。那这一次他又是怎么找到路的？难道从一开始，他就在身后跟踪我们？

但我立即否认了这个想法，如果他从一开始就跟踪我们，那不可能不会暴露。我想，最有可能的是，黄军和吴强两人暗中给那五山留下了记号，所以他才能一直跟踪到这里。而且那五山下来洞窟的目的，有可能是奔着那个妖族宝藏去的。

刚想到这里，那五山突然惊叫起来："你们看，这里好像有东西！"

大家连忙围了过去，只见缠满魔藤的石墙上有一道口子，里面有一个石环。这个石环差不多有脸盆般大小，看起来有点像门环。这个时候，那五山的两个保镖立即把石环周围的魔藤清除掉，很快，一扇巨大的石门露了出来。

第二十七章　千年枯树

这扇石门有四米多高，两米多宽，门上挂着两个巨大的石门环，除此之外，没有任何东西，连半个符号都没有。但在石门两边的墙上，密密麻麻地刻有不少符号。这些符号跟笔记本上面记载的一个样，应该是妖族人的文字。

马骝过去拉了拉门环，又推了推门，但是没有得到任何反应。我见状忍不住揶揄道："马骝，就你那身板还想去推动石门啊，再来一千个你恐怕也不行吧！"

马骝说道："怎么说也要试一试啊，万一不费吹灰之力就打开了呢？万一那个妖族宝藏就藏在这石门里面呢？"

一提到妖族宝藏，大家的脸色都变了，特别是那五山，他的眼中立刻出现了亮光，但很快表情就恢复了平静，说道："妖族宝藏只是传说而已，谁也没见过。不过，这里既然是那些魔藤的巢穴，说不定石门里面还真藏有什么东西。"

秦仲义问道："但是，怎么才能打开这么巨大的石门呢？"

关灵说道："这石门那么大，肯定是暗藏机关的，要不大家找找，看能不能找到机关吧！"

于是大家开始四处搜寻，但是找了一圈都没有找到与机关有关的东西。我也有些纳闷，这么巨大的石门，肯定是要用机关才能开启的，但是眼前只有这么大点地方，能藏机关的地方也不多，怎么会找不到呢？

这时，马骝对那五山说道："五爷，你们有没有带炸药、手雷之类的东西？要不把这石门炸开吧！"

那五山摇摇头道："我们手上只有枪，没有这些东西。再说了，要是动用炸药，估计这里会塌方下来，后果就难以想象了。"

我说道："没错，这里肯定不能用炸药，别看这石门好像很坚固的样子，一旦炸起来，我们谁也逃不出这里。"

马骝对我说道："喂，斗爷，你经验丰富，对付这些机关最有办法了，你看怎样才能把这石门打开。"

我耸耸肩，说道："这能有什么办法，除非找到开启的机关，但是刚才大家都找了一遍，也没有找到。我想，如果开启了石门，说不定会招来什么杀身之祸呢！"

马骝说道："斗爷，你什么时候变得这么胆小了啊？什么危险我们没碰过？还怕这里区区一道石门？"

我说道："不是怕，只是不想冒这个险而已。再说了，我们是来寻找绿血之谜的真相的，现在也可以说有点眉目了，还是趁危险未至赶紧打道回府吧！秦博士想要魔藤的活体做研究，这个恐怕很难搞，但现在知道了是魔藤的汁液进入人体后使人出现绿血的情况，那么也算是找到了真相吧？"

秦仲义收起下巴，轻轻点了点头道："也只能这样了。既然没有办法找到魔藤的活体，那咱们还是回去吧，在这样的地方多待一分钟，就多一分钟的危险。"

马骝叫道："哎，老秦，作为一个生化研究专家，难道你不想知道这石门里面是什么吗？"

秦仲义摊摊手，说道："这有何干？我想要的真相要到了。"

马骝有点着急地看了那五山一眼，又说道："话可不能这么说，下来这个天星秘窟的机会不是常有的，也不是每个人都可以进来这里的，现在我们什么都没有收获到，难道就这样两手空空地回去吗？"说到这里，马骝看着我问道："斗爷，你甘心吗？"

我知道马骝在想什么，他是在打那个妖族宝藏的主意，刚想说话，那五山突然干笑两声，然后说道："马骝老弟说得没错，我们千辛万苦地进来这里，不可能就这样空手而归吧？"

我笑道："难道五爷也对那石门里面的东西感兴趣？"

那五山笑了笑，说道："我也不知道这石门里面有什么东西，但是，既然妖族人在这里修建了一道巨大的石门，而且还有魔藤的保护，可想而知，他们一定有什么东西藏在这里。说不定就是那个传说中的妖族宝藏。"

终于说到重点了，我心想。

马骝也附和道："对对对，五爷说得有道理，这里面肯定藏着妖族的宝藏。"

我说道："说来说去，原来就是为了这个妖族宝藏啊！"

秦仲义说道："我劝大家还是别惦记这个宝藏了，这些东西不是我们该拥有的。斗爷也说了，万一真的打开了石门，也不知道会不会引来什么杀身之祸，我看咱们还是走人吧，回去再通知专业人士，让他们下来对这里的情况再进行研究，我们就别掺和这事了。"

我忍不住看了一眼秦仲义，心想他说的还是挺有道理的，当初我还怀疑他是打着寻找绿血真相的幌子进来寻宝的，现在看来是多疑了。

这时，那五山看向关灵，问道："关师傅，你觉得如何？"

关灵看了我一眼，然后才说道："其实斗爷和博士说得也有道理，但是我想五爷您亲自下来洞窟，又一路跟到这里，恐怕不仅仅是为寻找绿血真相那么简单吧？"

那五山"哈哈"笑了两声，拍了拍手掌说道："关师傅果然聪明，寻找绿血真相是真，但寻找妖族宝藏也是真。既然大家都知道宝藏的事，那为什么不一起把它找到？"

我忍不住问道："那找到之后呢？"

马骝立即说道："那还用说，找到之后当然是……"说到这里，马骝忽然看见穆小婷正盯着自己，连忙住了口。

穆小婷看着他问道："是什么？"

马骝尴尬地说道："是……是……"但"是"了很久，也"是"不出个所以然来。

那五山看了一眼穆小婷，清了清嗓子说道："要是大家能帮忙找到宝藏，我那五山保证，一人一份，绝不食言。"

穆小婷立即高声叫道："宝藏是国家的，任何组织和个人都不能侵吞。"

那五山冷笑一声道："小姑娘，你太天真了。难道你不知道，当年你外公带队下来这里，并不是寻找什么上古遗址，而是寻找妖族宝藏吗？你以为他们考古队的人都是为国家做事的人吗？"

穆小婷"哼"了一声，说道："没错，我知道，他们是寻找妖族人、妖族古墓，但不是寻找什么妖族宝藏。"

那五山轻轻摇了摇头，叹了口气道："你还是不知道，所谓的妖族古墓，指的就是那个妖族宝藏。传说，妖族人用黄金打造了一个墓室，墓室里面全是黄金，上至陪葬品，下至铺地的砖，就连那副棺椁也是黄金打造的。"

我说道："五爷，那也只是传说而已，谁也没见过。说不定也是民间三人成虎这类故事，不太可信。"

马骝说道："斗爷，你就别自欺欺人了，咱们都知道这个妖族宝藏的传说，大家也都讨论过这事了。总之，大家一起努力把宝藏找到就行了。况且，我们能下来这里也全靠五爷帮忙，还有，他刚才还救了大家一命，做人要懂得知恩图报，对不对？"

马骝的话顿时令大家安静了下来。确实，那五山救过大家一命，而且，要是没有他，估计大家也很难下来这天星秘窟里寻找绿血真相。同样，现在他能出现在这里肯定是有备而来的，如果没有他的话，估计大家也回不到地面上去。所以，即使大家都知道那五山的目的是那个妖族宝藏，但谁也不想跟他闹不和。

不过，有一个人却是例外，没错，就是穆小婷。她的性格我领教过，这不，只听见她"哼"了一声说道："我很感谢五爷救了大家，但是一码归一码，想要找到宝藏私了，这事我绝不能同意！"

马骝连忙过来劝说道："小妹子，你说什么呢？对五爷可不能这么无理。"说着，他对那五山赔笑道："五爷，小妹子不怎么会说话，您老人家别怪她啊……"

穆小婷瞪了马骝一眼，说道："什么我不会说话？我有说错吗？我觉得，他说什么赞助我们，还有帮他寻找弟弟的死亡真相，这些都是假的吧，真正目的是想寻得那宝藏……"

我偷偷看了一眼那五山，发现他的脸色开始有点不对劲了，如果穆小婷因此而得罪了那五山，那估计大家都不好过。何况，他还有两个手下正在一旁手握机枪盯着我们。于是我急忙对穆小婷说道："小婷，别说了。五爷刚才也说过，他这次的目的，一是寻找绿血真相，二是寻找妖族宝藏，这两者之间没有任何冲突，至于宝藏归谁，现在不是还没找到吗？找到再说吧！"

关灵也看出了事情的严重性，对那五山说道："五爷，小婷作为一个考古人员，当然要站出来维护国家利益了，你就别怪她了。"

那五山恢复了笑脸道："我怎么会怪她呢？有这种思想是好事，况且宝藏一事也没个影，要是找到了那当然好；要是找不到，大家就回去，也就这样。"

马骝拍了拍手掌，赞道："五爷真是深明大义啊！这里没有酒，我就拿水敬您了。"说完，马骝拿出水壶来想喝水，不料把水壶弄了个底朝天，也只是弄出几滴水来，他说道："不好意思，五爷，想以水代酒也不行了。"

大家这才想起身上所带的水和食物都已经用得差不多了。如果继续这样耗下去，估计还没找到宝藏就玩完了。虽然之前碰到过一条地下河，但是不知道那河水能不能喝，不到万不得已，谁也不会拿自己去做小白鼠。

这时，我看见关灵走到石门前摆弄了一下那对门环，然后转过身来对我说道："斗爷，看来想要开启这石门，除了你，没人有这本事了。"

我笑道："话可不能这样说，关师傅，你可是大名鼎鼎的'穿山道人'的传人啊，破解这道石门的机关，对你来说应该不在话下吧？"

一旁的马骝焦急地说道："都什么时候了，你们两个还有心情在耍花枪啊？赶紧一起想办法吧，这里除了你们两个，谁也没这个能力打开这石门。"

我说道："你以为我身上有钥匙啊，说打开就打开。"

马骝嬉笑道："钥匙就在你脑袋里。"

我没理他，再一次沿着那面石墙看了起来。这石墙上刻有不少符号，但我看不懂是什么意思。我试着按了一遍那些符号，但都是实打实的石刻字，根本按不动，也不存在有什么机关的可能性。如果机关不在墙上，那会在什么地方？

我托着腮帮子，站在石门前思忖起来。石门的顶部没有东西，再往上就是山体，根本不可能存在机关。不是在头顶，难道是在脚下？

想到这里，我忍不住低头看向双脚踩的地方。当初进来的时候，地上铺满了魔藤，也没留意地面到底是什么样子。现在终于看清楚了，原来地面铺设有地砖，这些地砖很大，但毫无规则可言，有的是方形的，有的是菱形的，有些地方甚至是三尖八角的形状。我沿着那些地砖慢慢走了起来，其他人也不知道我要干什么，但也没有打扰我，任由我像个傻子一样走来走去。我几乎把每块地砖都走过了，但这些地砖似乎除了形状不规则外，并没有什么不对劲的地方。

难道真的要挖地三尺来找机关？

当走到两棵枯树那里的时候，我停下了脚步。要说这山洞里，除了那些魔藤外，就数这两棵枯树是有生命的。一路走来，我们从未见过什么树木，但为何在这个山洞里，偏偏会出现两棵千年枯树呢？有何意义？

这个想法一下子令我精神起来，很明显，这两棵千年枯树并不是随意栽种在这里的，因为它们的位置刚好是在石门的左右两边。这似乎说明，这是妖族人有意为之的。按理来说，但凡出现这些石门，两边都会放一些神兽来守护，但这里没有神兽，有的是两棵千年枯树。

这时，关灵似乎也看出了什么，对我说道："斗爷，你是觉得这两棵枯树有问题吗？"

我说道："我们一路走来，从未见过树木，但是在这里却突然出现两棵千年枯树，你不觉得有点奇怪吗？先不管它们是干枯了还是被魔藤寄生了，妖族人把它们分别种在石门的两边，肯定是有意义的，说不定开启石门的机关就在这两棵千年枯树身上。"

关灵说道："但这怎么看都是两棵枯树，怎么可能存在机关？难道说机关藏在根部的位置？"

秦仲义听到这里，忍不住问道："这根部的位置怎么藏得了机关？"

马骝叫道："想知道有没有藏机关，可能真的要把它们连根拔起了，既然觉得有这个可能性，那就别想那么多了，赶紧动手吧！"说着，他撸起袖子就要动手。

我连忙制止道："等一下，别那么冲动。"

马骝说道："斗爷，光理论不实践是不行的啊，想当初那迷幻城的石门也是挖出来的……"马骝说到这里，自知泄露了太多信息，连忙咳嗽两声，转移话题道："想想也是，如果这机关藏在根部，那妖族人想开门进去的话，怎么开？岂不是很不方便？"

穆小婷突然说道："除非是一种情况。"

马骝连忙问道："什么？"

穆小婷说道："那就是妖族人把石门关上后，没想过再开启。如果是这样的话，只能说明眼前这个石门里面极有可能是一座墓，而且墓的主人身份很尊贵，不排除是妖族人首领的墓。"

穆小婷的这种猜测很有道理，自古以来，墓葬一旦被封死，基本上是不会再开启的。有些帝王陵墓更甚，会把建造皇陵的人全部封死在里面，从而达到保护陵墓的作用。

那五山问道："那现在要怎样？把那两棵枯树弄走吗？"

我斟酌了一下，说道："机关不在枯树里。"

那五山蹙了一下眉，盯着我问道："什么意思？刚才不是说……那在哪里？"

我走到两棵枯树中间的那块地砖上站好，然后拿出工兵铲往地砖上杵了一下说道："如果没有猜错，机关应该是在这里。"

第二十八章　九宫机关

　　大家一起看向我脚下的那块地砖。地砖很大，四四方方的，宽度有一米多，但仔细留意的话会发现，这块地砖与周边的地砖有些不同，那就是它与周围地砖相接的缝隙都比较大，差不多有一掌宽。

　　这个时候，马骝也不用我吩咐了，立即拿出一些工具来，沿着地砖的缝隙弄了起来。黄军见状，把吴强交给穆小婷照顾，然后也过来帮忙挖缝隙里的泥土。

　　马骝一边挖一边叫道："我说过吧，对付这些机关，最在行的还要数斗爷。要是没有他，别说什么机关，连'地下神宫'都进不了呢！"

　　秦仲义点点头，说道："确实，斗爷的本事真的很厉害，我可是佩服得五体投地呀！"

　　我说道："博士，您这顶高帽子戴过来，我的压力好大呀！我也只是猜测而已，能不能找到机关还是个未知数呢！"

　　很快，缝隙里的泥土被挖了出来，里面的地砖露了出来。果然，在地砖的四条边下面，都有一个凹槽，手伸进去，刚好可以发力。

　　我对那五山说道："五爷，借您那个大块头保镖一用。"

　　那五山点点头，挥了挥手，大块头保镖立即放下机枪，走过来帮忙。

我们四人一人负责一个方向，一起发力，地砖虽然很大，但不是很重，一下子就被我们抬了起来。

只见地砖的下面，密密麻麻地竖着许多根圆圆的小石柱，这些石柱全部都有手臂那么粗，而且高度相同，大概有五十厘米高。仔细数了数，一共有二十五根石柱，它们呈正方形排列。

看见这些石柱子，我在心里点了一下头，没错，这应该就是打开石门的机关所在。虽然找到了机关，但是如何使用呢？我深知这种机关不简单，一旦弄错，可能会触发周围的陷阱，到时候在场的所有人都会有危险。

马骝蹲下身子，叫道："这又是什么鬼东西？二十五根石柱子代表了什么？"说着，他伸手就去按边上的一根石柱子。

我急忙制止道："别乱动！"

但还是迟了，马骝已经按了一下那根石柱子，只见石柱子震动了一下，然后开始慢慢往下沉去。与此同时，山洞两边突然有东西破土而出，直直地朝马骝身上飞了过来。

我立即叫道："马骝，小心暗器！"

说时迟那时快，马骝急忙往前一扑，双手撑住机关对面的地砖，整个人呈"大"字趴下来，几乎将肚皮贴向那些石柱子。也幸好他反应得够快，两边的暗器都从他刚才站的位置上飞过，然后射回墙壁里。

在场的所有人都被这一幕吓了一跳，要是马骝反应再慢那么一两秒钟，躲闪不及的话，肯定会被射中。虽然类似这样的机关陷阱遇到过几次，但这次也令马骝惊出了一身冷汗。

我和黄军连忙把马骝拉起来，我对他说道："叫你别乱动，你就是不听。"

马骝吐了口口水叫道："我哪知道这些石柱子那么小气，碰都不给碰，碰一下就想要人命……对了，刚才那是什么暗器？弩箭吗？"

我说道："速度那么快，谁能看清楚呢？要不你再来试一次？"

马骝连连摆手道："别闹，见过鬼还不怕黑啊……"

这时，关灵指着墙壁的洞说道："这暗器真够隐蔽的啊，藏好后再抹一层薄薄的泥土用来遮掩，真是高明！"

我看了一下墙壁那边，又看了看眼前的二十五根石柱子，一时间也束手无策。刚才被马骝按动的那根石柱子已经升了起来，恢复了原来的状态。毫无疑问，这应该是开启石门的机关，但是怎么开启呢？这个问题似乎比找到机关还要难，甚至非常危险，因为一不小心就会被暗器所伤。

我问关灵："灵儿，你能看出这是什么机关吗？"

关灵走过来，看着机关，摇摇头道："一时间也看不出来，不过，我想这些石柱子的数量是二十五，会不会跟这数字有关？"

数字？

我不禁思索起来，这"二十五"会是一个什么数字？《藏龙诀》里面有对"四时五行，八卦九宫"等数字机关的描述，但似乎没有对"二十五"这个数字的记载。我闭上眼睛，在脑海里又仔细过了一遍《藏龙诀》，突然，我好像捕捉到了什么，脱口而出道："五行参数，九宫之义。"

这是《藏龙诀》里的一句口诀，意思是以金、木、水、火、土五行为参数，排列四方，中间再布局九宫术。这句口诀似乎与眼前的机关存在一定的符合性。

关灵一听，立即兴奋地说道："你是说，这机关暗藏九宫之义？"

我点点头道："没错，有这个可能。"

那五山忍不住问道："关师傅，你们说的九宫之义是什么？"

关灵对他解释道："所谓九宫之义，就是九宫算，即二四为肩，六八为足，左三右七，戴九履一，五居中央。这样每一行、每一列和对角线的数字相加起来，都等于十五。"

那五山似乎听不明白，又问道："那这个九宫之义，跟这个机关有什么关系？"

关灵看了我一眼，说道："这个就让斗爷跟大家说个明白吧！"

我往前一步，说道："这个机关一共有二十五根石柱子，排列整齐，东西南北四个方向的最外面都有五根石柱子，分别代表了金、木、水、火、土五行。以五行为参数，中间再布九宫术。大家数一下，除去四面的五根石柱子，中间剩下几根？"

马骝立即抢答道："还剩九根。"

我说道："这就对了。四个方向的五根石柱子代表了五行参数，这是不能碰的，随便碰哪一根都会触发像刚才那样的暗器机关。要想破解整个机关，开启石门，就只能动剩下那九根石柱子了。"

那五山着急地问道："那怎么动？"

我说道："破解的方法刚才关师傅说过了，就是九宫之义。"

我一边说，一边蹲下身子，伸出右手放在九根石柱子的最右边那根上，也就是九宫之义中的"二四为肩"的"二"字位置上。其他人看见了都一脸紧张，纷纷往后退开。他们心里都明白，要是我理解错了，那按下去的结果就是触发暗器机关，那到时候真不知道那些暗器会从哪里飞出来伤人。

关灵对我说道："斗爷，要小心。"

马骝也叫道："斗爷，看着点啊……"

我点点头，深呼吸了一下，看了一眼石门，然后一咬牙，用力按了下去。那根石柱子很轻易地被按动了，先是震动了一下，然后慢慢往下沉去。我的神经已经绷紧了，时刻注意周围的情况，但过了很久，周围一点动静都没有，没有暗器飞出来，那根石柱子也没有像之前马骝按的那样恢复原位。

我顿时松了口气，同时也感到一阵兴奋。如此看来，我对这个机关的理解是对的。于是，我又按下了位置"四"的那根石柱子，同样，那根石柱子被按下去后，什么情况都没有发生。按照九宫之义，还剩最中间那根石柱子没有按时，我停了下来。

我可以想象得到，这石门里面的情景肯定会令所有人感到惊讶。但同时，我心里也有一种不祥的预感，这石门一旦打开，可能会有人因此而受伤，甚至毙命。

可能看见我停了下来，关灵忍不住问道："斗爷，怎么了？没事吧？"

马骝也问道："斗爷，怎么突然停下来了？发生什么事了？"

秦仲义也跟着问道："不会出了什么意外吧？"

我摇了摇头，说道："没事。就剩最后一根石柱子了，能不能打开石门，就看它了。"

说完，我做了个深呼吸，再次把手放在中间那根石柱子上，然后狠狠地按了下去。石柱子同样是震动了一下，然后缓缓往下沉去。与此同时，石门那边传来了类似链条和齿轮转动的声音，很快，那看似千斤重的巨大石门慢慢往两边打开。

在场的所有人都十分兴奋，目不转睛地盯着石门。我也心急如焚，心想：这石门里面，到底会藏有什么东西呢？

第二十九章　神秘消失

　　机关的转动声终于停了下来，大家期待已久的石门也终于被打开了，但里面的情景并不是大家所期待的那样，是一个黄金宝藏。出现在大家眼前的只不过是一条深邃的通道而已。

　　这个时候，谁也没有出声，大家不约而同地往通道口靠了过去。透过光亮，可以看清楚整条通道的模样。那是一条笔直的方形通道，有十米多长，两米多宽，四米多高，尽头处还分了左右两条道。而整条通道都是由一块块大小相同的黑色岩石堆砌而成的，连地面铺的地砖都是黑色的，这样看还真有点像墓道的样子。

　　穆小婷对我说道："斗爷，我果然没猜错，这里面应该会是一座古墓。"

　　我问道："你肯定？"

　　穆小婷用很肯定的语气点点头道："直觉和经验告诉我，一定没错。"

　　那五山嘀咕道："不是说是一个黄金墓室吗？这怎么看都不像呀……"

　　关灵说道："这只是墓道而已，可能还要走上一段路，才能到达墓室。"

　　马骝说道："千万别像在邙山那样，碰到墓道迷宫就行了。"

大家一边说，一边走进墓道里。

这时，身后的黄军突然叫道："五爷，那强子怎么办？"

那五山看了一眼倒在地上奄奄一息的吴强，眉头也不皱一下，说道："没办法了，就先放他在这里吧！"

黄军说道："可是……"

那五山扬起手制止道："带着他可能更危险，放他在这里相对安全一些。"

我对黄军说道："军爷，这个没办法的，总不能背着他进去里面吧？万一有个闪失，先别说会连累大家，对他也不是一件好事。"

马骝不耐烦地说道："哎呀，你以为我们会扔下他不管了吗？反正我们还要从这里出来，先进去看看里面是什么情况再说吧！"

黄军看了一眼吴强，说道："也只能这样了。"

于是，大家把吴强留在原地，然后继续朝墓道里走去。我生怕脚下会有机关存在，便叮嘱大家每走一步都要谨慎，但幸运的是，一直走到墓道尽头，都没有发现什么机关陷阱。

关灵问道："斗爷，现在两边都有墓道，咱们要走哪条？"

我用探照灯照看了一下两边的墓道，都是笔直地走三十多米后再拐弯进去，除了方向不同外，其他都一样。我摇摇头道："我也不知道走哪条道好，随便走一条吧！"

于是，我带头往左边那条道走去。走到拐弯处后往前一看，又是一条笔直的通道，同样三十多米长，同样在尽头处出现拐弯的现象。我不禁在心里打了个问号，心想：莫非又遇到了墓道迷宫？

我咬了咬牙，继续往前走，然而，走完那条笔直的墓道，拐弯一看后，我忍不住在心里暗叫"不好"。因为出现在眼前的，又是一条一模一样的墓道。

关灵也面露惧色，说道："看来这墓道不是那么简单啊！"

穆小婷也皱起眉头，紧张地说道："不会吧……又是一模一样的墓道……难道这里也存在墓道迷宫机关吗？可是这里跟邙山不同，周围没有壁画，我们要拿什么做参照物？"

马骝往地上吐了口口水，叫道："这些古人，怎么老是爱在墓道里弄机关呀？斗爷，照这样走下去，恐怕会重蹈覆辙，历史重演啊……"

那五山忽然说道："会不会这条道是错的？要走另外一条才行？"

我摇摇头道："我觉得走另一条道可能也一样。"看见那五山半信半疑的样子，我又说道："不信的话，咱们返回去走走看吧！"

于是，大家沿着来路返回去，幸运的是，这里不像邙山诡陵那样找不到出口。很快我们就回到了最初的地方，然后又朝右边那条墓道走去。

果然，我的猜测没错，这右边的墓道跟左边的墓道出现了一模一样的情况。这下，那五山不得不相信了，他扶着墓壁叫道："这到底是怎么回事？"

我说道："这应该就是墓道机关中的其中一种，目的是让入侵者转晕后分不清东南西北，然后被活活困死在这里。"

那五山说道："我们都带有定位器，不怕失去了方向。"

我笑道："五爷，你把身上的所有电子设备都拿出来，看能不能动？"

那五山看了我一眼，从身上掏出几样电子设备，有一个定位器、一部手机、一个通讯器，还有两样我不认识的，但看起来应该是比较先进的微型探险仪器。不过，这些东西统统无法使用。大家见状也急忙拿出身上的电子设备来查看，无一例外，没有一个设备能正常运行。

我说道："别忘了，我们可是身处一个一千多米深的秘窟里，再加上这些黑色的石头，想想就知道原因了。"

秦仲义敲了敲墓壁，说道："难道这些石头含有磁性？"

我说道："多少都会有些磁性，不然不会干扰到电子设备。"

马骝叫道："甭管那些设备了，进来这样的地方，本来就不能靠那些电子设备，还得靠经验。斗爷，你就说现在该怎么办吧！"

我摇了摇头道："我也没办法，只能试着走下去看看。"

穆小婷紧张地说道："啊，还要走下去啊？要是碰上迷宫机关……"说到这里，她看了我一眼，没再说下去。从她的表情来看，似乎邙山诡陵那次探险给她带来了许多心理阴影。

关灵拍了拍她的肩膀，安慰道："没事的，有我们在呢！"

我看向那五山，问道："五爷，您觉得呢？要不就走下去，可能会被机关困死；要不现在就返回去，现在打道回府还来得及。"

那五山看了一眼墓道后笑笑道："我还没见识过墓道迷宫的厉害呢。况且，有金先生和关师傅在，我相信任何机关都难不倒咱们。"他的言下之意很明显，就是要走下去。

马骝立即附和道："既然五爷说要走下去，那咱们就走下去喽！反正那个墓道迷宫的机关我也经历过，没什么可怕的。"

秦仲义也点点头道："既然这样，那就试着再往前走走看吧！"

我没有出声，看了一眼关灵，关灵对我微微点了点头，似乎也同意走下去。难得大家的意见那么一致，我个人也不好反对，只好说了声"那就走吧"，然后继续带头往前走去。

我一边走，一边在脑海里把走过的路线描绘了出来，这里的墓道跟邙山诡陵的不同，它没有分叉道，由一段段相同的墓道连接而成。唯一的相同点就是，墓道里没有设置任何机关陷阱。这样看的话，这里的墓道似乎构不成迷宫机关。但如果不是迷宫机关，又会是什么？妖族人为什么会建造这样的墓道？

走了半个多小时，前面终于出现了一条分叉道。我暗暗吃惊起来，心想：走了那么久才出现分叉道，难不成这个古墓比邙山那个还要庞大？

但等走到分叉道的时候，我立即意识到有点不对劲，连忙往右边的岔道一照，只见前面不远处的地方出现了一道石门。一看这石门，我说道："我们走回来了。"

这个时候，大家也看清楚了，眼前确确实实是刚才从石门进来的那条墓道。也就是说，我们走了半个多小时的路程，只不过是兜了个圈回到原点。

关灵问道："这是怎么回事？怪了，一路上我们也没有碰到什么分叉道呀，怎么会走回来呢？"

马骝也说道："这不等于白走一趟吗？"

那五山说道："难道这就是所谓的墓道迷宫？但是我们也没有被困住呀，会不会有其他问题？"

我忍不住问道："五爷觉得这是出了什么问题？"

那五山笑笑道："我也不清楚，但听你们说，墓道迷宫的机关能把人困死，所以……"

我说道："机关分很多种的，这虽然不是墓道迷宫机关，但是我们走了那么久，竟然走回了原地，这肯定是碰上什么机关了。"

黄军问道："会不会碰上了'鬼打墙'？"

关灵摇摇头道："这不是'鬼打墙'现象，有可能是一个障眼法，说不定在哪里还藏着一道暗门，或者一条暗道。就像当初下洞进来的时候，要不是斗爷破解了那个河图之象，估计也很难找到那条道进入'地下神宫'。"

听关灵这样一说，我立即问道："灵儿，你是说，这里可能藏着暗道？"

关灵说道："我也只是猜测而已。但是，妖族人弄那么大的石门机关挡住入侵者，不会只是不让他们进来兜圈子吧？"

我看了一下周围，点了一下头说道："没错，肯定别有用意。我们破解了那个九宫机关，打开了那石门，不可能这里面什么都没有。妖族人花费那么多人力心机建造这里，这里肯定是有它的存在价值的。"

穆小婷点点头说道："我也认同斗爷的说法，而且，我还觉得这里就是我外公他们要找的妖族古墓。"

秦仲义问道："如果真的存在暗门，那这暗门会在哪里？从我们刚才一路走来的情况来看，这墓道周围都是由黑色的岩石堆砌而成的，看起来不像有暗门存在呀！"

马骝说道："老秦，都说是暗门了，如果能在表面上看出来，那怎么会是暗门呢？"

秦仲义尴尬地一笑，说道："那也是……那也是……"

趁着他们讨论暗门的时候，我和关灵在四周围的墓道里敲打起来，企图通过这样的方法找到暗门。但是敲了很久，根本没有任何异常发现。

我叹了口气，一时间也想不到解决的办法，只好卸下背包，坐在地上喝了口水，然后抽起烟来。大家看见我这样，也就地休息起来。黄军可能还惦记着吴强的情况，他没坐下来休息，而是急匆匆地一个人跑到了石门外面。

没过多久，黄军突然一脸惊慌地冲进来，对我们叫道："不好了，强子不见了！"

第三十章 反目成仇

吴强的神秘消失一下子令大家陷入了恐慌。好端端的一个人，而且还处于奄奄一息的状态，怎么可能凭空消失呢？

黄军焦急地问我："斗爷，怎么办？"

我看了黄军一眼，心想：这个时候你不应该找你的主人那五山求助吗？干吗来找我呢？但我安慰他道："你先别慌，这么大一个人消失了，肯定会留下一些线索的，咱们四处找找看吧！"

黄军点点头道："对对对，一定会留下线索的……"说完，立即在四周查看起来。

我问那五山："五爷，除了你们三人外，没有带其他人进来吧？"

那五山盯着我，反问道："什么意思？你觉得是我的手下把吴强弄走的吗？"

我笑笑道："不是这个意思，五爷，别误会，我是想说，既然你们能跟踪进来，那不排除其他人也有这个本事。"我故意把"本事"这个词的语气说得重一些，是想看看那五山会做出怎样的反应。

果然，那五山冷笑了一声，阴鸷的表情立即出现在脸上，对我说道："金先生，你是在怀疑我是吗？"

这个时候，我也不怕他会对我怎么样，耸耸肩道："五爷，您老人家突然闯进来，这确实令人起疑啊，不过，也多亏你们的出现，才救了我们一命。但是，一码归一码，还是那个问题，既然五爷能跟踪我们进来，那不保证你的手下不会跟进来呀！"

那五山说道："我就带了两个人进来，至于其他人，他们还在洞口上面守着机器。你说会不会还有人跟进来，我认为没这个可能，除非他们不要命了。"

我刚想说话，旁边的马骝立即站出来说道："哎哎哎，我说斗爷啊，你怎么会怀疑五爷呢？要不是他老人家刚好闯进来救了我们一命，我们现在早就被那些魔藤吃光了皮肉，只剩下一堆骨头了。"

我说道："我不是怀疑五爷，我只是想了解清楚情况而已。大家想一下，吴强是将死之人，不可能突然自己起来跑了吧？"

关灵说道："会不会还有魔藤没被消灭，拖走了吴强？"

我说道："这的确有可能，但是大家看一下吴强躺的位置，如果是被魔藤拖走的话，肯定会留下拖动物体的痕迹，但是现在那里一点痕迹都没有留下。所以，他不可能是被魔藤拖走的。"

马骝说道："不是魔藤，那有可能是怪物啊，比如那些人面巨鼠。"

穆小婷立即对马骝说道："斗爷不是说了吗？现场没有拖动物体的痕迹，这么大一个人，想弄走也不是那么容易的，肯定会留下蛛丝马迹的。"

马骝挠挠脑袋，说道："不是这个，也不是那个，那到底是什么弄走了吴强？"

这时，我忽然看见秦仲义蹲在一旁，不知道在干什么。我们在这边讨论分析得很激烈，但是他似乎没有听见一样，并没有过来参与，只是低着头一直看着地上。

我连忙走过去问道："博士，是不是有什么发现？"

秦仲义指着地上的一个脚印说道："你看这个鞋印，很有可能是吴强留下的。"

我知道秦仲义说出这样的话来并非是信口开河，他一定是掌握了什么证据才说的，但还是忍不住问道："你怎么会觉得这是吴强留下的鞋印？"

秦仲义说道："可能你们没有留意到，这里的所有人，除了黄军和吴强两人的鞋子款式相同外，我们每个人穿的鞋都不同。而刚才我仔细研究过这个鞋印，只有黄军的鞋子符合，但黄军比吴强要矮小，鞋子的码数也相对要小，所以这个鞋印不会是他的。那就只剩下一种可能，这鞋印是吴强留下的。"

看见大家对自己说的话半信半疑，秦仲义继续说道："如果大家不相信，不妨过来留下鞋印，对比一下就知道了。"

大家听他这样说，只好过来留下鞋印，果然，除了黄军的鞋印相似外，其他人的鞋印都不符合。但黄军的鞋印明显要小多了，所以，秦仲义分析对了，这鞋印是吴强留下的。

那五山皱起眉头，问道："博士，就算这鞋印是吴强留下的，那也不能证明什么吧？"

我说道："能证明吴强是自己消失的。"

那五山摇摇头道："我还是不明白。"

马骝也跟着摇头道："我也不明白。"

关灵说道："马骝，五爷不明白还可以理解，你怎么会不明白呢？难道你忘记了吴强是怎么进来这里的？"

马骝一头雾水地说道："怎么进来的？被魔藤拖进来的呀，跟这个脚印有什么关系？"

这个时候，连穆小婷也看不下去了，对马骝说道："笨呀你，既然是被魔藤拖进来的，那就不可能留下脚印啊！"

马骝挠挠后脑勺，尴尬地笑道："我怎么没想明白这个呢……哎呀，我都说过了，动脑筋不是我马骝的强项，仅凭一个鞋印来做推理，得靠老秦这类老研究，啊不，老学究才行……"

黄军问道："秦博士，强子都那样了，怎么会自己起来跑了呢？"

秦仲义皱起眉头说道："这个问题我也想不明白。可能他中毒不深，只是处于昏迷状态而已，醒来后就自己跑了。"

我问道："这个现象在黎教授他们两个人身上出现过吗？"

秦仲义点点头道："他们被救回去之后，也是昏迷了一段时间才苏醒

178

过来的。要不是这样，他们也不用被囚禁隔离起来了。"

黄军说道："既然这样，那我们出去找找看，看能不能把他找回来！"

那五山对黄军说道："这么复杂的地方，去哪里找？再说了，找到了又能怎样？他已经中了魔藤的毒，就算找到了，也只能看着他痛苦地死去。"

黄军"哼"了一声道："那按你的意思，是没打算把强子找回来，任由他自生自灭了，是吗？"

看见黄军竟然当众质问自己，那五山立即板起脸来骂道："黄军，你这是什么态度啊？"

黄军又"哼"了一声，说道："什么态度？男人的态度！我就知道，你口口声声跟我们这帮人称兄道弟，口口声声说什么兄弟之情，一起寻宝发财……我呸！你以为我不知道，你一直都当我们是狗，你只是想利用我们帮你寻找宝藏而已。既然你不把我们当兄弟，不念兄弟之情，那我为什么要听你的话？"

那五山的脸色已经黑得像锅底一样，他指着黄军骂道："你这个不识好歹的东西，我那五山哪里亏待过你们？你竟敢当着众人的面说我不念兄弟情？要不是我照看着你们，你们早就被黑帮给打死了……"

可能是越说越气，那五山说着说着咳嗽了起来。身旁的大汉连忙拿出一瓶水来，拧开盖子，递给那五山。那五山接过水，一连喝了好几口，但可能因为喝得急，被水呛了一下，又不断咳嗽起来。

这时，黄军突然抽出手枪，指着那五山说道："从现在起，我不会再听命于你，我和强子是死是活，也不关你的事。"

那两个保镖一看黄军掏出枪来，连忙也举起枪对准黄军，往前走了一步，护住那五山。黄军对他们说道："你们两个要小心点，他能用到你们的时候，你们就是兄弟；用不到你们的时候，你们就是他的一条狗。"说着，他又看了一眼众人："你们几个也要小心点，这老家伙是个老狐狸，什么坏事都干得出来，别为了帮他找到宝藏而丢了性命。"说完，他往地上吐了口口水，然后一转身，飞快地冲了出去。

这一幕来得太突然了，我们几个也只能做观众，不敢上前插一句话，更加不敢上前做和事老。

直到黄军的身影完全消失后，马骝这才说道："这家伙是不是疯了？竟然说出这些大逆不道的话来，还亮出家伙想要威胁我们……哼，要是他走慢一点，你看我不把他打成马蜂窝……"

那五山喘匀气息后，对大家说道："各位，我刚才的话也没有说错吧？我们不是丢下吴强不管，只是要分个轻重，这么茫然地去找一个将死之人，浪费了时间不说，也连累了大家呀！再说了，要是吴强自己能站起来跑走的话，他怎么不跑进石门里面来找我们，反而跑了出去呢？关师傅、金先生，还有秦博士，你们说，我那五山的话有没有道理？"

看见那五山这个表情，我们只能点头说"有道理"，心想：要是在这个时候反对的话，还不被当做出气筒，被乱枪打死呀！

马骝说道："五爷的话总是很有道理，就是那个黄军自己倔，一根筋，非要去找他的兄弟。呵，脱离了大队，我看他能活多久……"

听马骝说出这样的话，我忍不住看了他一眼，心想：这家伙似乎从一开始就一直对那五山摆出一副毕恭毕敬、阿谀奉承的样子，看起来比那五山的手下还要忠心耿耿。起初我也觉得这只不过是马骝一贯的做法——见人说人话，见鬼说鬼话。但是现在看来，马骝跟那五山的关系，似乎并不像表面上那么简单。不过，马骝跟那五山根本就不认识，我想不明白他们之间到底存在什么关系。

似乎看见我在盯着他看，马骝立即扭过了头，不敢正视我。这样做更加说明了他有问题。但在目前的情况下，我也不好向他问个明白。

这时，关灵突然站出来说道："好了好了，大家别为这事耿耿于怀了，俗话说，事在人为，生死由天。我们还是想一下下一步该怎么走吧！"

秦仲义立即附和道："对对对，关师傅说得有道理，事在人为，生死由天，我们还是为自己打算一下吧！"

那五山咳嗽了一声，突然扭过头来，面无表情地盯着我问道："下一步该怎么走，这个就要问我们的斗爷了。"

第三十一章　黄金墓室

　　我一直在观察马骝的表情变化，心里还在猜测这家伙到底对我隐瞒了什么，却没想到那五山会突然对我说话，连忙说道："啊？什么怎么办？"

　　那五山直白地说道："你不是说墓道里会有暗门吗？怎么才能找到暗门？"

　　我知道这个时候不能激怒他，只能顺着他的意思说道："哦，五爷，您说这个呀……暗门，没错，暗门有可能就在墓道里，但是要想找到的话，肯定要费点功夫。你们看，妖族人设置了这样一道机关门在这里，但打开之后，里面只是出现了一条兜圈的墓道，什么都没有，这很显然是不可能的。所以，我们要想找到暗门，就一定要找出妖族人的想法，这当中肯定会有一定的规律可循。"

　　关灵也赞同道："没错，古时候的设计者都有一套自己的规律，只要找到了其中的规律，就能找到墓道里的暗门。"

　　马骝叫道："那还等什么？赶紧找呀，说到找东西，斗爷和关师傅的厉害就不用说了，他们敢说第二，没人敢说第一，上到寻龙探宝，下到寻物治病，真的是……"

　　没等马骝说完，我立即打断他道："你再乱说，信不信我把你的舌头

181

拔出来，打成结再塞进去？"

马骝对我笑笑，急忙做了个封口的姿势。

大家收拾了一下心情，再次走进墓道里。就在探照灯的光亮刚好照在前面的墓壁上时，我好像想到了什么，急忙停了下来，然后又走了出去。大家都对我这个举动感到奇怪，但是他们也知道我可能发现了什么，所以谁也没出声过问。

我退出去后，正对着墓道走了进来。走到刚才停住脚步的位置时，我再次停了下来，双眼紧盯着尽头处的墓壁，然后一拍手掌叫道："终于被我发现了！"

关灵细声问道："是不是找到暗门了？"

我点点头道："没错，暗门的位置应该就在那里。"说着，我用探照灯对准尽头处的墓壁扫了扫。

马骝走过去，敲了敲墓壁，说道："斗爷，你开玩笑吧？这怎么可能会是暗门的位置？这是实打实的石壁呀！"

我站在原地，用探照灯沿着墓壁上那些岩石与岩石相接的缝隙画了起来，一边画一边说道："你们仔细看，这里的缝隙是不是与其他的缝隙有点不同？"

关灵走过去，仔细看了一下后说道："我明白了，这里的缝隙比较干燥，而其他的缝隙比较潮湿。出现这样的情况，应该与墓壁后面的东西有关系。"

穆小婷惊讶道："这么说，跟邙山诡陵里那个真假墓一样？是因为墓壁后面有个洞，所以才导致这样的情况出现？"

关灵说道："情况大同小异，缝隙之所以干燥，是因为背后隔了东西，不过这里的背后不是洞，而是一道暗门。因为如果是洞的话，差异就很大了。"

我说道："灵儿说得没错，这墓壁背后应该是有一道石门。要不是再次走进墓道，我也发现不了这个微小的现象。刚才我退出去又走进来，就是想看看是不是光线造成的，结果发现不是，所以才敢肯定那里有暗门。"

马骝说道："既然这样，那就动手吧，把这些岩石拆下来就知道真相了。"

我点点头道："来吧，沿着那些缝隙把岩石挖开。"

于是，我和马骝各自拿出匕首，然后沿着最中间那块岩石的缝隙挖了起来。这些大小相同的黑色岩石看似很牢固，但是用匕首沿着缝隙一点点挖进去，很快就把那块岩石给撬松了，再花点力气，整块岩石就完完整整地被我们给挖了出来。

马骝迫不及待地用探照灯往里一照，顿时兴奋起来，叫道："里面真的藏有一道石门！"

大家连忙把头凑过来，发现里面确实有一道石门，它与岩石的距离只有两指左右宽，可以很清晰地看见石门上刻有一些古怪的符号。

那五山眉开眼笑，摇摇头叫道："真想不到呀，这里竟然会藏着一道暗门。"

秦仲义也兴奋地说道："是呀，就这样藏着，任谁走过都不可能发现呀！"

穆小婷说道："别说走过了，就算拿放大镜过去细看，不懂的话也看不出个所以然来，更别说知道里面藏有暗门了。斗爷，你真的太厉害、太神了！"说着，她对我竖起了大拇指。

我摆摆手道："其实这个也多亏我们的关师傅，要不是她猜测这墓道里可能存在暗门暗道，我也不会有这个发现。所以，功劳还是关师傅的。"

关灵对我笑了笑，说道："这功劳我就不跟你抢了，还是赶紧把其他岩石弄下来吧！"

马骝像接到命令般立正道："是的，关师傅。"

然后，大家都拿出匕首，沿着那些岩石的缝隙挖了起来。俗话说，人多力量大，不用半个小时，大家就把那一整面岩石全部撬了下来。出现在大家眼前的，是一道三米多高、一米多宽的石门。这跟外面那道石门很不同，不仅没有那么高大，它还是单幅的，而且上面刻有不少稀奇古怪的符号。

秦仲义一边抚摩着石门上的符号，一边喃喃自语起来："石门是找到了，但是如何打开它呢？"

那五山说道："外面那道石门如此难破，都被金先生破解了，这区区一道暗门，怎么可能难得住我们的斗爷呢？是吧，斗爷？"

我连忙说道："五爷真的是高看我了，在您面前，我哪敢称爷啊，这些都是误打误撞、阴差阳错弄出来的结果而已。"

那五山笑道："要不是亲眼见证你的厉害，任凭别人怎么说，我都不会相信你有这本事。但眼前这些都是在我眼皮子底下发生的，所以你就别跟我谦虚了。我的目的你也知道，就是为了寻找那宝藏，所以我就把希望寄托在你身上了。当然，还有关师傅。"说着，他对关灵笑了笑。

那五山说得如此直白，好像觉得我一定会听话地帮他找到宝藏一样，但以目前的形势来看，我也不能说半个"不"字，只好暂时应承他道："我尽力吧，但能不能找到宝藏，我也打不了包票。"

那五山点点头道："那当然，这个是绝对不能勉强的。"

马骝说道："放心吧五爷，斗爷肯定会找到宝藏的。"

我没理他们，对着石门假装仔细看了起来。其实在一开始发现这道石门的时候，我就知道机关设置在哪里，就在石门的顶部，那里有一个巴掌大的圆洞。用探照灯照上去，可以看见圆洞里面的机关。

关灵也发现了，对我说道："斗爷，你看那个圆洞是不是机关？"

我点点头道："应该是。"

穆小婷问道："这石门的机关就那么明显吗？"

我说道："设计机关的人心里也明白，能打开外面那道石门，又能找到暗门的，再难的机关也设防不了。所以，这道暗门的机关不是关键，这也是许多古人设计机关的规律。"

秦仲义问道："既然知道了机关的所在，那如何破解呢？"

我指着那个圆洞说道："里面有一个东西叫做'机关顶'，只要撞击一下那个东西，石门就可以开启了，而且像这种单幅的石门，应该是上升上去的。"

秦仲义露出半信半疑的神情，看着那个圆洞说道："真的那么容易吗？"

这时，马骝已经拿出了工兵铲，嚷道："让开让开，撞它一下就知道行不行了。"说着，他用工兵铲往圆洞里面一撞，只听见"轰"的一声巨响，石门果然动了起来，而且正如我说的那样，慢慢往上升去。

众人为之惊喜，秦仲义更是对我佩服得五体投地，连连称赞道："斗爷真是厉害啊，我终于见识到什么是高人了，真想给你写个'服'字……"

马骝叫道："老秦，我没说谎吧？没有什么机关是我们斗爷破解不了的，没有什么宝藏是我们斗爷找不到的，他那脑袋，真的是用对地方了，哈哈。"

那五山也称赞道："斗爷不愧是斗爷，我果然没找错人，有你和关师傅联手，别说区区一道石门，就是找到宝藏也只是时间问题。"

我对他笑了笑，没做回应。虽然那五山这人话不多，表面也和和气气、笑脸迎人，但是我知道这种人城府极深，而且做事一定会不择手段，不易对付。如果真的找不到宝藏，那他也肯定会认为我是故意的，到时候不知道会使出什么坏招来对付我。还有，想要沿原路回到地面，也必须有他在身边发号施令才行。在这样的情形下，与其被迫，倒不如主动进攻，帮他找到宝藏，然后再想办法脱身。

这时，石门已经缓缓上升到一半的位置，大家的心情也跟着紧张起来。终于，石门停住了，门后面露出一条墓道来。但这条墓道跟外面的不同，它通体金黄，在灯光的照射下发出金灿灿的光芒，分明是一条由黄金打造的墓道。

马骝激动得跳了起来，叫道："是黄金！是黄金！我们找到宝藏了！哈哈哈哈……我们终于找到宝藏了！"

那五山也露出一脸兴奋的表情，他想假装镇定，但是双手却不听话地微微颤抖起来，呢喃道："真是黄金……真是黄金……"

而在他身边的那两个保镖也瞪大了双眼，紧盯着黄金墓道，一副蠢蠢欲动的样子。要不是要听命于那五山，估计现在就想冲进去了。再看秦仲义和穆小婷，他们虽然也露出非常兴奋的表情，但是还算比较镇定。

趁他们看得入神时，我偷偷拉开关灵，悄悄对她说道："等下进去后要多加小心，在黄金面前，人性的贪婪很容易暴露出来，迫不得已就先下手为强。"

关灵点点头道："我明白。"

我又细声说道："还有，你要注意马骝，他好像有事瞒着我们。"

关灵看了一眼马骝，露出惊讶的神色，问道："他怎么了？"

我说道："我还没摸清楚，估计他和那五山他们混成一伙儿了。"

我刚说完，就听见马骝突然叫了一声："走，五爷，咱们进去看一下这个传说的妖族宝藏到底是什么样的。"说完，他也不顾其他人，拉着那五山就走了进去。

穆小婷叫道："马骝大哥，小心脚下有机关陷阱。"

马骝扭过头来笑道："小妹子，多谢你那么关心哥呀，但我估计这条黄金墓道不会有机关陷阱的，跟在斗爷身边久了，多少也学了点东西。"

秦仲义说道："不管怎样，还是小心为妙。"

穆小婷跟着说道："是呀，这墓道那么窄，等下要是有机关，想逃也逃不掉……"

两个人嘴上这样说，但双脚已经动起来了，紧跟在那两个保镖身后。

我心里明白，一旦破解了机关，打开了石门，找到了宝藏之后，接下来就没我什么事了。我和关灵对视了一眼，两人苦笑了一下，然后也跟着他们走了进去。

墓道不是很长，大约有十多米，四周都是金灿灿的黄金，地上铺砌的也都是金砖，走在这条墓道上都能感受到一种奢侈豪华。

等大家走到墓道尽头时，眼前出现的情景更是令人感到无比震惊，犹如幻境般。只见在一个几百平方米大的空间里，所看到的东西都是由黄金打造的，有黄金墙、黄金地砖、黄金陪葬品和黄金神像。那些神像分别排列在四周，一个个凶神恶煞，栩栩如生，令人敬畏。

而在墓室中间，有八根黄金柱呈八卦之象分布排列，并与头顶的山体相连接。在八卦之象内，有一副非常大的黄金棺椁，有四米多长，两米左右宽，上面雕饰有火焰纹和螺旋纹，还有许多古怪的图案和符号。相比以往那些雕龙刻凤的图案，这些奇怪的图案和符号更加令人感到神秘莫测。

这样的黄金棺椁能显示出墓主人尊贵和崇高的地位，真的有可能如穆小婷所说，这会是妖族人首领的墓葬。

看着眼前这一切，我的脑袋像被电了一下一样，传来一阵剧痛。在那个不明螺旋物里面，我和关灵所看到的情景竟然跟眼前的一模一样！看来关灵说对了，那个螺旋物真的有预测未来的功能，这简直太天方夜谭了。如果真是这样，那接下来恐怕就要出人命了……

第三十二章　机关陷阱

我和关灵对视了一眼，从她的表情来看，应该也是想起了在不明螺旋物里面看到的情景。她刚想说些什么，我立即对她使了个眼色，摇了摇头，示意她先别把这事说出来。

这个时候，他们也完全不顾什么机关陷阱了，在马骝的带领下，一个个走进墓室里，这里摸摸，那里碰碰，嘴里不断发出"啧啧"的赞叹声。就连一向非常有原则性的穆小婷似乎也抵挡不了黄金的诱惑，跟在秦仲义身后做起了"研究"。

关灵对我说道："怎么样，去看看吗？"

我说道："当然要去，怎么也不能亏待了自己。"

刚说完，穆小婷突然转过身来对关灵叫道："灵姐，你过来看这个东西，挺有趣的。"

关灵应了声，对我笑笑，然后走去穆小婷那边。看着他们像逛集市一样，一个个有说有笑，既兴奋又激动，我忍不住叹了口气，看来古人说得没错——乐极生悲。估计用不了多久，就会有人笑不出来了。

我走到一排神像那里，用手摸了一下，黄金的触感顿时令人兴奋起来。妖族人会妖术，也懂炼金之术，所以这神像不会只是镀了金身那么简单，应该是全金的。这么一尊神像，要是换成钱的话，真不知道要值多少钱。何况这里全部都是金的，随便拿一点回去都可以一夜暴富，要是能拥有这里所有的黄金，那真是不可想象……

胡思乱想之际，马骝突然走到我身边，附在我耳边悄声说道："斗爷，怎么样？"

我问道："什么怎么样？"

马骝说道："这么多黄金，随便弄点回去，也够咱们这辈子衣食无忧了。"

我冷笑了一下，说道："那你有问过你的小妹子吗？"

马骝看了一眼穆小婷，然后说道："干吗要问她？你没看见她也对这些黄金着迷了吗？"

我说道："有她在这里，估计谁也拿不走一两黄金。"

马骝叹了口气，说道："早知道就不带她来了……"

我说道："没有她，你也来不了吧？要不是她突然请我们去帮忙，我们能进来这里，发现这个妖族宝藏吗？"

马骝尴尬地笑道："那也是，那也是……不过，我们千辛万苦地来到这里，这么看两眼就完了吗？要是这样，我不甘心啊……"

我看了他一眼，说道："那又怎样？有本事你就试着拿呗，反正我可以当做没看见。要是被小妹子发现了，你说她会怎么看你？面对爱情和金钱，考验你的时候到了。"说着，我对他露出一丝幸灾乐祸的笑容。

马骝挠挠脑袋，嘴里发出"啧啧"的声音，十分焦急，但是又束手无策，最后只能小声说道："不管那么多了，我偷偷拿了她也不知道，要是被我追到手，这些东西还不是用在她身上……要是我们不拿，岂不是便宜了那帮孙子？"

我耸耸肩，说道："那你就试试看喽！"

马骝看了一眼穆小婷那边，发现她正在和关灵讨论着手上的一件黄金饰品，完全没有注意到这边。是时候了！马骝暗想，并随手拿起一个黄金小盘子往裤兜里塞去。就在这个时候，穆小婷的声音突然在背后响了起来："喂！你们想干什么？"

马骝吓了一跳，条件反射般转过身来，举起双手叫道："没干什么呀……"

穆小婷瞥了马骝一眼，说道："我不是说你，我是说他们两个。"说着，她指着那五山的两个保镖。

马骝立即松了口气，看了我一眼，又瞧了瞧自己的口袋，原来那个黄金小盘子已经被他放了进去。

我没理马骝，问穆小婷："小婷，发生什么事了？"

穆小婷指着那两个保镖说道："他们偷偷拿了那些黄金。"

长得像东南亚人的那个保镖捂住自己的口袋，摇摇头说道："我不知道你在说什么……"他说话的语调并不纯正，果然是东南亚人。

我知道穆小婷的性格，要是由着她来，说不定会激怒眼前这两个人，便抢先问道："她说你们拿了这里的黄金，是吗？"

东南亚人摇了摇头，旁边那个大块头也没有出声，只是一直在瞪着穆小婷，似乎在怪她多管闲事。但从他们的表情来看，他们肯定是偷偷拿了黄金。

我说道："这些东西都是属于国家的，属于我们中国的，任何个人和组织都不能擅自拿走，希望你们自重一下。"

穆小婷也说道："没错，这里所有的东西都是属于国家的，不能擅自拿走。"

两个保镖对视了一眼，然后一起看向那五山。那五山立即板起面孔来，对他们喝道："都听见了吧？赶紧拿出来。"

东南亚人可能想不到那五山也会这样说，愣了愣，然后悻悻地从身上拿出几块黄金，放回原处。那个大块头见状，"哼"了一声，从口袋里把黄金拿出来，但他没有好好放回去，而是朝旁边的一堆陪葬品那里扔了过去，发出"叮叮当当"的金属碰撞声，似乎对这事非常不满。

那五山对大家说道："各位，是我那五山管教无方，真的不好意思。"

我说道："没事，这么多黄金摆在眼前，谁都会动这个心呀，但是有些东西碰不得就是碰不得，纠正过来就好，就当是一场误会。"

那五山点点头，然后对那两个保镖说道："你们都听见了吗？别再乱动这里的东西。"

两个保镖乖乖地低下头，说了声："是。"

看见他们这样，我不禁在心里打了个问号，他们不会是在做戏吧？但从那两个保镖的表情来看，他们似乎不是在演戏。不过，之前那五山也说过，要是找到宝藏，会一人一份，绝不食言。很明显，他是想得到宝藏的，但是现在怎么会突然变成好人了呢？

这时，从黄金棺椁那边突然传来了秦仲义的叫声："喂喂喂，你们别在那里吵了，赶紧过来，我好像碰到了什么东西……"听他的语气，似乎遇到了麻烦。

大家听他这么一喊，连忙围了过去。只见秦仲义一只脚站在八卦黄金柱外面，另一只脚已经踏了进去，整个人如同木头人一样，一动不动。

穆小婷问道："博士，这是怎么了？"

我看到秦仲义那个姿势，立马知道不对劲了，连忙问道："什么情况？是不是踩中了什么机关？"

秦仲义紧张地说道："我也不知道踩中了什么，刚踏脚上去，就感觉底下一沉，好像、好像踩中了什么似的……我不敢挪开脚，所以叫你们过来帮忙看看。"

关灵蹲下身子看了看后，说道："没错，是踩中机关了，秦博士，您千万别松脚啊！"

我说道："幸好你没松脚，要不然就惨了。"

秦仲义哆嗦着叫道："斗爷，你别吓我啊……这、这怎么办呀……"

我蹲下身子，仔细检查秦仲义踏中的那个地方。那是一块黄金地砖，四四方方的，有五十厘米左右宽，而秦仲义的脚刚好踩在中间的位置，导致地砖微微往下沉落了一点。我暗暗吃惊，这要是再稍微用点力，估计就触发到机关了。

马骝也蹲下身子看了看，然后起身对秦仲义笑道："哈哈，老秦，想不到你和我马骝一样，踩中地雷了。"

秦仲义急得额头上都冒出了冷汗，说道："马骝老弟，你就别笑话我了，赶紧想办法帮我脱险啊！"

马骝说道："老秦，我不是笑话你，这种踩地雷的感觉别人可能不知道，但我马骝是过来人，明白你现在的心情。想当初我也是这样，但现在还不是好好的吗？"

秦仲义问道："那、那你是怎么过来的？"

马骝指了指我说道："有斗爷在，你就放心吧！"

穆小婷对我说道："斗爷，你一定要把秦博士解救出来啊！"

我点点头道："放心吧，一定会没事的。幸好他没踩下去，要是踩下去，或者突然松脚离开，那估计神仙也救不了他了。"

那五山在旁边问道："那现在该怎么处理？这又是什么机关？"

关灵说道："这应该是暗器机关，只要再往下踩，触发了机关，暗器就会不知道从哪里射出来，情况会跟在外面马骝触发那个石柱子机关一样。想要解除，就必须要想办法拿东西挡住那些暗器。"

那五山听关灵说完，连忙往四处看了看，似乎害怕那些暗器会朝他射来一样。

这时，关灵又对大家说道："你们几个别围着了，把背包都留下，然后找地方躲起来吧！"马骝和穆小婷立即把背包放下，两个保镖看了看那五山，那五山点点头示意了一下，然后他们也把背包放在地上。关灵把他们的背包放在秦仲义旁边的空地上，接着把背包竖起来，围成一个圈，然后对秦仲义说道："秦博士，你背的背包可以挡住后背，但是挡不了前面，等下我一叫你跳，你就跳到这背包圈里，然后用背包挡住前面的身体和头部，知道吗？"

秦仲义点点头道："好……但是这样行不行啊？"

关灵说道："很难说，但这是救你的唯一方法。"

我对关灵说道："灵儿，你也跟他们一起找地方躲躲吧，这里就让我来处理。"

关灵说道："你一个人行吗？"

我笑道："当然行，我又不是没弄过这个，经验丰富得很呢！别担心，我一定会救出秦博士的。"

关灵说道："可是……"她没再说下去，对我点点头。

我心里明白，关灵只不过是担心我的安危，但多一个人在边上，就多一分危险。"那你要小心点。"说完，她把她自己的背包扔给我，然后带着其他人跑到那一排黄金神像的后面躲了起来。

等所有人都躲藏好后，我抱起关灵的背包，然后对秦仲义说道："秦博士，听好了，我数一二三，跳，你就往背包圈里跳过去，明白了吗？"

秦仲义已经紧张得满脸是汗了，点点头道："明白，但是……但是你在这里，万一我跳开了，你也会有危险的……"

我说道："我也不知道那些暗器会射向哪里，但是必须留个人在这里，要不很难保证你的安全。"

秦仲义看着我，似乎从我的眼神里看出了我的做法，刚想说些什么，我连忙扬起手制止他道："博士，别耽误时间了，到时候脚麻了就不好办了。"

秦仲义呼出一口气，看了一眼背包那边，然后对我点了点头。

我开始数数："一……二……三——跳！"

第三十三章　飞针暗器

　　一听到"跳"字，秦仲义立即松开脚朝背包圈跳了过去，与此同时，我也往他身上扑了过去，用自己的身体护住他的安全。

　　说时迟那时快，只听见"嗖嗖嗖"的一连串声音响起，然后又响起一阵"叮叮叮"的声音，好像有许多东西打在地上的黄金砖上，发出了撞击声。我也不知道那些暗器是从哪里射出来的，但感觉好像有很多，它们不断地落在我的身边和背包上。突然，左边的小腿处传来一阵剧痛，好像被针刺中了一样，但在这个时候，我也顾不了那么多了，赶紧用背包护住身体和脑袋，同时也护住身下的秦仲义。

　　很快，那些声音停止了，我立即爬起身来看了看，这一看不要紧，顿时把我吓得倒吸了一口凉气。只见周围的地上撒满了像针一样的东西，而背包上也密密麻麻地插满了针形暗器，看起来就像武侠小说里面的飞针暗器。要不是有背包挡住，估计我和秦仲义都被射成刺猬了。

　　等秦仲义爬起来看见周围的情况后，立即吓得张大了嘴巴，双脚一哆嗦，一屁股坐回了地上，好久也说不出话来。

　　这个时候，关灵和马骝他们跑了过来，当看见满地的飞针暗器后，一个个都大惊失色。关灵看见我小腿上插的几根飞针，立即扑过来问道："斗爷，没事吧？有没有伤到其他地方？"

我摇摇头道："没事，就腿上被刺中了而已，不碍事。"

关灵皱起眉头，说道："什么不碍事，要是这些飞针有毒就糟糕了……"

马骝也关切地说道："斗爷，这事可不能开玩笑，你要是感觉不舒服，一定要说出来。"

我说道："真的没什么大碍，只是感觉痛而已，应该不会有毒。"

关灵用匕首小心翼翼地割开我小腿的裤子，然后检查了一下那些飞针，突然一脸惊恐地叫道："糟了，这飞针真的有毒！"

我吃了一惊，急忙往小腿处看去，只见小腿处有三根飞针插在上面，也不知道插进去了多深，只能看见鲜红的血流满了整条小腿。再看伤口处，那里已经开始慢慢变成了紫黑色。这种情况一看就知道，这些飞针暗器确实有毒。但除了刺痛之外，我并没有感到麻木，或者有其他不适。

这个时候，关灵已经从背包里拿出一些药和纱布，然后对我说道："忍着点，我要把这些飞针拔掉。"

我点点头，说道："好，你动手吧！"

关灵一只手按住我的腿，一只手抓住其中一根飞针，然后用力把飞针拔了出来。我穿的探险裤的面料是非常有韧性的，就连最锋利的石头也割不穿，但现在这飞针竟然射穿了裤子，而且插进皮肉有一节手指左右长，可想而知它的杀伤力有多大。

拔完三根飞针后，我痛得几乎咬碎了牙齿，但还是死死忍住没有叫出声来。冲洗了伤口，敷好药后，关灵和马骝便把我扶到一边坐下。

"斗爷，真是谢谢你的救命之恩呀！"秦仲义恢复了些许镇定，但还是心有余悸地对我说道："连累你受伤，真的不好意思。大恩不言谢，你对我的救命之恩，我永记于心。"

看他的言行举止，就差向我下跪了，我连忙摆摆手说道："没事没事，什么救命之恩，只是帮忙解决困难而已，用不着永记于心。我这点伤也算不了什么，不碍事。只是我想不到这里竟然会存在飞针暗器，看来这个机关不容小觑啊！"

那五山也走过来说道："秦博士，要是没有金先生，估计今天就难逃一劫了。"

马骝说道："幸好我碰到的那个机关不是飞针，要不然就变成箭猪了。"

我忍不住揶揄道："什么箭猪，分明是箭猴。你马骝怎么看也不像猪呀！"

马骝笑道："看你说的，那现在飞针插在你腿上，那叫什么？飞毛腿吗？"

我刚想说话，关灵就把一根飞针递给我，说道："斗爷，你看看这些飞针，很奇怪。"

我接过飞针，问道："怎么奇怪了？"

关灵说道："我看不出是什么金属。"

我皱了一下眉，举起飞针仔细看了看，果然，这飞针既非铁，又非铜，也不是合金，更加不是金银。它通体黑色，跟岩石的颜色很像，但绝非是石料制作的飞针。我试着掰了掰，没想到这飞针的韧性非常好，竟然掰成一个圈都还没断。

几个人轮流看过这飞针，都看不出是什么质地的。穆小婷是做考古工作的，对于古代金属也比较懂，但她也表示看不明白。最后，秦仲义对我说道："斗爷，我想把这飞针带回去，找相关人士研究一下，这可能会是一个新的金属元素。"

我点点头道："可以，要是发现了新元素，也不枉我插上几针了。"

马骝笑道："斗爷，要是新元素，那可是要以你的名字来命名呀！要不我现在给它们起个名字，叫北斗飞针？哈哈哈哈……"说完，他自顾自大笑起来。

这时，我看见那五山突然一个人走到八卦黄金柱外，便对他叫道："五爷，你想干吗？"

那五山回应道："没事，我就想看看那些飞针是从哪里飞出来的。"

我对他说道："你往那些黄金柱上面看，是不是有好几排很小的圆孔？"

那五山用探照灯照了照后说道："没错，有五排小圆孔。"

我说道："飞针就是从那里射出来的，而且范围很广。"

这个情况在我爬起身来的时候就发现了，那黄金柱上的五排小圆孔，方位刚好对着秦仲义踩中机关的位置，而且角度很广。那八条黄金柱应该都是一个模样，不管从哪一个方位靠近棺椁，都会触发机关，被飞针射杀。

果然，那五山巡了一圈后，一脸失落地说道："这八条黄金柱都一样，上面都有五排小孔，看来，想靠近棺椁是不可能了。"

我忍着腿上的伤痛，走过去看了看，心里也暗暗为这个机关感到震惊。这个由八条黄金柱组成的八卦阵，表面上看什么都没有，地面也非常平整，但是只要踏进阵内，肯定会踩中地上的机关。因为每条黄金柱到棺椁的距离都是五米左右，而这五米之间，每一个方位都分布了五列地砖。这些地砖大小不同，都是四四方方的，最外面的那块尺寸都是在五十厘米左右宽。而且越靠近棺椁，地砖的面积越小，也不知道哪块地砖有机关，哪块没机关。

那五山问我："有办法破解这个机关吗？"

我摇了摇头道："还没想到办法，虽然这机关看起来不复杂，但是要想破解，也并不是一时三刻的事。"

马骝说道："妖族人在这里设下机关，看来他们在棺材里放了比黄金还值钱的东西啊！可惜了，我们只能看不能碰。"

穆小婷说道："既然有这么厉害的机关，那我们还是别碰了，到时候等专业的考古人士下来做研究吧！"

马骝说道："小妹子，说到破解机关，你认为你们那些专业的考古人士能比得上我们斗爷吗？再说了，要是他们自己下来捣鼓这个机关，说不定会闹出人命来呢！"

穆小婷似乎觉得马骝的话有道理，抿着嘴没有反驳。

关灵说道："小婷，马骝的话不是没有道理，你外公他们就是一个例子，他们在考古方面很专业，但在探险方面应该没有多少经验。虽然五爷的弟弟是个探险家，但一个人的力量也很有限，所以，当碰上了机关或者怪物时，也就不能全身而退。我敢说，如果不是事先有人来过这里，估计再来几批考古队也很难活着回去。"

穆小婷点点头道："嗯，灵姐你说得有道理。所以，我请你们来帮忙寻找真相，真是请对人了。"说完，她咧嘴笑了起来。

马骝说道："根本谈不上没命回去，估计他们连门口都找不到呢！"

秦仲义说道："那现在怎么办？斗爷的腿受了伤，也不知道毒素厉不厉害，要不就到此为止，打道回府吧！"

一提起飞针毒，关灵立即问我："是啊，斗爷，你现在感觉怎么样？"

我看了一下伤口，说道："伤口周围都变成黑紫色了，但是我只感觉到有点痛、有点肿，并无其他不适。"

关灵皱起眉头道："这不可能呀，按理说中了毒，会出现麻痹、灼热或者瘙痒的症状，怎么会没有不适呢？"

我耸耸肩道："我真的一点也感觉不到你刚才说的那些症状。我也觉得奇怪，看那伤口的颜色，我现在应该动不了了吧？但你看我还能跑能跳。"说着，我在原地跳了两下，又围着八卦黄金柱跑了一圈。

穆小婷对我说道："斗爷，你会寻龙探宝之术，难道也会百毒不侵之术？"

我笑道："你别笑我了，我哪里会这么多法术，你以为我是关师傅呀，她懂的法术比较多。我想，可能是她给我敷的药有效果，所以我才能百毒不侵吧！"

关灵摇摇头道："应该不是，虽然我给你敷的药能抵抗大多数的毒，但是像这样的情况，估计不是药的作用。"

穆小婷问道："那不是药，会是什么呢？莫非斗爷自身有抗体？"

马骝一听穆小婷这样说，立即想起了什么，叫道："我知道了，是血太岁！一定是因为斗爷吃过血太岁，所以百毒不侵。没错了，一定是这样，千年鬼虫的毒液都伤不了斗爷，这区区几根飞针的毒，根本不在话下。"

我说道："你说得倒是轻松，要不我插你两针试试？你也吃过血太岁，应该也是百毒不侵的吧？"我说是这样说，但心里也认同马骝的说法。

马骝连连摆手道："别搞我，你受了伤有关灵照顾，我受了伤可没人照顾。"

我笑道："你这家伙，当小妹子是透明的吗？你受了伤，她一定会照顾你的，是吧？小婷。"

穆小婷想不到我会突然说到她，顿时脸红起来，她看了一眼马骝，然后快速地低下头，扭扭捏捏地说道："这个……谁受了伤，我都会照顾的……"

　　我继续打趣道："那怎么行，你要是照顾我的话，你的灵姐肯定会吃醋的，你还是只照顾马骝一人就行了。"

　　关灵一听，立即佯怒道："金北斗，我看你是皮痒欠揍了，小婷，过去给我抽他两个嘴巴子，一个算我的，看他还贫不贫。"

　　我假装害怕道："好了好了，我投降，马骝兄弟啊，我只能帮你到这里了。很多事情要努力去争取，但是能不能成功要看天意。"

　　马骝也被我说得有点不好意思，急忙换了个话题道："哎，我们都是干大事的人，儿女私情就放一边去吧。话说，老秦问你的话，你还没回答人家呢！"

　　我对秦仲义笑道："真不好意思，这嘴一贫起来，就忘记你们的存在了。"

　　秦仲义笑笑道："没事，年轻就是好呀！"

　　我问道："对了，您刚才问我什么来着？"

　　秦仲义说道："现在这种情况，下一步要怎么走？"

　　我看着八卦黄金柱里面的棺椁，慢慢说道："都走到这一步了，也只能身先士卒，想办法把机关破了，估计大家也想揭开妖族人的神秘面纱见识一下吧？我们这样做，也算是为考古界做点贡献了。"

第三十四章　开棺

听见我说要破解机关，那五山整个人立即精神起来，对我说道："金先生真是为人着想，要不是有你，我敢说再过个一百几十年，都不会有人有本事能到达这里，去揭开妖族人神秘的面纱。"

秦仲义也夸赞道："是啊，斗爷的本事真的非常人所能，多少人都是在洞窟底下转悠，连入口都找不到。而我们在斗爷的带领下，毫发无损地进入地宫，找到黄金墓室，这要是说出去，别人一定认为是天方夜谭。"

马骝捂着嘴笑了笑，然后揶揄道："你们就别夸他了，虽然斗爷的名字叫北斗，但不叫七星，再多夸他两句的话，他可能只能分清东南西，找不到北了。"

我说道："你这只泼猴要是再啰唆两句，信不信我把你打得找不到北……"刚说到这里，我的脑海里突然闪过一道灵光，立即瞪大眼睛对马骝叫道："马骝，你刚才说我什么？"

马骝看见我这个表情，以为我生气了，急忙退后一步，笑嘻嘻地说道："斗爷，开个玩笑而已……你不会开不起玩笑吧？"

我一本正经地说道："开什么玩笑，把你刚才说的话再重复一遍，快！"

马骝也不知道我想干什么，只好老实地说道："我叫他们别再夸你，你的名字虽然叫北斗，但不是七星，再……"

我立即伸手打住道："停！"

这个时候，大家都一起盯着我，不知道我这样做是什么意思。不过，关灵很快就猜到了其中的某些用意，惊呼道："难道是，北斗七星？"

那五山问道："什么意思？"

关灵说道："我也不知道怎么解释，但应该是跟飞针机关有关。"

马骝问道："斗爷，不会我随便揶揄你的一句话能破解机关吧？"

我没应他，围着八卦黄金柱慢慢转起圈来，一边转，一边在心里默念着一句口诀："华盖七星，八卦之内，杠合九星，有形无迹。"

这句口诀来自《藏龙诀》的第三部分，也就是讲述破解藏宝秘诀的那部分。华盖七星，指的是华盖星，是天文中的星宫之一，属紫微垣，共十六星。而华盖七星就在这十六星中，形似伞状，在紫微斗数中，代表孤傲、孤寂、超然的命象。

而紫微垣，是指北天中央的位置，是五宫当中的中宫，所以又称紫微宫。它是古人对远古星辰的自然崇拜，是中国古代神话和天文学结合的产物，也是传说中天帝居住的地方，象征着至高无上。

在天文学中，有北斗七星之说，分别是贪狼星、巨门星、禄存星、文曲星、廉贞星、武曲星和破军星，这七个星宿被称为北斗七星。而在破军星和武曲星之间，还存在两颗星，分别是左辅星和右弼星，由七星配二星，共成九星。

这个机关置于八卦之内，而黄金棺椁处于华盖七星中间，整体像帐中杠肩，穿排如块，有形而无迹，这正好符合《藏龙诀》中的那句口诀："华盖七星，八卦之内，杠合九星，有形无迹。"只要按照这口诀说的，从八卦生门而进，走杠合九星之路，沿华盖七星而行，便能破解机关，到达黄金棺椁那里。

不过，口诀的准确性需要验证过才知道，万一口诀不是用在这里的，又或者走错一步，都有可能会触发机关，从而被飞针射杀而死。但无论如何，我还是相信自己的判断，也对那本《藏龙诀》的口诀有信心。

想到这里，我走到生门前，刚想踏进去，冷不丁被人抓住了手臂，接着听见秦仲义说道："等一下，斗爷，你这是要干什么？"

我对他说道："我想到了破解机关的方法，应该可以走去棺椁那里。"

秦仲义问道："什么破解方法？"

我说道："一时也难以解释清楚，只要走对了地上的金砖，就可以破解机关。"

秦仲义心有余悸地说道："可是万一走错了呢？"

我笑笑道："走错了就会被飞针射死，这次是想挡也挡不了，除非全身穿了刀枪不入的盔甲，否则必死无疑。"

秦仲义看着我的脸，神情严肃地说道："既然如此危险，那就不能让你去冒险了，让我来吧！"

我没想到他会这样说，一时间不知该做出怎样的反应。这时，马骝叫道："喂，老秦，你这是要干吗？抢功劳吗？你对这个机关又不熟悉，让你去岂不是害了你？"

关灵也说道："秦博士，你我都知道这机关的厉害，刚才你也被吓得不轻，我知道你是想报答斗爷的救命之恩，但请别意气用事，这可不是闹着玩的。"

秦仲义一脸认真地说道："我不是闹着玩的，我是认真的。我也并非急着报答斗爷的救命之恩，只是觉得斗爷作为一军之帅，不能亲自冒险。"

穆小婷说道："秦博士，还是听我们的吧，别添乱了。就算要过去，也轮到不你呀！还有马骝大哥和五爷的两个保镖呢，他们的手脚都比你灵活。"

马骝拍拍胸口叫道："小妹子说得有道理，老秦啊，这不是在论年资、论学识，而是在论体力、论功夫，就这两样，哪一样都轮不到老秦你啊！"

那五山也出言相劝道："秦博士，你就听我们一句劝，别逞强了。这机关除了金先生，你认为还有谁有这个本事破解？"

听他们你一句我一句地劝说秦仲义，我忍不住说道："我只是悟出了这机关的破解之法，其实让谁来走都行，也并不非得是我。"

秦仲义立即说道："听到没有？那就行了，斗爷，你把破解之法说出来，让我过去开棺吧！"

看着秦仲义那副认真而诚恳的表情，我突然有点不想拒绝他，便点点头道："行，就让你来吧。"做出这样的决定，一是我对自己悟出的破解之法有信心，二是佩服秦仲义有这个胆量和这份心。

众人见我竟然同意让秦仲义过去开棺，都露出担忧之色，关灵对我说道："斗爷，你别开这样的玩笑，会害了博士的。"

我笑笑道："放心，没事的。我对自己悟出来的破解之法很有信心，绝对保证博士的安全。"

秦仲义提高音量说道："既然斗爷都这样说了，那我就更加无所畏惧了。事不宜迟，你教我怎么走过去吧！"

大家看见这事已成定局，也只好无奈地接受了。

我指着前面的方向说道："这里是八卦中的生门方向，要从这里进去。还有，你仔细数一下，每个方位都有五列地砖，每一列地砖有十块，一共五十块。"

我一边说，一边从背包里拿出纸和笔来，根据口诀的方法画了一张简易的路线图，然后递给秦仲义，说道："这是路线图，你熟悉一下。"

秦仲义接过图纸，对着眼前的地砖比画了起来。

我对他说道："好了，你拿着图纸，一边看，一边听我的指令。第一步，先走最中间那一列的第一块地砖，记住，双脚要踩在同一块地砖上。你现在先走一步试试看。"

秦仲义点点头，走到正对生门的位置，然后慢慢伸出脚，似乎想起了刚才那恐怖的一幕，伸出去的脚又立即缩了回去。但很快，他调整了一下呼吸，咬了咬牙，然后再次伸出脚，慢慢踩在第一块地砖上，发现没什么异常情况发生后，另一只脚随即跟着踩了上去。

我点点头，在旁边像指挥者一样说道："没错，再往前面靠左的位置走一步，也就是左边那一列的第二块地砖。"

秦仲义跟着我的指令，小心翼翼地往第二块地砖踏了过去。这个时候，大家都为他捏了一把汗，生怕他一脚踩中机关，导致那些飞针射出来。我瞥了一眼，发现那五山早已悄悄躲在两个保镖后面，观看着这一切。

幸运的是，什么情况都没有发生，秦仲义的双脚稳稳地站在了第二块地砖上面。大家都松了口气，我也感到非常兴奋，这似乎证实了，我对《藏龙诀》里的那句口诀理解对了。

接下来，根据口诀的方法，秦仲义很快就走完了九星线路，终于到达了黄金棺椁边上。大家不约而同地欢呼起来。这短短几米的路线走得异常艰难，每一步都可以说是在生死边缘徘徊。

这个时候，可以看得出秦仲义的表情非常激动，甚至身体都有些发抖。他慢慢伸出手来，想摸一下那副黄金棺椁，但很快就缩回手，然后双手合十，用一副很虔诚的样子对着棺椁拜了拜。

我在心里对他的这个举动感到有点好笑，心想：都准备要打开人家的棺材了，这么虔诚地去拜又有什么用呢？但是笑归笑，我觉得他代替我走这条路线，其实除了对我的信任外，估计也早已将生命置之度外。我不知道是什么令他做出这样的举动，但是我知道，他并不是我一开始认为的那种奸诈小人，而是一个高尚的科学家。

想到这里，我对秦仲义叫道："博士，千万别乱动啊，保持稳定，要是不小心跌倒，就前功尽弃了。"

秦仲义看着眼前的棺椁，说道："好，我会小心的。"

我说道："这棺椁位于华盖七星中间，也就是说，以你现在这个为起点，围绕着棺椁的那一圈地砖应该都不会存在机关。所以，等下你走的时候，只要不超出来，都是安全的。"

秦仲义点点头，慢慢抬起脚，然后往棺椁的头部靠近过去。

就在这个时候，突然有两个黑影从外面冲了进来，大家都被这突如其来的一幕吓了一跳，以为是那些怪物，纷纷亮出了武器。等探照灯的光线照清楚进来的那两个黑影时，大家这才松了口气，同时也感到非常疑惑和震惊，因为冲进来的两个黑影不是别人，正是黄军和吴强两个人。只见他们满脸血迹，衣衫褴褛，背包也不见了，整个人看起来就像刚打完一场非常惨烈的硬仗一样。

黄军倒没什么，但那个吴强之前中了魔藤的毒，已经奄奄一息了，怎么会生龙活虎地冲进来呢？

两个人一进来，环顾了一下四周，然后好像找到了什么一样，对着黄金棺椁疯了一般冲过去。黄军一边冲一边叫道："不能开棺！不能开棺……"

我想上去拦住，但是已经迟了，黄军一脚踩中了机关，大家耳边立即传来一阵熟悉而又恐怖的声音，一排排飞针从八卦黄金柱上射出，像雨点一样打在黄军的头部、脸部和身体上，场面惨不忍睹。而跟在后面的吴强也没能幸免，同样被飞针射倒在地。

这突如其来的一幕让大家慌了手脚，大家都畏惧那些飞针，谁也不敢上前去施救。这个时候，我看见秦仲义站在棺椁旁边，像被吓傻了一样，浑身颤抖起来。又看了看地上倒下的黄军和吴强两个人，我的脑袋突然发出"轰"的一声闷响，眼前这一幕在不明螺旋物里出现过！

第三十五章　恶魔诅咒

这个时候，我感觉有无数画面冲击着脑海，眼前的景象就像旋转木马般转来转去，我想迈出步伐，但整个人都扑倒在地上。

关灵急忙跑过来扶住我，惊恐而又焦急地叫道："斗爷，你没事吧？"

大家看见我这样，都围了过来，询问发生了什么事。我晃了晃脑袋，定了定神，发现眼前的景象终于不再转了。而秦仲义依然非常专注地在研究那副棺椁，完全没被这边的情况影响到。

我做了个深呼吸，撑着地站起身来，忽然想起什么，急忙对马骝叫道："马骝，你没事吧？有没有受伤？"

马骝一脸愕然道："斗爷你还挺关心我的，一清醒过来就问我有没有受伤，我好好的呀，有事的那个不是我，是你呀！"

我又晃了晃脑袋，心想：在那个不明螺旋物里面，我和关灵看到马骝是受了伤的，怎么又不同了呢？但除了这一点不同外，黄军和吴强的死，还有秦仲义站在棺椁前的情景，都非常符合在螺旋物里看到的幻象。

不对，还有一点，在幻象中，那棺椁是开了一道口子的！想到这里，我看了一眼棺椁那边，对秦仲义喊道："博士，发现什么了？棺椁有没有打开？"

秦仲义回应道："什么都没有。"

我松了口气，看来是我多想了，也许只是巧合而已吧！这时，穆小婷给我递过来一壶水，问道："斗爷，现在还觉得有哪里不舒服吗？"

我喝了口水，摇了摇头道："没事，可能是被飞针的毒影响了……"

飞针的毒？

关灵急忙检查我的伤口，却突然惊叫起来："斗爷，你的伤什么时候好了？"

我低头一看，果然，之前伤口还黑得发紫的情况不见了，周围也消了肿，恢复了原来的肉色，只留下三个红点。这个发现令大家感到不可思议。

穆小婷一脸惊喜道："斗爷，你不仅百毒不侵，还有快速痊愈的功能哦，真是太好了！"

马骝叫道："不用说，肯定是血太岁的功效，要不然怎么会突然好了呢？"

那五山说道："太岁的确有让伤口愈合的作用，但是你们说的血太岁是什么？是新品种吗？"

我知道如果让马骝解释，肯定越说越麻烦，急忙抢在他的前边说道："这血太岁，只不过是太岁的其中一种，跟普通太岁没两样，只是颜色有点红而已，并非什么新品种。"

那五山半信半疑地点了点头，我也不想他再细问下去，便说道："我们去看看黄军和吴强吧！"

于是，大家走到他们身边，只见他们满身都是飞针，皮肤已经开始变成了紫黑色，口鼻流血，而且吴强流出来的还是绿色的血。看着这被飞针射得像刺猬般的两个人，大家的心都禁不住抽搐了一下。大家心里都清楚，被这么多的飞针射中，必死无疑。

突然，关灵好像发现了什么，指着黄军的胸口说道："你们看，他那里好像有个东西。"

马骝连忙抽出匕首，蹲下身子，用匕首把那东西挑了出来，原来是一本皮革记事本，款式很旧，看起来像七八十年代的产物。马骝捡起来随便翻了几页，然后递给我，摇摇头道："里面好像都是些乱七八糟的历史资料，我看着就头疼，还是斗爷你来看吧！"

我接过记事本，翻开第一页，发现上面刻有一个印章，印着一个人的名字，叫古祖名。我把这个名字念出来后，穆小婷立即叫道："我知道他是谁，他跟我外公都是考古专家，同时他也是一个非常出名的历史学家，在研究人类种族变化方面很有成就。而且，当年在'地下神宫'里消失的那几个人中就有他。"

马骠说道："这么说，这东西是他的遗物？那怎么会出现在黄军身上？"

关灵说道："有可能是黄军去了我们没去过的地方，然后在那里捡的吧。你看他们的样子，好像经历了一番很惨烈的打斗一样。"

马骠看了他们一眼，说道："这东西又不好吃，又不值钱，他干吗要带在身上呢？"

我说道："因为他看了里面的内容，要来阻止我们开棺。"

关灵问道："什么内容？"

我指着记事本上的其中一页，说道："这记事本里记载的资料，很多都是关于妖族的，除了妖族古墓、黄金棺椁外，还出现了这样一段文字，或者说一个传说……传说在妖族历史的演变中，曾经有一个首领无意中得到了炼金术的秘诀，便组织族人大肆开山挖矿，寻金炼金，为自己建造黄金墓室。但由于过度开发，引发了一场灭顶之灾，令妖族死伤惨重。妖族人开始意识到炼金术所带来的危害，都认为这个首领已经变成了恶魔，他所建造的黄金墓只是恶魔的行为。于是，妖族人联合起来杀死了这个首领，并把炼金术的秘诀藏于一个叫'玲珑锁'的东西里面，连同首领的尸体一起封印在黄金棺椁里，并用八卦黄金柱和飞针机关镇住。不仅这样，妖族人还留下了死亡诅咒，说只要有人破解机关、打开棺椁的话，死亡诅咒就会应验，恶魔也会跟着出现，进入墓室的所有人都会遭到灭顶之灾。"

马骠听完后忍不住嗤笑了一下，叫道："这也可信？什么诅咒，什么恶魔，太过荒诞了吧？"

穆小婷也怯怯地说道："这个也只是传说而已吧？不能当真吧？"

那五山的脸上闪过一丝吃惊的表情，但很快就恢复了平静，说道：

"我也觉得不可信。我只听说过妖族宝藏的传说，但从来没有听说过这个传说。"

关灵说道："能被记下来的，估计都有一定的可信度，如果只是一个无聊的传说的话，作为一个历史学家，应该不会这样浪费纸张的。"

这时，棺椁那边突然传来秦仲义的叫喊声："快走开！我好像踩中机关了……"

众人大吃一惊，连忙抱头鼠窜般散开。我站在原地没动，心里也被秦仲义的话吓了一跳，心想：难道口诀是错的？但如果是错的，为什么又能走到棺椁那里？

关灵急忙返回来，拉着我叫道："斗爷，先闪开再说。"

我说道："等一下！有点不对劲，如果踩中了机关，不可能那么久还没有飞针射出来。"

就在这个时候，只听见棺椁那里突然传来一声震动，好像有东西要从里面爬出来一样。秦仲义吓得双腿发软，急忙伸出手来扶着棺椁，支撑着身体不让自己倒下。

等他稍微镇定下来后，这才发现棺椁不知道什么时候已经开了一道口子，连同里面的几重棺椁都被打开，露出了一个金光灿灿的黄金面具。

秦仲义不禁激动起来，叫道："开棺了！开棺了！棺材自己打开了……"

我还没弄明白到底发生了什么，但是棺椁自己打开这事绝对不是一个好兆头，于是急忙对秦仲义叫道："博士，赶紧回来，有危险！"

关灵也喊道："博士，别靠近过去，小心有毒气！"

但秦仲义好像没听见一样，竟然像入了魔一般，想伸手去推开棺椁盖。

就在这个时候，棺椁盖突然自己飞了起来，掉落在一旁。紧接着，一个如枯枝般的大手从棺椁里伸了出来，一下子抓住了秦仲义，将他整个人拉进了棺椁里面。秦仲义似乎在棺椁里面挣扎了几下，但很快就没有了动静，整个墓室突然静得令人毛骨悚然。

这突如其来的一幕令在场的所有人都吃了一惊，仿佛在看科幻电影一样，是那么的不真实。但是，大家都目睹了这一幕，不可能是假的，秦仲义确实被一只从棺材里伸出来的大手抓了进去。

马骝紧张地叫道："难道恶魔的诅咒真的出现了？"

穆小婷着急地说道："不会是尸变了吧？怎么办？秦博士被它抓进去了……会不会已经……"

关灵叫道："大家冷静点，都死了上千年的人，怎么可能会复活过来？一定是有其他原因的。"

马骝叫道："怎么不会？你刚才没看见那只大手吗？还有那棺椁盖都自己飞起来了，肯定是那东西想要出来，斗爷，有没有带黑驴蹄子？赶紧拿出来对付它啊！"

我对马骝叫道："镇定一点，什么场面我们没见过？在这样的地方要是出现尸变，如果有僵尸的话，别说黑驴蹄子了，就算把整只黑驴拉来也不管用。"

马骝说道："那你说吧，现在怎么办？"

我说道："我先过去看看是什么情况吧！"

关灵一听我要过去，连忙说道："斗爷，这样太危险了，你只有匕首和火枪这两样武器，恐怕很难对付那东西。"

我点点头说道："这个我知道，但再危险也要去救人，况且不弄清楚情况，大家也不好过。要不请五爷的两个保镖过去看看？你们手里都有枪，应该不怕那东西吧？"

那两个保镖没想到我会这样说，顿时吓了一跳，看了看那五山，然后一起摇头道："不行，我们要保护五爷。"

我冷笑了一下，说道："早料到你们会这样说了，我也不勉强你们，还是我去救人吧！"

没想到那五山却说道："我在这里比较安全，你们去保护金先生吧！"

我摆摆手道："还是让他们留在这里保护五爷吧，要是尸变的话，估计有枪也没用。"

说完，我拿出火枪，慢慢往黄金棺椁那边靠近……

第三十六章　人形魔藤

　　刚踏进八卦黄金柱内，棺椁里面的那个东西好像知道我要来一样，突然从棺椁里面站了起来，透过探照灯的光亮，我清清楚楚地看见那东西的模样，那的确像一个"人"！

　　只见这个"人"有两米多高，戴着一副黄金面具，虽然看不清脸，但是可以看清它的身体，那是没有任何皮肉的躯干，甚至连骨头都没有。支撑它站起来的是一根根上面长有无数黑色疙瘩的条状物体，分明是魔藤！

　　我大吃一惊，想不到黄金棺椁里面竟然藏有魔藤，而且还长成了人形。这时，大家也看清楚了这个所谓恶魔的原形，都不约而同地惊叫了起来。那五山挥了挥手，两个保镖立即明白过来，举起机枪准备扫射。

　　就在这个时候，人形魔藤突然从棺椁里跳了出来，它的身后还拖着许多条魔藤。它一跳出来就立即对我伸手，速度非常之快，我只感觉眼前一花，胸口一紧，等反应过来时，已经被它抓了过去。

　　关灵急忙对那两个保镖喊道："别开枪，小心伤了斗爷。"

　　两个保镖连忙按住机枪，不敢扫射。我被人形魔藤抓住身体，举在半空中，然后往旁边一摔，顿时被摔得浑身疼痛。两个保镖一见我被摔开，立即举起机枪对着人形魔藤扫射起来。但人形魔藤快速一闪，竟然躲过了机枪的扫射，然后双手往前一伸，同时抓住了那两个保镖，就好像老鹰抓小鸡一样把他们举高朝旁边的神像摔了过去。

关灵他们四人急忙找地方躲开，我从地上爬起身来，对马骝叫道："马骝，你的火弹是吃素的吗？赶紧用火弹打它啊！"

马骝这才醒悟过来，从身上掏出弹弓和火弹，对着人形魔藤一连打了几个火弹过去。但是那个人形魔藤好像长有眼睛一样，竟然躲开了马骝的火弹。不过，火弹打在地上燃起了一团烟火，这也令人形魔藤有所畏惧。

我连忙打开手中的火枪，对关灵他们喊道："不管它变成什么模样，始终是魔藤，始终怕火的，大家赶紧打开火枪，别让它过来。"

关灵和穆小婷一听，立即拿出火枪打开，火枪的火焰不算大，但是也足够让人形魔藤畏惧三分，不敢对她俩伸出魔手。这下可就为难那五山了，他手里是有枪，但不是火枪，那人形魔藤似乎也发现了这个问题，立即对着那五山那边发起了攻击。

这时，那两个保镖已经从地上爬了起来，看见人形魔藤在攻击那五山，连忙举起机枪对着它打起来。人形魔藤左躲右闪，虽然被子弹打中，但是并没有因此而倒下。马骝也加入战斗，对着人形魔藤不断发送火弹，一时间，大家互相纠缠起来。

趁着这个时候，我急忙跑到人形魔藤的身后，用火枪去烧那些与它连在一起的魔藤。我知道，只有烧断这些，才能断了它的生命。但是连接的魔藤实在太多了，火枪只烧了几条，就渐渐没火了。

我扔掉火枪，心想：把秦仲义救出来是首要任务。于是我跑向棺椁那里，起初还怕踩中那些飞针机关，但是自从棺椁开启后，那些机关似乎失去了作用，再也没有飞针射出。

当我跑到棺椁那里的时候，一个人头突然从里面冒了出来，我开始以为还有一个人形魔藤，吓了一跳，但定睛一看才发现原来是秦仲义。他手里好像抓着什么东西，但是我也没时间细看，急忙把他从棺椁里拉出来，然后带着他跑到一尊黄金神像后面躲了起来。

这个时候，震耳欲聋的枪声继续响着，在墓室里形成回声，让人感到非常不舒服。再看那个人形魔藤已经被打得支离破碎了，但是没过多久，身后的魔藤立即源源不断地补上，很快又长成一个全新的人形。

我暗暗担忧，再这样打下去只怕是浪费子弹，而且看那两个保镖的情况，似乎快要打光机枪的子弹了，狼狈不堪。还有，震耳欲聋的枪声实在令人受不了，估计还没击垮那个人形魔藤，大家就先垮下了。

我看了一眼棺椁那边，突然急中生智，连忙冲着马骝大声喊道："马骝，往棺椁那里打火弹，断它的根！"

马骝立即掉转弹弓的方向，往棺椁里打去几个火弹，顿时燃起几团烟火，那些从棺椁里冒出来的魔藤立即乱成一团。但可能由于烟火太小，还是有些魔藤没被烧到，继续往人形魔藤那边涌过去。

我又冲马骝喊道："马骝，火太小了，再打几个过去！"

马骝一摸口袋，糟了！火弹已经被打光了，急忙对我叫道："斗爷，没火弹了！怎么办？"

我环顾四周，试图找些能燃烧的东西，但周围都是黄金，根本燃烧不了。这时，关灵和穆小婷跑过来我这边，对我说道："斗爷，你的背包里有松香，可以燃烧。"

真是一语惊醒梦中人，我连忙从背包里拿出松香，用穆小婷的火枪点燃，然后看准棺椁的位置，整包抛了过去。同时，关灵和穆小婷也从背包里拿出更换的衣服，点燃后扔了过去。有了松香和衣服的助力，火焰在棺椁里熊熊燃烧起来。而这边的人形魔藤没有新的魔藤补上，开始渐渐垮下来了，直到那副黄金面具"哐当"一声掉在地上，这个人形魔藤才总算被消灭了。

经历了这场短暂的生死搏斗后，大家已经累得躺在地上喘粗气，不想再起来了，只有棺椁里的火焰还在燃烧。

突然，马骝一个骨碌爬起身来，大声叫道："糟了，照我们这样的烧法，棺椁里的东西岂不是要被烧没了？"

我也急忙爬起身来，和马骝一起跑到棺椁那里查看。只见棺椁里面的松香还在燃烧，而那些魔藤有的已经被烧断，有的被烧成了灰，铺满在棺椁里。而在棺椁的底部，竟然出现了不少缝隙，这些缝隙有大有小，大的足足能伸进去三根手指，想必那些魔藤就是通过这些缝隙长进棺椁里的。

我和马骝对视了一眼，同时拿出工兵铲，在棺椁里拨弄起来，企图能找到一些值钱的陪葬品，但是一通下来，什么也没有找到。按理说就算被火烧掉，也不可能没有留下一点痕迹，这样的结果只能说明一件事，那就是棺椁里面没有任何陪葬品。

马骝颓丧地叫道："看来那个历史学家说得是真的，这个家伙被认为是恶魔，所以没有任何陪葬品存在……"

这时，关灵和穆小婷也走了过来，听见马骝说棺椁里什么都没有，也感到一阵疑惑。关灵看了看棺椁里面的情况，说道："这棺椁底部怎么会出现那么多缝隙？"

我说道："我猜测，这些缝隙有可能是那些魔藤造成的，你们看这黄金棺椁的拼接工艺不是很精良，可能本身底部就存在一些缝隙。而那些魔藤为了吸取墓主人的养分，拼了命往缝隙里钻，越钻越多，久而久之，就出现这些缝隙了。那些魔藤不仅侵蚀了墓主人的身体，最后还不知道怎么长成了他的模样留在了棺椁中，所以就有了刚才那个恐怖的人形魔藤。"

穆小婷说道："可是，那记事本里不是说，妖族人把炼金术的秘诀藏在一个叫'玲珑锁'的东西里，然后和墓主人一起被封印在棺椁里面吗？那这个东西呢？"

玲珑锁？

我立即想起来了，没错，记事本里面的确是这样说的。但是，关于这"玲珑锁"长什么样子却没有说明。而且，刚才我和马骝翻找过整副棺椁，并没有发现任何陪葬品，更别说这个叫"玲珑锁"的东西了。

但马骝不死心，又仔细找了一遍，就差把整副黄金棺椁翻遍了，结果还是什么都没找到。他气得拿起工兵铲，拍了几下棺椁，说道："还以为这里面会有比黄金更有价值的东西，没想到什么都没有，真是晦气……早知道这样，还不如不去开棺，还把那恶魔放了出来……"

这时，我忽然意识到有点不对劲，我们在这边折腾了那么久，却没有看见那五山和秦仲义过来。秦仲义还没什么，那五山怎么会放过如此好的机会，怎么不来棺椁这里搜寻一番呢？

刚想到这里，只听见秦仲义的声音在黄金神像后面响了起来："你们不用找了，东西在我这里。"

第三十七章　玲珑锁的秘密

话音一落，我们便看见秦仲义从黄金神像后面慢慢走了出来，跟在他身后的是那五山和他的两个保镖。只见他们都端起了枪，对准了秦仲义，不知道他们想要干什么。

那五山笑笑道："博士，把东西给我吧，别做无用的挣扎了。"

秦仲义双手紧抓一个球状的东西，摇摇头道："五爷，恕我难以从命，虽然你帮助过我不少事情，但是我知道你要拿这个东西干什么，所以我不会给你的。"

那五山依然保持着他那一贯的笑容，说道："秦博士，你这就不对了，既然你说我帮助过你不少事情，那你也应该懂得报恩吧？所谓识时务者为俊杰，想必你也明白其中的道理。"

秦仲义退后一步说道："道理我懂，但是我更懂做人的道理。这东西就算要给，也只能给功劳最大的那个人，也就是斗爷。"

听到这里，我们四个人大概也听明白他们的对话了。我忍不住干笑两声，然后一边拍起手掌，一边走过去，对那五山说道："五爷果然深藏不露，但是狐狸就是狐狸，不可能变成羔羊，藏得再好，终究都会露出尾巴来的。"

那五山对我笑了笑，说道："金先生是不是有什么误会？"

我也笑道："恐怕不是什么误会吧？五爷不是想要那个东西吗？"说着，我指了指秦仲义手里抓着的那个球状物体。

那五山点点头道："没错，我确实是需要那个东西。"

我看了一下周围的黄金，说道："看来这个'玲珑锁'比这里的黄金还要值钱呀！"

秦仲义对我说道："斗爷，我觉得这东西交给你最合适。如果没有你，别说找到这个东西了，就算再来天星秘窟里寻找一百遍、一千遍，估计都只是在外面转悠，连门都进不了。"

我对那五山说道："说到这个，其实我一直有个问题想不明白，五爷，您是怎么跟进来的？"

秦仲义说道："黄军和吴强都是他的人，跟进来还不容易吗？"

我摇摇头道："不，起初我也觉得是他们两个人在路上做了记号，然后五爷他们才跟踪进来的。但后来仔细回想，这一路上我都盯着黄军和吴强两个人，他们不可能会留下记号。所以，我才想不明白这个问题。"

那五山"哈哈"一笑，说道："哈哈，看来聪明绝顶的斗爷，也被这么简单的一个问题给难住了……不过也是，不管换作谁都会认为，我能跟进来，是因为我的手下留了记号，殊不知，这次偏偏不是我的人，而是你的人。"

我微微吃了一惊："我的人？"

那五山点点头道："没错，就是你的人，要不是他留下记号，我们怎么可能找得到那条路跟进来呢？"

我扭过头，目光从秦仲义他们四人身上扫过，最后停在马骠身上。只见马骠已经低下了头，像做了什么亏心事一样，不敢看任何人，跟平时那个嚣张跋扈的样子简直判若两人。

关灵皱着眉问道："马骠，真的是你？我想起来了，当初我们怀疑有东西跟在后面，叫你过去看看的时候，其实你早就知道是他们，却骗我们说是两只人面巨鼠在嬉闹，是吗？"

穆小婷也一脸吃惊道："马骠大哥，你为什么要这样做？"

我盯着马骠，一字一顿地说道："马骠，你今天不把这事说清楚，以后就别跟我提'兄弟'这两个字。"

马骝抬起头来，快速地扫了众人一眼，突然理直气壮地说道："没错，我是贪心，我是自私，我受不了钱财的诱惑，五爷跟我说，他想要亲自下来这里，但是你们肯定不会同意的，所以叫我别告诉你们。没错，他是给了我点钱，但是我也没干什么坏事呀，我只是留下记号让五爷他们进来而已，话说要不是因为这样，我们早就被那魔藤给一窝端了呢……"

我真是气不打一处来，说道："这么说你还有理了？要是五爷有个三长两短的话，你怎么跟他的家人交代？你怎么跟他的公司交代？你想过这个问题没有？"

马骝可能没听出我话里有话，低声说道："五爷不是好好地站在这里吗？能有什么事……"

我气得真想过去打他一顿，关灵拉了我一下，劝道："别骂了，他是做得不对，但是事情都发生了，而且正如他说的，五爷也好好的，就别再追究了。"

秦仲义也帮口道："斗爷，消消气，马骝老弟也不是有心的，而且五爷也安然无恙，咱们还是先把眼前这个问题解决了吧！"说着，他把手上的球状物体交给我。

我瞪了马骝一眼，然后伸出手来想接住秦仲义递过来的那个东西，没想到那五山的两个保镖立即把枪头指向了我。但我没理他们，没有那五山的命令，估计他们也不敢乱来。

我接过那东西，发现这个球状物体就像个石球工艺品，虽然不是很大，但却非常重，单手未必能托得稳。石球表面有许多小四方石条凸起，长度都一样，约有二三厘米长。除了凸出来的小石条外，还有不少与球面保持弧度但没凸出来的小四方石条。我试着按了一下其中一条凸出来的小石条，它立即被按了进去，另外一面弹出了相同的小石条。这一进一出，就像互补一样。如果没猜错的话，这些能按动的小石条应该就是开启石球的钥匙。所以，这东西才叫做"玲珑锁"。

穆小婷惊奇地问道："这就是那个叫'玲珑锁'的东西吗？"

关灵说道："没错。这石球内藏着的东西，估计就是那个炼金术的秘诀。而五爷看中的，应该就是这个吧？"

那五山说道："虽然你们很厉害，但是也未必知道这东西的作用。而且，知道怎么使用这东西的人，在这世上恐怕不超过三个。一个是我弟弟，但他已经死了，另一个就是我，至于第三个，我想他有这个资格，但是仅凭他的力量却无法做到。所以，你们即使拿去也毫无作用，它只不过相当于一个艺术品而已。"

听那五山这么一说，我们几人再次盯住那个"玲珑锁"，心想：这个东西能有什么不为人知的作用？不就是里面藏有炼金术的秘诀吗？但从那五山的语气和表情来看，似乎不像在说谎逞能。

我说道："你无非就是想得到炼金术的秘诀，然后可以自己寻找金脉金矿，自己炼金，我没说错吧？"

马骝说道："五爷，这里有那么多现成的黄金，随便弄点回去都可以衣食无忧，没有必要为了这个球让大家闹僵吧？"

我说道："马骝，你真是太没眼光了。且不说这里的黄金不能拿，就算能拿，你说可以拿多少回去？就像这神像，估计没几个人都抬不动吧？还有，别忘记了我们是从什么地方进来的，想带这里的黄金出去并不是容易的事情。但有了这个'玲珑锁'就不同了，如果能得到里面的炼金术秘诀，那估计得到天下所有的金脉金矿都不在话下。"

马骝咧了咧嘴，叫道："那到时候何止衣食无忧，简直富可敌国了……五爷啊五爷，您的眼光真高啊，不愧是一个集团的领导人。"

那五山笑笑道："金先生说得没错，但这只是其中一个作用而已。"

穆小婷忍不住问道："难道还有其他作用？"

那五山只是笑笑，并没有回答穆小婷的问话。我看向秦仲义，对他说："秦博士，你隐瞒这些事对我们来说都没什么好处，既然五爷不想说，你就给我们补一下这个'玲珑锁'的知识吧！"

马骝问道："斗爷，你怎么知道他隐瞒了？"

我冷笑一声，说道："你以为秦博士下来天星秘窟里，真的只是为了寻找绿血真相那么简单吗？"

穆小婷惊讶道："难道不是这样的吗？"

我说道："没错，就像五爷之前说的，寻找绿血真相是真，但他也在寻找妖族宝藏，这两者之间并不矛盾。你们还记得当初秦博士对我们隐瞒了妖族宝藏的事吗？要不是小婷说漏了嘴，大家还不知道妖族宝藏呢！秦博士对这个天星秘窟，对这个妖族研究了那么多年，你以为他所获得的资料会比那个历史学家要少吗？所以呀，我们的秦博士可不是一个简单的生化研究专家。"

关灵忽然想到了什么，说道："这么说，五爷刚才说的第三个人，应该就是秦博士吧？"

秦仲义脸上闪过一丝尴尬，摇摇头对我说道："斗爷，我真的没你想得那么复杂，也不是刻意对你们隐瞒这些的，只是知道这个'玲珑锁'的秘密只会给自己带来灾难。"

马骝立即叫道："老秦，都这个时候了，你不说出来就真的带来灾难了。你现在不说，以后还有机会说吗？"

关灵也说道："秦博士，大家都待你不薄啊，斗爷还救过你的性命，现在要你说出一些关于'玲珑锁'的秘密，你就那么难开口吗？"

穆小婷也说道："博士，你就别再隐瞒了，我们几个是什么样的人，难道你不清楚吗？"

秦仲义被说得满脸尴尬，支支吾吾地说道："这真不是什么好事……"

马骝见不得他这样，举起匕首，大声喝道："你是想带着这个秘密去见阎王爷吗？赶紧说出来，要不然就别怪我翻脸不认人了。"

我连忙按住马骝的手，说道："别冲动，我想秦博士也只是在考虑该如何开口而已，现在这个形势，他心里有数的。"

秦仲义看了我一眼，又看看那五山，那五山的双手环抱在胸，饶有兴趣地看着他，似乎很想知道他会说出些什么来。

秦仲义苦笑了一下，叹了口气说道："哎，好吧，我说，我说……关于这个'玲珑锁'的秘密，并没有很多人知道，正如五爷所说，能使用者，不出几人，但我不是其中的一个，我只是知道它的秘密。据说，'玲珑锁'里面藏有一个炼金术的秘诀，不仅能寻金炼金，还跟一个长生不老的传说有关系……"

第三十八章　中枪

　　听到这里，我不禁惊讶道："什么？长生不老？"

　　马骝盯着那个'玲珑锁'叫道："这个东西还能和长生不老有关系？不会吧？用来煮汤还是熬药？"

　　秦仲义摆摆手说道："不是煮汤，也不是熬药，而是用它可以寻找到另一个神秘的地下王国——梯仙国。这个梯仙国只是古代流传下来的传说，有可能根本就不存在。但是没办法，只要是跟长生不老有关系的，不管是古代的帝王，还是现在的人，都会为之痴迷，甚至不顾一切地去寻找。"

　　马骝说道："这都是什么鬼东西，怎么又弄出一个梯仙国出来？"

　　穆小婷说道："梯仙国只是古代传说，根本不可能存在吧？怎么会跟这里的妖族有关系呢？"

　　对于秦仲义口中说的那个梯仙国，我大概也知道一点，在古籍《博异志》中有过记载。传说在大唐神龙元年，有个匠人帮人打井，打了很深都没有水出来，某天突然听到井下传来鸡鸣狗叫的声音，于是再往下凿，结果凿穿了一个洞，进入了一个日月光明的世界，这个地下世界就是传说中的梯仙国。

　　相传，梯仙国里的山峰有万丈高，岩石是碧绿的琉璃色，到处都能见到金色的宫殿，非常富丽堂皇。而里面住的都是刚修炼成仙的人，这些人还要在梯仙国里继续修行一段日子才能成为真正的神仙，位列仙班。

这个匠人在梯仙国只游览了半日，回去后却发现人间已经过了八十多年，而他想再次回到梯仙国的时候，却发现井下那个通往梯仙国的洞不见了，仿佛从没出现过一样。但是人间的改朝换代又不得不令他相信这是真的。最后，据说这个匠人开始专注于修行，也获得了长寿，但没有人知道他的去向。

这梯仙国是古人对于地心人、地心世界的想象，是对长生不老，想离开战争连连的人间的一种希冀，并不可靠。但关于地下世界的秘密，现在的科学家每天都在探索，其中在上世纪冷战期间，苏联的超深井钻探也钻到了一个地下世界，并且录下了真实的声音，这声音听起来酷似人类的惨叫声，所以被人们称为"地狱之声"。这一奇闻震惊了各国学界、政界，但由于难以从科学的角度找到合理的解释，后来这事就被转向宗教神学方面。

现在这个天星秘窟也非常深，而且在地底下出现了如此多稀奇古怪的东西，比如"地下神宫""黄金古墓"等，还有神秘莫测的妖族传说。要说他们留下的东西跟地下世界梯仙国有关系，也不是没有这个可能性。

这时，关灵突然问道："秦博士，那你知道那个炼金术秘诀是从哪里来的吗？"

秦仲义回答道："据说就是从梯仙国那里得到的。但有个问题，你们认真想一下，从寻金炼金，到建造黄金墓，你们说要多长时间？我想这肯定是一个浩瀚漫长的巨大工程，以当年的生产力，就算有炼金术秘诀，估计也需要好几百年才能建造出来吧。据说在那个首领被妖族人杀死时，那个黄金墓就已经建成了。"

秦仲义说到这里，关灵立即想到了什么，脱口而出道："你是说，这个首领之所以被妖族人称为恶魔，除了他要建造黄金墓所带来的灾难之外，还有就是他长生不老的秘密？"

秦仲义点点头道："应该就是这样。"

马骝叫道："不过也是，那么多年不死，还不被人当做魔鬼呀……但我就想不明白了，老秦，你刚才说，要是说出这个'玲珑锁'的秘密，对我们没有好处，是什么意思？"

未等秦仲义开口，我先说道："这个也不懂？这就跟妖族宝藏一样，是怕我们知道这个秘密后，像五爷一样，想去找到梯仙国，得到长生不老之术。"

秦仲义点点头说道："其实我就是这个意思，别无他意。"说着，他看向那五山，接着说道："一说到长生不老，试问谁不会动心呀？但这个连古代的帝王都无法实现，我们这些凡人又有什么本事能实现呢？五爷，我劝你还是收手，死了这条心吧！"

那五山突然"哈哈"大笑几声，然后说道："秦博士，此言差矣，我那五山今时今日可以说是衣食无忧，赚的钱也够花几辈子了，可以说，在物质世界里已经达到无欲无求了。所以，我对眼前这些黄金根本不感兴趣，我要的是精神方面的东西，也就是金先生手上的那个东西。能不能找到梯仙国，我不知道，能不能长生不老，我更加不知道。但是，我将会用剩余的生命，去追寻我的梦想。"

我说道："怪不得都说企业家本身就是演说家，五爷这一番追梦的说辞，真的是无比高尚呀，想必您在公司的时候也是这么对您的员工说的吧？"

那五山也听出了我的话带有讽刺的意思，但他还是笑笑道："金先生，过奖了，我就是不知道这样的说辞能不能说服你把那'玲珑锁'让给我呢？"

我说道："五爷，既然您要去寻找梯仙国，寻求长生不老，那大家为何不能一起呢，路上也好有个伴呀！况且，我的能力您也是见识过的，有我的相助，说不定能早日完成您的梦想呢！"

那五山先是惊愕了一下，然后满脸惊喜地说道："金先生此话当真？没有骗我吧？要是有你和关师傅的帮助，那找到梯仙国就指日可待了。"

马骝瞪大眼睛，问道："斗爷，你说的是真的？"

我点点头道："那还有假的？我也想长生不老呀！五爷，既然如此，那我们为何不先出去，回到地面再做商量？"

我之所以这样说是有目的的。马骝可能不明白，但是关灵明白。因为在这样的情况下，只有回到地面才有话语权。我能看出那五山很想拉我们入伙，他能忍到现在都不对我们动手，也是因为这个原因。毕竟只要他一声令下，我们所有人都会被机枪射死在这里，然后他可以很轻松地拿走"玲珑锁"，而不用跟我们费那么多口水。

但那五山这个人非常精明，也不是那么容易就上当的。他也明白，一旦出了地面，我们就不再受他的控制了。所以，他对我说道："金先生，我也同意你的意见，但是前提是你要把'玲珑锁'给我。你想要个保障，我也想要个保障，大家都是聪明人，你应该懂的。"

我心想：都被你的机枪对着胸口了，能说不行吗？况且在这里杀了人，警方连尸体都不可能找得到。于是我点点头道："可以，没问题。"

那五山也没想到我这么爽快，脸上闪过一丝惊讶的表情，但见到我把"玲珑锁"递到他面前，他马上伸出双手接着，一脸激动地说道："斗爷不愧是斗爷，做事真的靠……"

然而，那个"谱"字还没说出口，突然响起了一声枪声，只见那五山整个人往前蹬了一下，双眼瞪得老大，想说话，但什么也说不出来，突然从嘴里喷出一口鲜血，然后缓缓倒下。只见在他身后，那个东南亚的保镖正举着一把手枪，一脸阴鸷地看着倒在地上死不瞑目的那五山。

这突如其来的一幕令所有人都大吃一惊，谁也想不到那五山自己带进来的保镖会把主人给杀了，真是知人知面不知心，更应了一句古话："螳螂捕蝉，黄雀在后。"

那五山还想用"玲珑锁"去寻找梯仙国，追求长生不老的梦想，却想不到还没开始，就落得一个这样的下场。虽然他目的不纯，但并不是那种心狠手辣的人，而且对我们一直都客客气气的，从未使用过武力逼迫，现在就这样被自己的保镖打死了，还真是令人感到有点惋惜。

这个时候，我看见另一个大块头保镖僵在原地，脸上闪过震惊、疑惑和不解的神情，似乎不相信眼前的事实。然而就是这么一会儿，那个东南亚保镖突然枪口一转，对着大块头连开几枪。可怜的大块头还没明白发生了什么，就这样被打死了。

这一幕再次令我们几个魂飞魄散,大家都明白接下来会发生什么事。我急忙一把拉住关灵的手往棺椁那边跑了过去。马骝也拉上穆小婷,用身体护着她,往另外一边的神像跑去。秦仲义自己也找地方躲了起来。

与此同时,一阵凌乱的枪声再次响起,也不知道有没有人被打中。很快,枪声停了,好像有人在往墓口方向跑。我偷偷从棺椁旁边往外看,发现那个东南亚人已经不见了,地上只剩下那五山和大块头两个人的尸体,而最重要的那个"玲珑锁"也不翼而飞。不用说,肯定是被那个东南亚人拿走了。

我和关灵从棺椁后面走出来,对大家招呼道:"都出来吧,他已经走了。"

秦仲义战战兢兢地走过来,他已经吓得脸色苍白,用惊恐的眼神四处张望,似乎害怕那个东南亚人会再出现。

我问道:"博士,你没事吧?"

秦仲义摇摇头道:"没事,真的吓死人了……"

这时,棺椁那边突然传来穆小婷惊恐的叫喊声:"马骝大哥,你怎么了?啊——有血!不好了,你们快过来,马骝大哥他中枪了……"

我们急忙奔跑过去,只见马骝背靠在神像后面,不断地喘着粗气,脸色非常苍白,豆大的汗珠从额头上流下来。他一只手撑在地上,另一只手捂着腰部的位置,丝丝鲜红的血从手指缝隙里渗出来,把衣服染红了一片,看样子是受了重伤。

穆小婷蹲在马骝身旁,一脸惊恐,流着眼泪叫道:"怎么办……怎么办……流了那么多血……"

我的脑袋再次发出"轰"的一声闷响,这一幕似曾相识,好像在哪里出现过……没错了!在那个不明螺旋物里,我亲眼看到马骝受伤的幻象,竟然跟眼前这个现实情景一模一样。

我木讷地站在原地,呢喃道:"全部都应验了……全部都应验了……"

马骝看见我这个样子,忍着痛说道:"斗爷,你不会还在生我的气吧?"

我立即回过神来,连忙蹲下身子问道:"怎么样?被打中了哪里?"

马骝说道:"腰部……边上一点,应该不是要害地方,算幸运了。"

关灵急忙拿出药来，一边帮马骢止血，一边说道："都被打成这样了，还说什么幸运，你不仅命大，心还挺大的，这么乐观……"

马骢笑了笑，说道："大小姐你不知道，要是再往里一点，估计我的肾……我的肾就遭殃了。这男人的肾要是受了伤，就成……成废人了，你说是不是幸运？"

关灵"哼"了一声，说道："上次斗爷'死剩把口'，现在又轮到你了是吗？不过你也说对了，幸好没伤到要害，要不然你不是变成废人，而是变成死人了。"

这时，秦仲义忽然问我："斗爷，你刚才说什么'全部都应验了'，是什么意思？"

我于是把在不明螺旋物里看到的幻象说了出来，大家听后都感到不可思议，但是谁也无法给出解释。他们也明白，即使我早点说出来，也不能避免这些事情的发生。

我对大家说道："先别想这些了，赶紧离开这里，送马骢去医院吧，耽误了时间恐怕会有不测。再说那个东南亚人已经拿走了'玲珑锁'，要是再把路一堵死，咱们就真的要被困死在这一千多米深的天星秘窟里，再也无法重见天日了。"

马骢撑着地面站起身来，叫道："没错，我还要……还要找这家伙报仇，不把他打成筛子，我誓……誓不为人……"

话音刚落，只听见棺椁那里突然传来"窸窸窣窣"的声音，好像有东西从里面爬出来一样。很快，只见几条魔藤从棺椁里伸了出来，似乎发现了地上的几具尸体，立即疯狂地朝他们伸了过去。看这情况，估计等下会有越来越多的魔藤。

关灵叫道："赶紧走，我们没有武器对付它们了。"

于是，大家扶着马骢，疾步离开了黄金古墓。在经过那五山的尸体时，我发现他身上有把手枪，立即捡了起来。有这把枪在手，也许能追上那个东南亚人，夺回"玲珑锁"。

我们出了墓室，一直来到"地下神宫"，但还是没有发现那个东南亚人的身影。

关灵说道："这家伙跑得真快……"

我说道："从这里出去只有一条路而已，赶紧追，说不定能在外面追上他。"

果然，当追到秘窟底部时，前面突然出现了亮光，我仔细一看，正是那个东南亚人。只见他嘴里咬着一支手电筒，双手把背包放进升降机里，正准备翻身进去。

第三十九章　重见天日

我急忙说道："大家把灯关了，先别出来，别让他发现。马骝，你还撑得住吗？你要准备好弹弓，看准时机，一旦进入你的射程范围，就给我往死里打。"

马骝喘着粗气，脸色苍白得吓人，伤口那里还有血渗出来，但他还是装出一副坚强的样子说道："斗爷，我没事……不用你说我也会这样做的……"

我点点头，做了个手势，然后快步朝东南亚人冲了过去，同时举起手中的枪对着他连开了几枪。可惜的是，我从来没使用过这种能杀人的武器，即使与对方相隔的距离不算很远，但还是一枪都没打中。

那个东南亚人没想到我这么快就追了出来，急忙举枪还击。幸亏他的机枪在打人形魔藤的时候用光了子弹，现在用的是一把手枪，要不然我也躲不了了。

我躲在其中一个洞中洞里，对着他喊道："喂！你跑不了的，还有，就算你拿了那个'玲珑锁'，你也开不了锁，得不到炼金术秘诀，更加找不到什么长生不老术。"

东南亚人冷笑一声，道："这事我管不了，我只负责把东西带回去。"

听他这样一说，难道他抢"玲珑锁"不是为了自己，而是有人在背后指使？

想到这里，我问道："是谁指使你的？"

东南亚人回答道："这个你不需要知道，知道了对你没有好处。不过，以你的本事，我想我们老板会对你非常感兴趣。"他一边说，一边朝着我这边慢慢摸索了过来。

我说道："既然是这样的话，我就还有利用价值喽？"

东南亚人说道："要是你放下武器跟我回去的话，就还有利用价值；要是你一心想抢回'玲珑锁'的话就一文不值了。"

我说道："要我跟你回去也可以，但是我不敢相信你。"

东南亚人问道："什么意思？"

我说道："你连自己的老板都杀，我怎么敢相信你的话？"

东南亚人说道："那五山不是我的老板。"

我连忙问道："那你的老板是谁？"

东南亚人回答道："我的老板是……"说到这里，他突然意识到不对劲，立即停住了，笑道："哈哈，金先生，你真是聪明，我差点就上了你的当了。"

我忍不住握紧拳头捶了一下洞壁，心想：这家伙还算谨慎，这都没上当。我说道："我不是故意套你的话，但你想要我跟你回去，总要让我知道你老板是谁吧？"

东南亚人说道："对不起，这个不能说。"

这个时候，我看见他已经摸了过来，却在距离我还有十多米的地方停了下来。他知道我躲在哪里，但是并没有开枪。

我看了一眼马骝他们躲的那个洞，心想：这个距离应该也进入马骝的射程范围了吧，但是等了一阵子，马骝那边却没有任何动静。

我心里暗暗着急，马骝是个聪明人，不可能连这点准备都没做好，何况眼前这个人是打伤他的人。如今出现这样的情况，估计是马骝那边出事了。虽然子弹没打中要害，但是马骝那么瘦弱，又跑了那么长的路到这里，可能已经体力不支了。要是换作其他人，可能早就支撑不住，死在里面了。

"金先生，你是个探险的人才，你破解机关的本事真的让我佩服得五体投地。但是，你对枪支的使用并不在行，如果我现在冲过来，我击中你和你击中我的比率将会是八比二。所以，你还是乖乖放下枪出来吧！"东南亚人突然对我说道。

我不否认他说的话是事实，要是他冲过来，我只能往洞里跑。被一个训练有素的人追杀，我想我不被击中的概率几乎为零。不过，从刚才跟他的对话来分析，我也明白自己确实还存在一定的价值，就像那五山想拉拢我一样，这个东南亚人背后的老板，估计也在四处网罗像我这样的人。

想到这里，我对他说道："想要我放下枪跟你回去不是不行，除非你先把'玲珑锁'给我，也别伤害我的朋友，要是能做到这两点，我就跟你回去。"

东南亚人说道："不伤害你的朋友这一点，我可以答应你。从一开始，我都没想过要伤害你们，我的目标只有那五山。至于'玲珑锁'，我想我不能答应给你。"

我问道："为什么？"

东南亚人回答道："金先生，我可是知道你的本事的，要是这东西落在你手里，我们还没出地面，估计你已经想到办法破坏它了。"

我在心里骂了一声，不禁对这个东南亚人刮目相看起来，没错，我是想在拿到"玲珑锁"之后把它毁了。这家伙竟然连我的想法都看穿了，真是难以对付。

这下怎么办呢？

要是相信对方说的，我们所有人走出来，可万一对方食言，突然给我们一人来一枪的话，那真的是死不瞑目了。但是就这样僵持下去也不是办法，我们几个能等，但马骝不能等，以他的身板，再多流些血估计就会休克，要被人抬回去了。

怎么办呢？

我用手扶着洞壁，绞尽脑汁也想不出一个周全的方法来。似乎发现我没有动静，东南亚人举着枪往前走了几步，然后又停下来说道："金先生，我劝你还是别再想办法对付我了，你不是我的对手。既然我们能做朋友，为什么非要成为敌人呢？你说是不是？还是乖乖缴械投降吧！"

我看了看手里的枪，叹了口气，说道："你说得有道理，我们不想跟你成为敌人，但是朋友嘛，就要看你讲不讲信用了。如果你对我们开枪，那就不好玩了。"

东南亚人说道："我说过，我的目的不是你们，我不喜欢杀人，但我擅长杀人。只要你们乖乖听话、不耍花样的话，我不仅不会杀你们，而且还会把你们引荐给我的老板，到时候别说荣华富贵了，说不定凭金先生的本事，找到梯仙国，大家还能一起长生不老呢！"

事到如今，我也别无他法，为了救马骝，我只能相信这个人的话，搏一搏了。我一直都相信"生死有命，富贵在天"这句话，现在这个情况，唯有将大家的命交给老天爷决定了。

于是我说道："好，我也不做无谓的挣扎了，我现在就出来。"

说完，我用手指按住枪，像影视剧里面那些要投降的人一样，举起手从洞里走出来。东南亚人举着枪对准我，说道："把枪扔了吧，这东西只会增加我对你的不信任。"

我苦笑一下，无奈地点点头，刚想把手枪扔开。就在这个时候，洞窟里突然传来"嗖嗖"两声，好像有东西朝这边飞了过来，紧接着那个东南亚人痛叫了一声，然后手枪落地，单膝跪在了地上。

我还没想明白发生了什么，但这个千载难逢的机会就摆在眼前，岂能错过？我连忙举起手枪，对准东南亚人猛打过去，直到把子弹全部打光才停了下来。这次距离如此之近，东南亚人就没那么幸运了，子弹全部打中他身上，鲜血染红了他一身，就算华佗转世都救不回来了。

这是我第一次开枪杀人，要是换作平时，我估计早已吓得双腿发软，但是现在，求生的本能早已战胜了所有的恐惧。我走到他跟前，看见他口吐鲜血，瞪着双眼盯着我，似乎想不明白自己为什么会死在我的枪口下。

这个时候，马骝在大家的搀扶下走了过来，看着地上的东南亚人，咬了咬牙，似乎用尽全身力气才说出一句话来："你、你打中……打中我一枪，我打中……你两弹，大家扯平了……投、投胎记得……记得做个……好人，做个……中国人……"

说完，他已经气若游丝了，但还是对我笑道："斗爷，开、开枪……开枪杀人……滋味……是不是……很爽……"

我心里十分着急，但又忍不住骂道："你这只泼猴，都什么时候了，还在开这种玩笑。"

马骝还想说话，但已经没有力气了，双眼也开始出现蒙眬的状态，似乎累得想睡觉一样。

关灵对我说道："他刚才用尽了力气才打出那两弹，但伤口又被扯开了，要赶紧送医院。"

于是，我把马骝背到升降机那里，发现升降机里有一个背包，而那个"玲珑锁"也在里面。关灵从那个东南亚人身上找到遥控器，等大家坐稳后，立即启动了升降机。

升降机缓缓上升，相比之前下来的时候，我感觉这次的回程相当漫长，心里面恨不得插上翅膀直飞上去。再看马骝，他已经闭上了眼睛，一副似睡非睡的样子。

我急忙伸出手来捧着他的脸，焦急得眼泪几乎都流了出来，叫道："马骝，要撑住，很快就可以到达地面了，别睡着了，你还有很多事情没做呢……咱们回去后就结婚……不不不，我是说我和关灵结婚，给你冲冲喜。你要给我做伴郎，小婷就做伴娘，咱们两兄弟喝上个三天三夜……别睡呀，马骝，你还要照顾小妹子呢，要是你死了，谁来照顾她？赶紧醒醒，醒醒……"

马骝慢慢睁开眼睛，对我笑了笑，然后看着穆小婷，嘴唇动了动，似乎想对她说些什么，但是努力了几次都说不出话来。此时的穆小婷早已哭得梨花带雨了，她知道马骝当时是因为保护她才中枪的，要不是一路上有这个男人护着，她早就死过几回了。

她紧紧地拉着马骝的手，摇摇头说道："你别说话了，我知道你想说什么，你是因为我才受伤的，不管发生什么，我都会一直在你身边照顾你的。"说到这里，她好像想起了什么，又娇羞地补充了一句："嗯，只照顾你一个人。"

马骝听后，苍白的脸上洋溢出幸福的表情。

不知道过了多久，头顶上终于出现了天空和太阳，温暖和煦的阳光照在每个人身上，非常舒服。大家一阵欢喜，都不约而同地深呼吸了好几下，直到双脚踏在地面上，心才终于定了下来，一种前所未有的感觉游遍全身，那种感觉就好像从地狱返回了人间一样……

在地面守护机器的还有四个那五山的人，我生怕他们当中有东南亚人的同党，便随便编了个谎应付过去。几人面面相觑，但也只能眼睁睁地看着我们深一脚、浅一脚地离开天星秘窟。

回去之后，马骝因为抢救及时，终于度过了危险期。在这期间，我对大家提出了一个建议，就是要把这次事件彻底隐瞒起来，不许泄露出去。毕竟天星秘窟太危险了，就算再带考古队进去，估计也会重复二十年前的遭遇。

虽然我们找到了绿血真相，但是天星秘窟里还存在着许多未解之谜，比如那些神秘的符号、那个"地下神宫"、那些能把人血变绿的魔藤，还有吴强在奄奄一息的状态下突然失踪，还有那个不明螺旋物里出现的预测幻象……这些都已经无法寻找到答案了。

至于被我们带回来的那个"玲珑锁"，我和关灵尝试着破解了几次，但均以失败告终。秦仲义也只是知道它的秘密，但是并不知道该如何使用它。不过，我们也早已预料到了这样的结果，毕竟要是真的把它给破解了，等待着我们的又不知道会是一场怎样的冒险之旅了。

最后，我和关灵都做了一个决定，那就是在我们的大喜之日金盆洗手，不再做"寻宝猎人"，我们都不想再见到有人因此而失去生命了。从夜郎迷城的上官锋，到蓬莱仙墓里的赫连淼淼、水哥和那两个盗墓贼，再到邙山诡陵里的唐、陈两位教授，还有肖建和米娜。而这一次的天星秘窟探险，更是一下子失去了那五山和他的四个手下，马骝也因此差点没能活着回来。

我时常在想，要是没有我们的出现，那些人的命运会不会因此而发生改变呢？很显然，这个问题没有答案。

虽然寻龙探宝本来就是要冒着生命危险去干的，甚至必要的时候还要将生命危险置之度外。但是经历过几次生死之后，我和关灵都领悟到了生命的意义——平凡。没错，就算是再伟大的灵魂，都寓于平凡的躯体，只有平凡的人生，才是真正的人生。